MÉMOIRES

DE

BILBOQUET

PARIS. — TYPOGRAPHIE SIMON RAÇON ET COMP., RUE D'ERFURTH, 1.

MÉMOIRES

DE

BILBOQUET

RECUEILLIS PAR

UN BOURGEOIS DE PARIS.

TOME TROISIÈME.

PARIS

LIBRAIRIE NOUVELLE

BOULEVARD DES ITALIENS, 15, EN FACE DE LA MAISON DORÉE.

1854

MÉMOIRES

DE

BILBOQUET

CHAPITRE PREMIER.

Arminius et la choucroûte. — J'établis une maison de jeu. — Les
joueurs célèbres. — Détails sur la roulette. — Les eaux de Martingaf.
— M. Bénazet. — Baden-Baden. — Spa. — Hombourg. — Wiesba-
den. — Aix-la-Chapelle. — Le Casino-Bilboquet. — Comment se
font les eaux minérales. — La belle prose de M. de Balzac. — Les
rossignols tailleurs et croupiers. — La quatrième page des journaux.
— L'huile de foie de morue et le baccalauréat ès lettres. — L'Europe
à cheval. — Les caniches collaborateurs. — Le vrai boxeur français.
— M. Louis Veuillot. — Les Grecs célèbres. — Épaminondas, Thémistocle, Socrate, Aristophane au trente et quarante. — Le baron de
Choucroutzen. — Le margrave de Vieuxpaillassendorf. — Une chemise sur le tapis vert. — L'hôpital et le cimetière des joueurs. —
L'hôtel du Bon-Valet de carreau. — Pillage et destruction du Casino-
Bilboquet. — Les ennemis de la société et des maisons de jeu.

Je ne puis cependant pas me dispenser de parler,
dans mes Mémoires, de ce fameux établissement hygiénique, thérapeutique, artistique, fashionable et aléa-
toire que j'ai eu l'honneur de fonder dans cette contrée

1

aux cheveux blonds où naquit Arminius, où fleurit la choucroûte.

Chacun a entendu parler, sans doute, du Casino-Bilboquet, cette maison de bains et de jeu si chère autrefois à un certain monde de haute volée.

Après avoir manié toutes les émotions de la vie, dirigé des théâtres, manipulé des journaux, après avoir passé par toutes sortes d'entreprises excitantes, pittoresques et fiévreuses, il était tout naturel que je voulusse être, à une certaine date de ma vie, directeur d'une maison de jeu.

Du reste, pour vous dire le fond de ma pensée, le jeu a toujours été à mes yeux un grand problème, un immense quiproquo dans les mœurs, les principes et les idées modernes.

C'est à qui adressera au jeu les épithètes les plus désagréables, l'appellera traître, voleur, scélérat, polisson, infâme, assassin; et pourtant vous remarquerez qu'on joue partout, dans les familles, dans les cercles, au sein des estaminets les plus vertueux.

Feuilletez un peu la galerie des joueurs célèbres, qui trouvez-vous en tête parmi les piliers les plus effrénés des tripots allemands? Des noms magnifiques des personnages de la plus haute tranche sociale, beaucoup de princes, de ducs, d'altesses et d'ambassadeurs.

Les hommes qui invectivent le jeu, ce sont, en définitive, les joueurs qui ont la déveine.

Mais je ne veux pas prolonger plus longtemps ce léger prologue.

. Je sais combien ce bon public se montre généralement friand de tous ces détails d'existences de joueurs.

Transportons-nous donc sur le terrain où a été fondé
le Casino-Bilboquet.

Mais permettez :

Je commence par déclarer, sans aucune espèce
d'amour-propre, que je propose mon ex-établisse-
ment comme un modèle d'invention et de progrès à
tous les utopistes plus ou moins littéraires qui rêvent
des maisons de jeu, des jardins enchantés, des lieux
de plaisance et autres Eldorados destinés aux juifs-
errants de l'aristocratie.

Quand vous sortez de la ville de Carlsruhe, cet immense éventail en pierre de taille, vous vous trouvez,
en vous dirigeant vers Stuttgard, sur une route jaune,
sinueuse, bordée de sapins, qui vous conduit droit à
une grande plaine d'une aridité peu commune.

Cette plaine, sèche comme la fibre d'un chef de
collaboration, — c'est le pays de Martingaf.

Vous découvrez la forêt Noire, qui forme à l'horizon une magnifique tartine de ténèbres.

Les cimes des Alpes grimpent dans les nues, tristes,
imposantes et sourcilleuses comme la barbe d'un
vieux sculpteur.

On entend par moments les vagues mugissantes du
Rhin qui exécutent des points d'orgue, des notes élégiaques et d'énormes ballades.

J'avais déjà remarqué ce pays de Martingaf en me

rendant un certain été à Baden-Baden pour aller faire ma cour à la roulette du papa Bénazet.

Je m'étais toujours dit qu'un homme intelligent qui aurait beaucoup roulé dans l'existence pourrait fonder sur ce terrain-là quelque chose de neuf et de grandiose qui éclipserait certainement Hombourg, Spa, Bade, Aix-la-Chapelle, etc.

Quand je vins poser les jalons de mon entreprise sur cette terre de Martingaf, il n'y avait absolument, en fait d'habitants. que deux lapins allemands, élèves de Jean-Jacques Rousseau, qui étaient venus s'établir là pour ne pas payer de contributions.

Des savanes d'orties, des chardons les plus farouches, couvraient une partie du sol. Pas la moindre végétation gracieuse, pas un rameau vert, pas même la queue d'un pierrot.

C'est égal, quand nous aurons ouvert les becs de gaz de l'annonce et de la réclame, vous verrez, vous verrez comme ce morceau de parchemin qu'on appelle Martingaf paraîtra tout d'un coup animé, verdoyant, plein d'ombrages, de fleurs et de villanelles!!!

Mais nous n'en sommes pas encore aux camellias de l'entreprise. Procédons par ordre.

Il m'avait suffi d'un simple coup de tam-tam pour faire venir à moi beaucoup d'actionnaires, énormément d'actionnaires.

Vous ne doutez pas, cher lecteur, qu'après le chemin que vous m'avez vu faire, mon nom, placé en tête d'un prospectus, ne dût suffire pour faire éclore à point nommé trois fois plus de millions que je n'en sollicitais.

Les *Eaux de Martingaf*, et Bilboquet à la tête! quel hameçon, mon Dieu, quelle amorce, quelle *occase* pour les capitaux naïfs!

Je me transportai sur le terrain en question avec mon architecte, le célèbre Fanferluchet, un homme qui construit des maisons qui ressemblent à des cages d'oiseaux, et avec quelques ingénieurs civils que je traîne toujours à ma suite pour le cas où je trouve quelque grand défrichement, quelque grand creusement à exécuter.

— Il s'agit, dis-je à Fanferluchet, de me construire, pour maison de conversation, un local excessivement élégant et fantastique.

Pour cela, je ne vous accorde que deux matières : le verre mousseline et le fil d'archal.

Pour la toiture seulement, je vous permets les camellias, mais à la condition que ce sera léger, fleuri et poétique comme le style de la pièce de ce nom.

Quant aux autres constructions, aux hôtels destinés aux touristes et aux joueurs, continuez sur le même plan. — Soyez prestigieux, féerique.

Faites-moi des maisons en acajou, en émail, en porcelaine, en biscuit, en ce que vous voudrez. Seulement qu'elles soient toutes doublées en satin ou en velours bleu-de-ciel.

Mais tout cela n'était encore que le prélude, la préface. Pour poser devant le public les eaux de Martingaf, encore fallait-il qu'il y eût des eaux.

1.

Messieurs et dames, vous savez cela aussi bien que moi ; — on fait semblant, dans la bonne société européenne, d'avoir besoin de prendre des eaux pour avoir le droit de jouer comme des sapeurs.

Les sources médicinales ne sont évidemment qu'un prétexte, un hameçon.

Qu'on découvre demain une source minérale au milieu du jardin du Palais-Royal, que la grande gerbe devienne tout à coup sulfureuse, les jeux seront immédiatement restaurés en France, cela est incontestable.

Quand on a inventé autant de médicaments que moi, il semblerait que l'on dût trouver partout des sources médicinales par sympathie et sans aucune espèce de baguette divinatoire.

J'ordonnai donc à mes ingénieurs de creuser de toutes leurs forces à un certain endroit que je leur désignai.

Quand l'entonnoir me parut avoir acquis une profondeur suffisante, je les fis descendre avec une échelle de corde et des lanternes, et je leur criai du haut du trou :

— Ohé ! là-bas, avez-vous découvert quelque chose?...

— Oui ..

— Est-ce de l'eau minérale?...

— C'est du charbon de terre.

Je ne me laissai pas décourager par cette tentative.

— Nous exploiterons le charbon de terre plus tard,

me dis-je en redressant mon col de chemise ; au surplus, je suis bien bon d'égarer mes recherches dans ces régions mystérieuses où la nature a enfoui ses *trucs*... Restons à la surface du sol...

Qu'on me construise ici un petit bassin de tant de mètres de long sur tant de large.

Je loue, à Paris, place Maubert, un certain nombre d'Auvergnats, qui seront chargés de remplir toutes les nuits, à deux lieues de là, leurs tonneaux, qu'ils viendront vider dans le bassin.

J'institue ainsi les eaux de Martingaf. Je puis y mettre tout ce que je voudrai, du sel, du poivre, de la cannelle, du girofle, etc.

Ces eaux ne tarderont guère à être pour le moins aussi salutaires et recherchées que celles de Tœplitz, de Carlsbad, de Lucques, de Vichy, de Bourbonne, de Plombières, de Louèche, de Pierrefonds, d'Enghien, etc.

Je lance donc dans le public un prospectus énorme surmonté d'une vignette éblouissante représentant un château, sur le frontispice duquel on lit en grosses lettres :

LES EAUX DE MARTINGAF.

L'efficacité de ces eaux pour toutes sortes de maladies, monomanies, malaises intérieurs et extérieurs, vient d'être universellement constatée par toutes les académies de l'Europe, facultés, pharmacies, illustrations médicales des quatre parties du monde.

Les eaux médicinales connues jusqu'à ce jour ont la funeste habitude d'exhaler toutes sortes de parfums assez désagréables en société. L'industrie de M. Domange pourrait, à juste titre, attaquer les susdits parfums en contrefaçon.

C'est l'hydrogène sulfureux, c'est l'ammoniaque, le chlore, l'œuf pourri, la vieille chandelle, une foule d'horreurs que les médecins attachés aux établissements d'eaux thermales conseillent aux gens délabrés de s'ingurgiter pour recouvrer la fleur, le coloris, toutes les roses du printemps et de la santé.

Les eaux de Martingaf ont, au contraire, la prétention de n'offrir à l'odorat et au goût que des principes on ne peut plus agréables.

Il est bien temps d'en finir, je pense, avec ces vieilles infections répugnantes et sulfureuses dont on inonde depuis trop longtemps les estomacs de la bonne compagnie.

COMPOSITION DES EAUX DE MARTINGAF.

Essence de truffes,	545
Coulis d'écrevisses,	522
Sauce Robert,	138
Sauce aux crevettes,	219
Bouillon de faisan,	415

Ces eaux conviennent surtout aux jeunes littérateurs étiolés par le sonnet et l'hémistiche, qui ont consacré la plus belle partie de leur jeunesse à courir après des éditeurs.

Elles conviennent également aux pianistes allemands et troubadours qui ont failli recevoir le knout pour avoir fait trop de victimes dans la haute société russe ;

Aussi aux ténors italiens, qui portent des corsets et se mettent, à la ville, du blanc de céruse sur le visage pour faire semblant d'être consommés par les bonnes fortunes ;

Plus aux financiers, aux coulissiers expulsés de la Bourse, qui ont attrapé des rhumes de cerveau en faisant leurs affaires à la belle étoile ;

Plus aux vieilles femmes nerveuses, dont la tête a fini par déménager à force de vouloir parler la belle et noble langue inventée par M. de Balzac.

Les cures opérées par les eaux de Martingaf sont déjà si nombreuses, qu'il faudrait plusieurs millions de rames de papier pour les énumérer.

Vous ne voyez pas autour de nos sources de ces fantômes inclinés sur eux-mêmes, de ces physionomies blêmes et chétives comme on en rencontre dans les établissements ordinaires.

Tous nos malades rient, chantent à tue-tête, improvisent des ponts-neufs, entonnent des refrains grivois. Jamais chez nous de croque-mort, ni d'employé des pompes funèbres.

Voilà pour la partie sérieuse et pratique des eaux de Martingaf. — Reste maintenant le côté pittoresque, la physionomie des lieux, les sites, les promenades, qu'il faut bien nous garder de négliger.

Un pays d'eaux qui ne serait pas posé dans la publicité comme une corbeille de fleurs, la vallée de Tempé, un printemps perpétuel, le bocage des bocages, l'oasis des oasis, serait bien assuré d'avance de n'avoir aucune notoriété, aucune existence.

Fleurissez donc, forêts d'orangers ; ouvrez-vous, touffes de roses ; buissons de tubéreuses, encensez au loin l'atmosphère des plus douces exhalaisons, des plus délicieux aromes, plus suaves cent fois, plus pénétrants que tous ceux qui s'échappent des prospectus de la Société hygiénique.

Mais ici, je le déclare hautement, il me faut absolument de la couleur, du style, le concours actif et sérieux de la littérature contemporaine. — A moi les chroniqueurs et les poëtes !

Je demande donc que les hommes de plume et de pensée mettent à la mode les eaux de Martingaf ; qu'ils chantent leurs vertus et leurs délices sur tous les tons, sur toutes les fibres de leurs colonnes.

Il me faut à la fois de l'idylle et du dithyrambe, un mélange de trompette et de chalumeau.

Qu'on dise partout, dans toute la presse, que pour rêver, pour aimer, pour effeuiller les roses de l'existence, il n'y a au monde que les eaux de Martingaf, les sinuosités ombreuses, les parasols enchantés, les hamacs verts de Martingaf.

Entendez-vous d'ici la chute de nos ruisseaux et le murmure de nos grands arbres qui imitent le son de l'or frétillant sur le tapis vert ?

Et les rossignols, amis des tailleurs et des croupiers, qui vous font entendre, au milieu du feuillage,

ces accents si doux de : *Noir, impair et passe ; — Rien
ne va plus ; — Votre jeu, messieurs...*

Les bestiaux, en rentrant à l'étable, lancent un
regard du côté de la maison de jeu, et ont l'air de
vouloir appeler : *Monsieur de la chambre.*

Oh ! faites-moi de la poésie, de la description effré-
née, comme du temps du roman à dix sous la ligne.
Que l'Europe tout entière soit alléchée, amorcée par
vos comptes rendus.

Peignez les cavalcades élégantes, les myriades de
lionnes ravissantes et de jeunes centaures aux épe-
rons dorés, qui tous les jours s'égarent dans les plis
de nos montagnes.

Dites qu'à Martingaf il n'est jamais tombé une seule
goutte d'eau, que jamais un nuage n'a plissé notre
azur, que nous avons deux printemps, trois soleils.

Le touriste qui entrerait sur notre territoire avec
un parapluie serait considéré comme un malfaiteur,
un perturbateur de la température publique.

Vous n'ignorez pas, ô hommes intelligents et pratiques ! que ce qui fait encore aujourd'hui tolérer et
excuser le jeu dans la société moderne, c'est ce doux
mélange de Florian et de Bénazet, c'est cette bucco-
lique aux cheveux d'or, cette folle sirène couronnée
d'épis qui tient sur son épaule le râteau du banquier,
et dans sa fraîche corbeille des jetons, des jeux de
cartes et les dépouilles de plusieurs familles.

Je connaissais trop bien la force de l'annonce
payante pour ne pas appeler la toute-puissance de son

coup d'épaule à l'appui des feuilletons éclos à mon appel.

Que ne peut faire un homme d'aujourd'hui, pourvu d'assez de capitaux pour s'emparer, à un jour donné, de la quatrième page des journaux?

Quel piédestal! quelle tribune! quel véhicule immense pour toutes sortes de tentatives, d'affaires et d'exploitations!

Avec cette quatrième page, vous devenez le maître du monde, vous pouvez parler au public le langage que vous voulez; lui insinuer, lui imposer tout ce qui vous passe dans la tête.

On met là toutes voiles dehors; on explique ses plans, on chante soi-même sa marchandise; c'est le bazar irrésistible, le marché aux mille voix, la foire sans la moindre idée et à tant la ligne!

Quelle place tiendra un jour dans l'histoire de notre temps cette quatrième page si curieuse, si ravissante, où vous voyez toutes sortes d'imaginations pharmaceutiques et médicales, côte à côte avec les monuments de l'esprit humain!

Le médicament y coudoie le livre : — Racine à côté de Leperdriel.

On fait tout à la quatrième page : on y boit, on y mange, on s'y purge, on s'y marie, on s'y fait épiler, chausser, raser, équiper de pied en cap.

L'huile de foie de morue y circule autour des boutiques de baccalauréat; on voit dans la même page les prix d'honneur de cette année en regard de la moutarde blanche, des fabriques de mariages et de la pâte pour les rasoirs ; tout est enchevêtré, confondu dans un même cadre.

Souvent vous cherchez une jeune veuve à marier, vous tombez sur un emplâtre ou un sinapisme.

Oui, sans doute, cette quatrième page est un Pandemonium, une descente de la Courtille industrielle et commerciale. On risque de se trouver perdu, confondu, dans ce vaste pêle-mêle.

Soyez sûr pourtant que lorsqu'il arrive un homme vraiment fort, armé d'une idée neuve qu'il s'agit de faire absorber par le public, il sait bien se faire faire place refouler tous ces pharmaciens et ces agents matrimoniaux dans l'humilité de leurs annonces courantes.

Je puis dire sans orgueil qu'il n'y eut jamais au monde d'annonces mieux travaillées, mieux combinées, que celles qui ont eu pour objet d'installer dans la publicité le vaste et bel établissement des eaux de Martingaf.

Tous les jours, nouvelles formules, nouveaux coups de trompette.

Grandes chasses de Martingaf !

C'est décidément le 1er novembre prochain que vont s'ouvrir les solennelles et magnifiques chasses de Martingaf, qui remuent d'avance tout ce que la Russie, la France, l'Allemagne, l'Écosse, la Belgique et la Grèce comptent de hardis centaures, de brillants casse-cous.

L'Europe tout entière va monter à cheval !

Des meutes innombrables de caniches parfaitement

III.

élevés, parfaitement littéraires, seront mis à la disposition de messieurs les touristes, qui pourront chasser à loisir sous les auspices de ces intéressants animaux, qui ont figuré, pour la plupart, sur plusieurs théâtres de drame et ont même le titre de collaborateurs.

Tous les matins, au lever de l'aurore, grandes fanfares dans la forêt, musique le soir au Casino, musique dans la plaine, musique dans les montagnes, musique au salon, dans la salle à manger, dans les greniers, les corridors, les cabinets les plus intimes; musique partout.

Du reste, dans les chasses de Martingaf, vous n'avez à essuyer aucune des fatigues ni des vicissitudes qui accompagnent ordinairement ce genre d'exercice.

L'administration du Casino a pris d'avance toutes les mesures pour que le gibier eût tous les égards possibles pour messieurs les étrangers qui lui font l'honneur de le poursuivre.

Ainsi, les perdrix viennent vous apporter, dans leur bec, les feuilles du chou qui leur est destiné, les alouettes se suicident et se dirigent instinctivement du côté de la rôtissoire.

Les lièvres vous offent eux-mêmes leur râble et les chevreuils leurs côtelettes.

Après les chasses, on annonce le trajet.

De Paris à Martingaf, trajet en six heures, cinq heures ou quatre heures; on prend trois lignes de chemin de fer, deux diligences, quatre pataches, trois carrioles, deux coucous, et on est arrivé.

Alors, vous avez la jouissance d'un vaste cabinet de lecture bien chauffé, bien éclairé.

On y trouve toutes les nouveautés, les productions les plus élégantes et les plus gracieuses de la littérature contemporaine : le *Catéchisme poissard*, le *Manuel du vrai boxeur français*, les ouvrages de M. Louis Veuillot, etc.

Une fois installé à Martingaf, vous nagez littéralement dans l'abondance et des plaisirs que Mahomet lui-même n'a pas rêvés.

Tous les jours, vous avez, pour quarante sous par tête, un dîner à vingt-cinq services où vous pouvez inviter qui bon vous semble, tout votre arrondissement si vous êtes dans le civil, tout votre bataillon si vous êtes dans le militaire.

Il faut vraiment renoncer à décrire la magnificence du dîner de Martingaf ; c'est d'un délirant, d'un copieux, le plus heureux amalgame de l'abondance germanique avec la délicatesse de la cuisine française !

Les jolies femmes, les beautés fascinantes, abondent nécessairement aux eaux de Martingaf. C'est bien autre chose que dans les anciens salons de Frascati !

A peine avez-vous eu le temps d'ouvrir votre portemanteau que déjà deux ou trois princesses étrangères courent après vous.

Tous les jours, sous votre serviette, vous trouvez une nouvelle lettre d'amour avec des mèches de cheveux.

La vie est si facile et si belle dans ce pays enchanteur, qu'il est, à proprement parler, le pied-à-terre de toutes les voluptés modernes !

Chasses effrénées, raouts à tout casser, musique, amours, succès, séductions de toute espèce.—L'entreprise de cet établissement unique dans le monde n'a rien négligé dans l'ensemble ni dans les détails pour captiver la confiance et le numéraire de l'élite de la société.

Je puis dire que le succès a pleinement répondu à mon attente et que je ne tardai guère à récolter le fruit de mes annonces prestigieuses.

En vain, quelques vieux Spartiates, des professeurs arriérés de morale et de vertu, élevaient de temps en temps la voix pour tonner contre ces *infâmes tripots allemands*.

Que peuvent quelques voix isolées et perdues contre le goût et l'élan général ?

Voyez si je vous ai trompé : à présent que nos eaux sont établies, considérez quels sont les habitués de nos eaux.

Sont-ce par hasard, comme on le prétend quelquefois, des aventuriers, des bohémiens, des marchands de peaux de lapins, des gens sans aveu, sans position ni domicile ?

Loin de là ! Ce sont au contraire des noms foudroyants de distinction, des gros bonnets de tous les pays qui tiennent à donner au public de bons et nobles exemples : des femmes très-bien nées, des comtes, des ducs, des princes, des paladins, des margraves, des gentilshommes de toutes les nuances.

Voilà le monde qui alimente nos salons, qui les saupoudre d'élégance et de distinction.

Qu'on dise encore que notre industrie n'est pas soutenue, choyée, hautement protégée !

Du reste, l'annonce de la quatrième page ne suffit pas ; il faut savoir y joindre la réclame. — Autre force, autre instrument, qui demande à être manié avec une certaine dextérité.

L'annonce est un droit, la réclame est souvent une faveur. Ne l'obtient pas qui veut.

Je puis me vanter d'avoir su utiliser avec quelque habileté les réclames que m'ont values, dans les journaux, mes relations particulières heureusement combinées avec mes déboursés.

Toutes les semaines donc, vous voyez figurer dans les feuilles publiques les noms des étrangers de distinction qui résident en ce moment, ou sont dans l'intention de résider aux eaux de Martingaf.

Je vous demande la permission de vous exposer un tableau très-sommaire des touristes que j'ai eu l'honneur de recevoir sous mes ombrages, quand j'étais à la tête de mon excellent Casino.

Je n'ai pas besoin de dire que parmi les personnes qui se réunissaient à mes eaux, pendant la belle saison, les Grecs étaient nécessairement en grand nombre.

Je transcris ici quelques noms, que je prends au hasard dans mes papiers, et qui ne sont du reste que le brouillon de mes anciennes réclames.

2.

L'on voit en ce moment aux eaux de Martingaf :

Le vieux maréchal Thémistocle ;

Miltiade, vieille culotte de peau ;

Alcibiade, un lion on ne peut plus décolleté ;

Aspasie, femme entretenue, très en vogue, qui connaît les langues mortes ;

Léontium, lorette spiritualiste ;

Phidias, rapin célèbre ;

Apelle, un coloriste à tous crins ;

Périclès, attaché à la direction des Beaux-Arts ;

Socrate, un vieux pion très-sévère ;

Épaminondas, ancien grenadier ;

Hérodote, membre de l'Institut historique ;

Anacharsis, l'inventeur des nécessaires de voyage ;

Euripide, un carcassier excessivement fécond ;

Sophocle, directeur du théâtre de l'Odéon, où il fait jouer ses propres drames ;

Aristophane, un vil gazetier ;

Solon, homme de loi ;

Lycurgue, autre homme de loi ;

Démosthène, un avocat au tribunal de première instance ;

Eschine, un avocat de cour d'assises ;

Anacréon, un chaloupeur féroce ;

Milon de Crotone, publiciste religieux ;

Homère, jeune poëte qui donne quelques espérances ;

Orphée, un musicien triste qui plaide en séparation ;

Platon, l'inventeur de la philosophie facile;

Aristote, universitaire cumulard;

Phryné, habituée du Château-Rouge, se proposant d'écrire ses Mémoires;

Laïs, autre balocharde prétentieuse;

Diogène, célèbre fabricant de pâte d'amande;

Xénophon, un historien gant jaune;

Thucydide, un historien qui ne badine pas;

Gorgias, un défenseur de la société;

Pausanias, un homme charmant, mais profondément canaille en politique;

Léonidas, dit *Francœur*, le type du grognard;

Hippocrate, homœopathe connu;

Anaxagore, inventeur des tables tournantes;

Démocrite, collaborateur d'Héraclite, lui fournissant des effets gais;

Héraclite, collaborateur de Démocrite, lui fournissant des effets tristes, etc.

Du reste, je m'empresse de déclarer que les étrangers qui se rendaient aux eaux de Martingaf ne venaient pas tous exclusivement de la Grèce et de ses colonies.

Nous avions aussi l'Allemagne, l'Angleterre, la Russie, qui nous fournissaient un grand nombre d'illustrations les plus variées; — Paris surtout. Paris, cette pépinière éternelle des hautes renommées et des noms propres à effet.

Si par hasard la réalité me faisait défaut, rien ne m'était plus aisé que d'inventer, pour mes réclames,

des barons de Choucroutzen, des princesses de Tom-
boliuski, des marquises de Vieuxpaillassendorf, etc...

— Envoyez-moi un poëte, un dramaturge, un
artiste fulgurant, écrivais-je à mes amis de Paris, j'ai
besoin de donner un surcroît de lustre à mon établissement à l'entrée de l'hiver.

Par le premier envoi, il m'arrivait vingt célébrités
parisiennes au lieu d'une que j'avais demandée.

Je n'avais pas besoin d'insérer leurs noms dans
mes réclames ; ces messieurs avaient eu le soin de les
faire imprimer eux-mêmes d'avance avant de partir.

Mais on tient sans doute à savoir ce qu'était le jeu
aux eaux de Martingaf, le jeu, le fond principal, le
thème essentiel de tous les pays d'eaux.

Les promenades, les ombrages, les cavalcades, les
concerts, tout cela, avons-nous dit, n'est absolument
que l'accessoire, la fioriture.

On jouait donc à Martingaf comme partout ailleurs ;
mais quelle supériorité dans les détails ! comme on
sentait bien, jusque dans les moindres particulari-
tés, la touche de l'organisation vigoureuse qui sait
renouveler et perfectionner tout ce qu'elle manie !

Vous ne voyiez que bien rarement se grouper autour de nos tapis verts de ces physionomies de joueurs
empreintes de fatalité, qui ont jeté un si mauvais ver-
nis sur les anciens tripots parisiens.

Quand je voyais par hasard s'avancer un de ces
hommes au teint plombé, au sourire de Méphistophé-
lès, marqués au cachet du désespoir, je le suppliais

de mettre un faux nez ou de demander ses passe-ports.

Je voulais que l'assemblée eût toujours, autant que possible, un aspect de bonne humeur et de folàtrerie.

Les grincements de dents, les anathèmes, étaient sévèrement interdits. Les tragédies étaient on ne peut plus mal vues.

Du reste, latitude complète pour les mises, les enjeux. La banque de Martingaf tenait tout ce qu'on voulait.

Dans les autres établissements on vous limite à une certaine somme. Dans les salons de Martingaf, vous pouviez risquer non-seulement votre argent, mais même vos effets de corps, votre culotte, vos bottes, votre gilet de flanelle, votre chemise.

Un jour un Anglais, qui avait pris en grippe les femmes d'une certaine corpulence, nous proposa de risquer son épouse, en s'écriant : — Masse en avant!

J'avais eu soin d'annoncer en très-gros caractères dans les journaux que nous faisions aux joueurs des avantages inouïs, fabuleux.

Nous leur rendions zéro, double zéro, triple, quadruple zéro, peu nous importait.

Quand un joueur par trop favorisé par la veine se trouvait avoir amassé des sommes exorbitantes, on ne lui laissait pas le désagrément de partir avec des fardeaux de numéraire, comme des garçons de la Banque de France s'en allant en recette.

Nous avions dans tous les principaux hôtels des

agents parfaitement habiles, exercés à se jouer de toutes les difficultés des cadenas et des serrures, et qui s'arrangeaient pour faire rentrer dans notre caisse, par la voie la plus directe, l'argent que la domination de la martingale nous avait enlevé.

Nos croupiers n'avaient pas de ces profils de chiens de chasse attachés à leur proie que vous leur voyez ordinairement.

Ils faisaient des mots et des calembours tout en taillant.

Le râteau badinait entre leurs mains. Les parties, exemptes de notre côté de risques et de périls, conservaient toujours une physionomie radieuse ou satisfaite.

Est-ce que notre banque n'était pas encore plus sûre de son fait que toutes les autres? Nos joueurs n'étaient-ils pas plumés d'avance?

Puisque votre argent doit nous revenir infailliblement quoi que vous fassiez, autant vaut-il vous le prendre tout bonnement dans votre poche, en nous épargnant aux uns et aux autres des frais de drame et de mise en scène.

Mais parmi tous les bâtiments d'utilité publique et particulière dont j'ai eu l'avantage de doter l'heureux pays de Martingaf, il en est un surtout que je recommande à l'attention des directeurs de jeu, des administrateurs de creps, roulette et trente et quarante.

Je pense que l'on reconnaîtra dans cette fondation l'esprit d'un homme éclairé qui ne se contente pas seulement de dépouiller le prochain, mais qui songe aussi à ses intérêts ultérieurs.

Ce bâtiment donc, ou, pour mieux dire, cette enceinte, est un cimetière à l'usage des joueurs malheureux qui se décident à se couper la gorge ou à se faire sauter la cervelle à la suite de spéculations aventureuses.

Comme je suis véridique avant tout, je ne puis pas dissimuler que nous n'eussions à Martingaf, comme partout ailleurs, à enregistrer tous les ans un certain nombre de petits accidents produits par les vicissitudes du jeu.

Mais voyez, je vous prie, quel progrès!

Nos joueurs, à nous, au lieu de voir leurs cadavres abandonnés aux corbeaux au pied d'un arbre ou dans le fond d'un fossé, étaient sûrs de se voir ensevelis, sans aucune rétribution, dans un terrain parfaitement ombragé, orné de cyprès et de saules pleureurs en plein rapport.

On leur garantissait sur leur pierre funéraire une épitaphe, soit en prose, soit en vers, qu'ils étaient libres de commander eux-mêmes à un littérateur très-distingué attaché pour cela à l'établissement.

Vous lisiez en entrant dans ce *campo santo de la rouge et la noire* sur plusieurs pierres tumulaires :

« Ci-gît le gentilhomme un tel, mort au plus beau moment de sa carrière de joueur et lorsqu'il allait voir sa suite de coups couronnée par une réussite complète.

« Son fils continue sa martingale, pour laquelle il ne lui faut qu'une très-faible somme.

« Appel aux âmes intelligentes.

« On trouve ce fils tous les jours de quatre à huit heures du matin à l'hôtel du Bon-Valet de carreau, grand' rue de Martingaf... »

Comment voulez-vous qu'avec de telles précautions nous n'eussions pas toujours une affluence considérable d'amateurs à toutes les époques de l'année?

Sites enchanteurs, paysages enivrants, cuisine énorme, pistolets de premier choix pour se brûler la cervelle en cas de mauvaise chance, cimetière du meilleur goût avec terrain à perpétuité pour reposer sa tête quand on aurait pris congé de l'existence : je vous demande ce que l'on peut désirer de plus pour installer cette noble passion du jeu sur un théâtre vraiment digne d'elle.

Ah! j'allais oublier de mentionner un dépôt de mendicité destiné spécialement aux femmes et aux enfants des chevaliers du trente et quarante que les conséquences de leur condition n'avaient pas mis à même d'assurer l'avenir de leur famille.

Cœurs élevés, intelligences supérieures, vous me demanderez ce que sont devenues les eaux de Martingaf et où est aujourd'hui le Casino-Bilboquet?

Hélas ! faut-il l'avouer? Lorsqu'une certaine révolution se déchaîna sur l'Europe et promena le long du Rhin ses bandes impies et forcenées, mon établissement fut un des premiers que détruisirent les cohortes de brigands et d'anarchistes.

On osa accuser d'immoralité ces eaux de Martingaf, si pures et si bienfaisantes !

J'ai vu mes bois saccagés, mes nymphes odieusement insultées, mes faunes et mes satyres rossés comme plâtre.

D'infâmes iconoclastes ont brûlé mes râteaux, mes jeux de cartes, sont montés sur mes tapis verts pour danser des farandoles en entonnant des chants séditieux.

Qu'on dise encore que nous ne sommes pas dans un siècle de pillage, de sacrilége, de violence et d'infamie !

Dans les moments de crise et d'effervescence, on ne s'arrête pas même devant les établissements de jeu, ces hauts foyers de civilisation et de morale !

On s'attaque à leur mobilier, on le rend responsable des légers accidents que la roulette occasionne par hasard dans le sein des familles.

Je me sens ému à la fois, transporté, épouvanté, lorsque je remue cet ancien feuillet de mon existence.

Il n'est que trop vrai qu'il faut désespérer de l'avenir du monde et du salut de la société, puisque le Casino Bilboquet, comme toutes les nobles et belles choses de ce temps-ci, a péri sous la faux des révolutions.

III.   3

CHAPITRE II.

Les mœurs de mon pays. — Les marquises blanches. — Philippe d'Orléans. — Le Pandémonium. — L'homme-ciseau — Un océan d'é-
paules. — Le galop infernal. — Un *la* gigantesque. — La torture
volontaire. — Les Bacchanales antiques. — Graves comme des notaires. — L'intrigue. — Je te connais, beau masque. — Le souper.
— Un formulaire. — Du domino. — Les Lariflas. — Pierrettes et
pierrots. — Le personnel d'un bal masqué. — Les sarabandes diaboliques. — Vive l'amour! – Le Turc. — La grande épopée. — La
mosquée des derviches. — L'abdomen défoncé. — Un pantalon d'hiver et divers pantalons. — Qu'est-ce que la misère? — Les danses
de l'Europe. — Un homme de génie. — Les plaisirs d'un salon en
1854. — La vieille scène de Molière. — Olympia. — Soirée bourgeoise. — Trente ans de cassonade. — Héloïses et Abeilards. — Une
poigne formidable. — Ingénieux sobriquets. — Les oiseaux des tropiques et les oiseaux du quartier Breda. Le débarcadère des gloires.
— La Closerie des lilas. — Le Prado. — Pochardinette. — La vraie
danse française. — Ces messieurs et leurs dames. — Le bal du Guillotiné. — Les Sélams à bon marché.

A mes moments perdus, j'étudiais les mœurs de
mon pays, ses plaisirs, ses divertissements et ses joies
folles. On n'est un homme complet que lorsqu'on a
vu de près les coins et les recoins les plus secrets de
l'ordre social. Que le lecteur me permette donc de
passer en revue la grande armée des danseurs et des
danseuses.

On a beaucoup parlé du carnaval de Venise, lequel
n'existe pour ainsi dire plus aujourd'hui. Le carnaval

parisien n'est pas moins célèbre dans les annales de
la gaieté humaine. Aussitôt que l'heure a sonné, tous
les temples ouvrent leurs portes. Dans mon adoles-
cence, ces temples étaient bien plus nombreux qu'aujourd'hui. Le bal des Variétés, qui eut tant de vogue
sous l'Empire et sous la Restauration, a disparu vers
le milieu du règne de Louis-Philippe. J'ai vu aussi
s'éteindre, l'un après l'autre, les lustres de l'Ambigu,
de la Gaieté et de la Porte-Saint-Martin. L'Opéra, lui,
a tenu bon. Puis des établissements spécialement
consacrés à la danse échevelée se sont élevés, qui
ont offert un abri aux Terpsychores des scènes secon-
daires. La salle de Valentino, la salle Musard, la salle
Sainte-Cécile, le Casino-Paganini, sans compter les
bals du Prado, du salon de Mars, de la Chaussée-
d'Antin et le très-démocratique salon du Bœuf-
Rouge. Moi, Bilboquet, le premier financier de mon
temps, je suis allé au Bœuf-Rouge! et je dois ajouter
que c'est encore à l'Opéra que se porte la foule des
pierrots et des débardeurs, des pierrettes et des camargos. C'est encore là que le bal bruit, tonne, mugit. Toutefois, combien il est changé ce bal, jadis si
amusant! Je voudrais bien que, par une de ces surna-
turelles évocations qui ne se pratiquent que dans les
mélodrames et le royaume des fées, on pût faire revivre aujourd'hui une de ces marquises blanches, mus-
quées, mouchetées, un de ces gentilshommes à man-
chettes qui ont présidé à la naissance de cette célèbre
institution sous l'inspiration de monseigneur le régent
de France Philippe d'Orléans, et qu'on les jetât sans

préparation au milieu du terrible tohu-bohu qui a
remplacé ces fêtes nocturnes inaugurées par les mou-
ches, la soie, la poudre, le traître sourire, l'œillade
coquette, le propos mystérieux et doux, le parfum,
le rire galant et le libertinage à belles manières. Que
deviendraient-ils dans la cohue de nos gentilshommes
lançant des *ohé* en guise de reparties spirituelles?
où fuir, où se cacher? que de crises de nerfs et d'é-
vanouissements!

Mais pénétrons hardiment dans le Pandémonium.
Sur les marches du grand escalier, dans les couloirs
où se presse la foule, les masques, couchés sur les
degrés, se font remarquer encore plus par leurs allures
débraillées que par leurs travestissements. Celui ci a
un nez qui va sur les brisées de la pomme de terre;
celui-là a, en guise de bouche, un gouffre entr'ouvert;
en voici un autre avec des lèvres pendantes, des yeux
lubriques, des dents de brochet. Puis c'est l'homme-
oiseau, le Turc avec un soleil dans le dos, le général
étranger coiffé d'une casserole et portant d'énormes
écrevisses cuites en guise d'épaulettes.

Dans les six rangs de loges de la salle chatoie le
satin et éclate l'ivresse. Le parquet offre l'aspect d'un
océan d'épaules et de seins nus. Le signal est donné
et l'orchestre mugit comme un ouragan. Tous ces
flots dispersés, luttant les uns contre les autres, se
massent et roulent emportés par un magique courant.
C'est le galop infernal, une invention qui date d'une
quinzaine d'années, le galop exécuté au milieu des
détonations de la mousqueterie. Les grincements

de l'archet, la voix perçante de la clarinette, les sons
cuivrés de l'ophicléide ne suffisant plus à entretenir
la folie furieuse des danseurs, le chef d'orchestre appelle à son aide les armes à feu et réduit à la proportion d'un *la* gigantesque l'explosion d'un pistolet ou
d'une carabine. Le canon n'a pas encore jeté sa note
tonnante dans cet orchestre monstre, cela viendra.
Pierrots et pierrettes, débardeurs et débardeuses,
mousquetaires et camargos, romains et marquises,
costumes de satin et costumes déguenillés, duchesses
en poudre et chiffonniers en loques, tout cela roule,
tombe, se relève et passe avec la rapidité de la trombe.
Le galop, serpent gigantesque, déploie ses anneaux,
qui étincellent aux mille rayons des lustres suspendus, comme autant de soleils, au firmament de la
salle. Puis ce sont des gestes indescriptibles, des
éclats de rire furieux, des contorsions épileptiques,
des accords inouïs, une symphonie de grincements et
de râles. Décidément l'homme est un animal très-gai.

Cependant l'orchestre mugit de plus belle, et de
plus belle aussi bondit la spirale humaine. A chaque
bond le parquet, frappé par les jarrets d'acier, rend
un bruit sourd, pendant que dans les loges éclatent
les bravos. Les camargos baissent la tête sur leur
poitrine, les pierrettes sentent leurs jambes fléchir;
mais un cri des danseurs, un geste de la foule, une
note aiguë qui déchire l'air, raniment leur courage, et
le galop recommence, plus terrible, plus haletant,
entraînant dans sa ronde implacable les forts et les
faibles, les danseurs débraillés et les danseuses éche-

velées ; si bien que l'homme de sang-froid, qui contemple ce spectacle, se demande quel crime inconnu
tous ces gens ont à expier pour prolonger pendant si
longtemps cette torture volontaire. Puis enfin, au
moment où la musique, hurlant ses fanfares les plus
sonores, semble vouloir renouveler le prodige des
trompettes de Jéricho, tout s'arrête : ce ne sont pas
les danseurs ni les danseuses qui demandent grâce,
c'est l'orchestre épuisé qui reprend haleine pour recommencer deux minutes après.

Après avoir assisté à cette scène qui rappelle les
bacchanales antiques, il faut se diriger vers le foyer.
Là, plus de pierrettes court-vêtues, plus de débardeuses décolletées. On se trouve transporté au beau
milieu d'un océan de dominos noirs et d'habits noirs ;
le foyer est l'antithèse de la salle. Des messieurs
graves comme des notaires et sombres comme des
croque-morts se promènent pendant plusieurs heures
à la recherche de l'intrigue. Là vous trouvez les simples mortels venus sans déguisement, attirés par les
beaux récits que les romans leur ont contés des merveilleuses aventures dont foisonne le foyer de l'Opéra ;
toute l'espèce des lions, des beaux, des céladons cré-
dules, des étudiants qui courent après leur idéal et
qui vont à la recherche des princesses de Trébisonde ;
les demoiselles qui espèrent un lord ou un prince
russe ; les romanesques qui méditent des enlève-
ments ; les prodigues qui ont lu quelque part qu'on
trouve au bal de l'Opéra des filles de millionnaires à
séduire. Ah ! l'intrigue ; où est l'intrigue s'il vous

plaît? l'avez-vous rencontrée sur votre route? Je l'ai
cherchée plus que personne, et, autant qu'il m'en
souvient, voici comment cela ce passait de mon
temps :

Un domino abordait un promeneur et lui disait :

— Je te connais.

— Bah! répondait le monsieur flatté et qui s'attendait à des révélations.

— Je t'ai vu passer hier sur le boulevard.

— Ah!

— Tu avais un paletot couleur pistache.

— C'est ma foi vrai! répondait en frappant du
pied l'interlocuteur, pour persuader à la foule qu'il
était horriblement intrigué.

— Tu avais aussi un cache-nez orange.

— Oui, vraiment.

— Tu vois bien que je te connais.

Et le domino s'éclipsait.

Le monsieur, resté seul, prenait un air rêveur et
disait à un ami : « Où diable ce domino a-t-il pu savoir tout ce qu'il m'a dit? »

La véritable raison d'être du bal de l'Opéra, ce
n'est pas le quadrille, ce n'est pas cette promenade
bête dans le foyer, ce n'est pas l'intrigue, car dans
la société actuelle on n'a plus rien à se dire, ce n'est
pas même le galop : c'est le souper.

En effet, vers quatre heures du matin le foyer se
vide, les couloirs s'éclaircissent; c'est l'heure où les
divinités masquées abandonnent l'olympe et se pré-
pitent dans les fiacres qui conduisent les couples

affamés à la Maison-Dorée, ce débarcadère de l'estomac et de l'intrigue. Que d'illusions la réalité va fus-
tiger ! le masque tombe, la laideur reste, et l'amoureux s'évanouit. O déception ! éternelle aventure de
l'homme à la recherche des bonnes fortunes ! les
Amaryllis et les Galatées sur le retour profiteront
toujours des licences du bal masqué pour revenir,
pendant deux ou trois heures, brouter les compliments et les tendresses de la saison des roses !

Dans cette foule qui s'amuse, ou plutôt qui prétend s'amuser parmi ces nuages de poussière et ces
torrents d'harmonie, bien des types étranges se déta-
chent sur le fond uniforme des habits noirs et des
robes de soie. Le loup et le capuchon ne cachent pas
qu'une seule et même race. Pour quelques marquises
vieilles comme la tradition, combien de noblesses et
de vertus équivoques ! que d'Atalas et de Zéphirines
qu'on prend pour des femmes du monde ! Combien
de bourgeoises parmi leurs femmes de chambre,
d'infimes lorettes, de déesses inscrites sur le livre
noir, qui circulent, qui causent ! L'esprit de saillie, qui
fit si longtemps la gloire du foyer, a fui à tire-d'aile
devant cette macédoine hétérogène. Bien peu de propos sont échangés entre ces fantômes noirs ou blancs
que l'on voit errer, âmes en peine, en butte aux lar-
dons et aux sarcasmes des gais oiseaux au plumage
bariolé que proscrit la consigne du sergent de ville.
et ces propos sont tous empruntés à une espèce de
formulaire, à une sorte de guide de la conversation
stéréotypé au fond de toutes les mémoires.

Un domino d'Opéra, selon qu'il est loué chez Babin ou bien au premier coin venu, coûte de dix à soixante francs. Si l'on calcule la dépense d'esprit que ce costume monacal vous épargne et le respect qu'il assure à toute femme, pourvu qu'elle ait petite main et pied mignon, il faut convenir qu'en France le domino, qui remplace tant de choses, n'est pas exorbitamment cher. Quelle femme ne trouve du plaisir à passer un instant pour grande dame et à succéder pour une nuit aux gens qui le lendemain lui demanderont... le cordon ?

Hélas ! que j'en ai vu passer de générations de costumes, et des plus beaux, et des plus étranges, et des plus chocnosophes ! Les plumets incommensurables ont fait leur temps : les hommes-buissons, les hommes-horloges, les hommes-champignons, ont subi une complète éclipse ; et il n'est plus question que pour mémoire du Persan à la veste solaire, et du Polichinelle à la bosse articulée. Nini Moulin passe à l'état mythologique des incarnations de Wishnou : Chicard n'est plus qu'un vulgaire pierrot, et le pèlerin à la robe de papier crépitant sous ses coquilles enfilées a vécu ce que vous ne vivez pas, ô roses ! deux ou trois nuits de bal.

Comment raconter la grandeur et la décadence de ces *lariflas*, dont j'étais un des disciples les plus distingués alors que j'avais encore l'enthousiasme du jarret ? Ils ne sont plus tous ces héros si singulièrement drapés dans leurs costumes, si fraternellement unis jusqu'à tomber ivres morts sous le feu d'un nom-

bre incalculable de bouteilles vidées en l'honneur du
dieu de la fête. Naguère on les voyait bras dessus,
bras dessous, descendre en bon ordre, quoique chan-
celants déjà de la double ivresse du Champagne et
de la musique, et faire leur apparition au milieu de
mille bravos; on assistait à leurs danses pittoresques,
à leurs contorsions miraculeuses et pourtant non dé-
pourvues de justesse et de grâce. Quelques excentriques, et que ne fallait-il pas avoir commis alors pour
mériter cette honorable épithète si prodiguée depuis!
quelques masques prodigieux d'inattendu et de fantaisie se jetaient au milieu des bandes joyeuses qui se
trémoussaient à ravir. Diables et insectes, meubles et
oiseaux pourvus de membres et de formes également
fantastiques, venaient faire vis-à-vis à quelque couple
dépareillé : une cigale au ventre rebondi en pelote,
avec le casque lamé d'argent, donnant sa patte aiguë
à une des branches d'un rosier de Bengale, exécutait
d'impossibles chassés-croisés et de fabuleuses volte-
faces, en compagnie d'un superbe moulin à vent qui
cabriolait lui-même avec une guêpe délicieuse de
souplesse, de grâce, de désinvolture, avec une guêpe
sans aiguillon, du moins il faut le croire.

A la place de ces grandeurs bouffonnes qui émail-
laient de leur diversité pittoresque les parterres de
l'Opéra et des bals publics, l'uniformité commence à
s'étendre, à gagner de l'empire au centre même de
la patrie du varié et de l'incohérent. On a reconnu
avec trop de raison qu'il ne fait pas bon danser dans
une boîte ou sous un arbuste qu'on traîne après soi;

que les abdomens farcis de crinoline gênent dans les
exercices de la haute chorégraphie, et que rien ne
serre aux entournures comme les maillots étranglés
du costume diabolique ou entomologique. Peu à peu
ces causes de désertion dépeuplèrent la garde d'honneur des excentriques ; messieurs les défenseurs nés
de la morale publique, municipaux, sergents de ville,
pompiers et autres aidant, on vit disparaître de concert les déguisements par trop débraillés et les intrus qui avaient passé par la vigne du Seigneur avant
de se présenter au contrôle. Règle générale : le
champagne doit être la clôture et non le prélude du
bal masqué.

Il n'a survécu dans cette razzia générale qu'un
nombre restreint de types à part. Toute nuance s'est
fondue dans le costume pierrot. Debureau sous son
vêtement blanc, son visage enfariné et son chapeau
conique, a servi de modèle à la tourbe des danseurs.
Avec ce léger appareil, veste lâche, pantalon flottant,
chapeau arrimé au crâne, rien de plus aisé que de se
livrer aux tours de force de la chorégraphie, aux pi-
rouettes et aux jetés-battus. Le pierrot engendre la
pierrette. Signalement d'icelle : une simple chemise
sur une peau lustrée et provocante, un pantalon
brodé, aussi court que possible, et un feutre enru-
bané qui caresse crânement l'oreille, grâce à la cour-
bure de la plume qui le surmonte. Quelques camargos à bas rouges, à corsage juste, mais économique-
ment échancré ; des sauvages, quelques postillons et

des Californiens, tel est aujourd'hui le personnel d'un bal masqué.

Enfin, au milieu de tous ces gens qui s'amusent, il existe quelques échantillons de la grande variété des gens qui ne s'amusent pas. L'ennui, divinité morbide, appesantit son bras sur bien des fronts, l'ennui qui ne pardonne même pas au débardeur guilleret, au pierrot insouciant! On le voit prendre place à la table chargée de vin mousseux et de mets inconnus; on le voit s'asseoir à côté de ces deux masques, au fond d'une loge d'avant-scène; on le voit partout, répandant les pavots au fond de tous les verres et défigurant les plus jolies bouches de ses bâillements convulsifs. O masques! quand vous n'êtes pas drôles vous êtes bien tristes!

Le carnaval d'à présent redoute le grand jour, et il fait bien. Ce qu'il cherche, c'est la nuit; ce qu'il lui faut, ce sont les ténèbres. Mille lieux nocturnes lui sont ouverts, et il s'y précipite furieusement dès que minuit a sonné l'heure des saturnales diaboliques. C'est alors qu'il faut le voir, sous le feu des lustres étincelants, au bruit tumultueux des orchestres et des sataniques fanfares, se ruer, s'emporter, se rouler au milieu des tourbillons d'une poussière enflammée et de l'épouvantable bruissement des danses et des cris sauvages. Entendez-vous les trombones et les ophicléides du quartier Latin? C'est le bal de messieurs les étudiants et de mesdemoiselles les étudiantes. Quelles étudiantes que ces femmes, qui ne savent pas lire! Voilà pourtant jusqu'où va l'euphémisme! Le quartier

Latin a abandonné le scalpel et le bistouri ; il a refermé
le *Code* et les *Pandectes*. Le Carnaval agite ses grelots,
à demain de nouvelles veilles et des travaux plus rudes
pour regagner le temps perdu. Que de privations pour
acheter ces joies passagères ! Sans la vie bien connue
des Pères du désert, on refuserait de croire à la pos-
sibilité d'une si longue abstinence endurée avec tant
d'héroïsme. C'est pour l'étudiant que le carême est
une vérité encore plus vraie que le carnaval. A dater
du mercredi des Cendres, plus de brie à dix centimes, plus de dîners à trente-deux sous, plus ou fort
peu de tabac ; on se bornera à casser une croûte, à
boire de l'eau claire, à paraître par intervalle chez les
plus humbles Flicoteaux, dont fume la douteuse cuisine, rue Saint-Jacques ou rue Saint-Dominique-d'En-
fer ; mais en attendant vive la joie ! vive l'amour et le
filet de chevreuil au madère !

Deux violons, une flûte, un chapeau chinois, une
grosse caisse et des cymbales : tel est le menu lyrique
du bal des guinguettes. Ici, c'est l'ouvrier qui se ruine
à son tour. Le voici en polichinelle, en pierrot, en pail-
lasse, en arlequin et surtout en Turc. Ah ! le Turc !
On se demande pourquoi ce costume obtient tant de
succès dans les classes inférieures. Le large pantalon, la petite veste rouge et une serviette roulée
autour de la tête en guise de turban : tout cela con-
stitue-t-il donc le beau idéal aux yeux du populaire ?

Poursuivrai-je cette odyssée de salon en salon, de
barrière en barrière ? à quoi bon ? La grande épopée
qui se chante annuellement dans l'intervalle compris

III.   4

entre le jour des Rois et le mercredi des Cendres,
sans compter cet épilogue qu'on nomme la Mi-carême,
est réellement une épopée universelle renfermant,
comme l'exige la critique transcendante, toutes les
conditions et toutes les variétés imaginables. Le plaisir prend place à chaque échelon de l'échelle sociale : la danse, le fou rire, les déguisements, la joie
bruyante, règnent à chacun des étages de la Babel
parisienne. Pour ceux que les rigueurs du contrôle
arrêtent à la porte de l'Opéra, l'Ambigu-Comique a
des lustres à bon marché, des violons et des cuivres
au rabais, et des sylphides moins exigeantes sur le
menu du souper de rigueur. Si le devis d'une nuit
grasse, à l'Ambigu, paraît encore trop effrayant, des-
cendez la série ; un déluge de notes dansantes pleut
dans tous les quartiers. Il n'est pas de coin de rue où
ne brille le transparent séducteur, où ne resplendisse
l'annonce des frais de plus en plus modestes. Toutes
les salles où peuvent s'abriter des musiciens, des
danseurs et un buffet, sont envahies, la ville entière est
transformée en une gigantesque mosquée de derviches tourneurs. On dirait que le cor magique d'Obé-
ron entraîne, par ses accents, toute une population à
ces exercices si pittoresques, décrits par la plume
fantastique du poëte Wieland.

Puis vient le lendemain, le revers de cette médaille
joyeuse. Les acteurs ont quitté la scène brisés, pâles,
ruinés ; les paillettes sont ternies et l'abdomen pos-
tiche défoncé. Où êtes-vous, pères de province, banquiers rigides que la nature donne aux étudiants ? Où

êtes-vous, fractions d'agents de change, providence
traditionnelle des Bernerettes aux abois?

J'en ai connu un de ces fervents adorateurs du
dieu Carnaval et qui doit être présentement un aus-
tère conseiller de Cour impériale quelque part. Quand
sonnait, à l'horloge de la Folie, l'heure des joyeuses
sarabandes, rien ne pouvait plus le retenir. Il avait sa
place à tous les quadrilles et son couvert à toutes les
tables de souper. Il était le général en chef de cette
armée des lariflas, qui a jeté tant de gais couplets
sous les coupoles des salles de bal. Intrépide au galop, galant dans l'aparté, superbe sous le travestis-
sement, on ne connaissait que lui et son plumet blanc
parmi les constellations animées du firmament Breda.
Un soir, au moment où les transparents commen-
çaient à resplendir, il fouille dans sa poche, elle était
vide ; comment se procurer un costume chez Babin ?
Il se rend chez le costumier et laisse un gage contre
un déguisement quelconque, son habit de ville. Le
lendemain la difficulté était plus grande encore. On
peut aller à l'Opéra en débardeur, mais à l'École de
droit... Il écrit donc à un ami de lui envoyer un pantalon d'hiver. L'ami répond : « Si tu n'as pas de pantalon d'hiver, je n'ai pas divers pantalons. » Affreux
jeu de mots ! Notre futur magistrat fut forcé de rester
pendant huit jours calfeutré dans son costume de débardeur. Un mandat paternel lui rendit son paletot,
son pantalon de drap et la liberté. Bast ! Qu'est-ce que
la misère quand on a vingt ans ! Qui me ramènera

jamais au grenier de Cabochard, à ses dîners fantastiques et à nos jeunes amours, ô Atala !

En résumé, le carnaval parisien est plus bruyant que gai, plus tapageur que spirituel. Tous les ans il se rencontre des moralistes qui annoncent que le carnaval est un vieil usage qui s'en va ; mais cette folle et vieille coutume durera probablement jusqu'à la fin du monde.

La musique et la danse, à chaque étage de la société, sont les éléments fondamentaux de toutes nos fêtes, de toutes nos réjouissances. En Angleterre, on préférerait une lutte de boxeurs ou un combat de coqs. L'Espagne ne se livre à ses boléros qu'après avoir respiré l'odeur du sang dans une belle *corrida*. L'Allemagne ne trouve pas de jouissance supportable sans la bière et la pipe.

Pour arriver à la perfection presque idéale où nous la voyons parvenue chez nous, la danse a procédé comme la philosophie ; elle a employé, mais avec plus de succès, la méthode éclectique. Je vous étonnerais bien, Chicard, Bastringuette et Cornemusette, si je vous disais que vous appartenez à l'école de M. Cousin et des néo-platoniciens d'Alexandrie !

L'Angleterre offre à l'étude et à l'admiration des visiteurs sa danse nationale, la gigue ; l'Allemagne est le pays de la valse, la Pologne a enfanté la polka ; on accuse la Hongrie d'avoir donné naissance à la mazurka et à la redowa ; l'Écosse paraît être la mère de la schotisch ; l'Italie a la tarentelle ; l'Espagne toutes les danses en *o*, bolero, zapateado, etc. L'art des pi-

rouettes arrive en droite ligne des derviches mahométans, et les Iowais nous ont initiés à la danse du
scalpe. Si nous jetons un coup d'œil sur la mère patrie, nous y trouvons encore certains pas nationaux
qui ne manquent pas de caractère, comme la bourrée,
la gavotte, la sabotière, etc. Bref, chaque nation avait
apporté sa pierre à l'édifice chorégraphique ; chaque
peuple avait inventé une combinaison dans les évo-
lutions simultanées ou successives des danseurs des
deux sexes et dans les mouvements individuels de
chacun. L'un faisait valoir ses jarrets d'acier, l'autre
sa taille flexible, celle-ci sa hanche onduleuse, celle-là
sa jambe fine et son pied nerveux. Toute danse avait
un caractère ; il fallait en inventer une qui réunît en
un faisceau les caractères divers : un homme de génie
se trouva, et la danse pittoresque fut inventée.

Hélas ! le cancan n'a pu arriver à conquérir son
droit de cité dans les réunions dites comme il faut,
où le suprême bon ton consiste à s'ennuyer parce
qu'on s'ennuie avec distinction.

Quels sont les plaisirs d'un salon en l'an de grâce
1854 ? Après la présentation, qui consiste en une
simple révérence donnée et rendue, l'invité se trouve
abandonné à lui-même. A peine a-t-il le droit d'échanger avec les maîtres de la maison quelques paroles de
politesse. Le seigneur du logis cause politique ou
chemin de fer, actrices ou Bourse avec un gros bonnet de la spécialité. La dame s'efforce d'activer la
conversation entre les femmes qui attendent leurs
danseurs, et dépense tout son esprit pour ranimer les

4.

souvenirs de la chronique, pour déchirer l'absent ou
l'absente, à qui, une heure plus tard, on fera fête
d'une embrassade ou d'un serrement de main.

Toujours la vieille scène de Molière, toujours ce
même rôle de Célimène qui se jette au cou d'Arsinoé
au moment même où elle vient de l'accabler de sarcasmes en parlant aux deux marquis. La médisance,
souvent accompagnée de sa sœur aînée la calomnie,
règne surtout dans le cercle des beautés sur le retour
que l'impolitesse du monde appelle des *tapisseries*.
Quant au personnel actif de la danse, il cède peu à
cette manie dénigrante. La succession précipitée des
quadrilles, des valses, des polkas, s'oppose aux conversations ; mais, grâce à la rigueur de l'étiquette chorégraphique dans le monde, la danse devient, non
plus un plaisir naïf, mais un violent exercice du res-
sort de la gymnastique. Allez donc échanger de gais
propos au milieu des figures compliquées de la contre-
danse ou dans le tourbillonnement de la valse, ou
bien encore quand une fantaisie de l'orchestre vous
condamne à braver les difficultés d'une schotisch ou
d'une redowa ! Bon nombre de danseurs, après avoir
passé la nuit entière dans l'accomplissement de cette
rude corvée, se trouvent avoir pirouetté, avoir tourné,
avoir battu des pas devant d'insignifiants automates,
beaux et froids comme des figures de cire, et stylés à
ne répondre que par monosyllabes comme l'*Olympia*
d'Hoffman.

Le matériel de ces soirées de bon ton n'exige d'autre description que celle du procès-verbal de l'huissier

où du commissaire-priseur. On peut ranger parmi les meubles, en même temps que les lustres, les candélabres, les fauteuils et les plateaux à rafraîchissements, ces domestiques en livrée, Frontins dégénérés qui circulent du salon au buffet et du buffet au salon. Ces messieurs, cantonnés dans une estrade ou dissimulés dans un corridor, ces complaisants qui semblent se réduire à l'état de cariatides aux alentours d'un piano, ne bougeant pas plus de leur poste que le griffon sculpté qui sert de pied à l'instrument, et sachant juste assez de musique pour tourner le feuillet à propos lorsqu'un amateur mélomane de l'un ou l'autre sexe vient imposer ses talents à la compapagnie : partout on rencontre ce monde-là. C'est le complément indispensable de toute réception dan· sante. Je citerai encore les joueurs, qui, peu soucieux de musique et d'agitation corporelle, se réfugient autour d'un tapis vert, et passent de longues heures à épuiser les combinaisons du whist, à gémir sur une invite mal comprise ou un singleton déplacé.

Chez le bourgeois, le spectacle est le même, sauf que le salon est trop neuf, que la cheminée, où l'on n'allume du feu que pour les jours solennels, se venge en vomissant des tourbillons de fumée. Les meubles, tout frais sortis de la housse protectrice, conservent le lustre qu'ils avaient chez le tapissier. Puis la livrée de louage qui pare des domestiques maladroits et peu au courant du service extraordinaire des glaces, du punch et des babas ; ou bien encore la figure de serviteurs payés seulement pour la soirée, et recrutés dans cette valetaille bohème qui erre de maisons en maisons, vrai fléau pour toutes les familles chez lesquelles elle s'introduit; d'autres fois, c'est la parcimonie qui se produit en petites lésineries ridicules : insuffisance de luminaire, mauvaise qualité de musique et des rafraîchissements; que de bonnes fortunes pour les rieurs ! Quelles anecdotes pour la verve dénigrante de ces valets vagabonds que leur fortune conduit tour à tour dans tant d'endroits différents !

Ah! que j'aime bien mieux la soirée du petit commerçant retiré des affaires après trente ans de cassonade. Là, pas de prétentions ! les frais se bornent à un violon ramassé par hasard ; les invités se recrutent dans la tribu des oncles et des petits-cousins, des alliés à la mode de Bretagne et des collatéraux. On appelle aussi quelque vieux camarade du père, quelque amie de pension de la mère, quelque voisin jovial chargé d'être le boute-en-train de la gaieté. Il se boit là force sirops suffisamment mélangés d'eau, force infusion de thé, accompagnée de massives brioches, et à la fin apparaît le bol de punch ou de vin chaud épicé de cannelle et relevé avec du citron et des clous de girofle !

Abordons maintenant les bals publics.

A la Chaumière, toutes les variétés de casquettes et d'accents sont représentées dans un tourbillon, dans une mêlée confuse de créatures et de voix humaines. Les chapeaux, en minorité, ne se maintiennent sur l'oreille de leurs propriétaires que par un miracle d'équilibre. Les naissantes moustaches ou la barbe à l'état de forêt vierge décorent toutes les physionomies; une crinière digne des rois de la première race complète l'ornement naturel de ces majestueux visages. Quant aux Héloïses, dont la tenue de bal se compose d'une capote de crêpe et d'un châle tombant jusqu'à la cheville, elles sont aussi échevelées que les Abeilards sont chevelus.

L'orchestre prélude, et aussitôt tous les Alcindors interrompent leurs libations pour se précipiter dans l'enceinte réservée à la muse dansante. Voilà la joie! voilà le bonheur! S'ils dépassent une certaine limite, gare à eux : Argus veille, Argus a un poignet formidable, et Argus se nomme le père Lahire.

Il faut l'entendre, ce père Lahire, interpellant danseurs et danseuses. Il connaît tous ses pensionnaires. « Mousqueton, s'écrie-t-il, voilà un avant-deux bien risqué, ma fille. — Bastringuette, si tu recommences cette pastourelle, je t'insinue à la porte. — Grenouillet, ce chassez-croisé ne me convient pas. »

Au Château-Rouge, célèbre par ses illuminations, qui ressemblent à des incendies organisés, on a vu accourir les Ris et les Jeux, jeux de billard, jeux d'oie et de balançoire; tir à l'arbalète et au pistolet.

Quant au bal Mabille, resplendissant de lumières, grouillant de bruits joyeux, de farandoles et de chansons, c'est le bazar des faciles amours, le paradis, l'eldorado, la terre promise des femmes sensibles et des jeunes gens généreux. C'est sous les bosquets de Mabille que sont distribués par l'aréopage

des danseurs ces ingénieux sobriquets connus de tout
Paris : *Sabretache*, *Mogador*, *Mousqueton*, *Carabine*, etc., noms de guerre et d'amour. C'est à Mabille que se révéla cette formidable royauté qui fut
emportée, au bout de trois saisons, par une fluxion
de poitrine. Je veux parler de Sa Majesté dansante et
polkante la reine Pomaré.

A côté de Mabille le Jardin-d'Hiver. Point n'est
besoin, pour y entrer, de toutes ces vertus qui font
l'ornement du Père-Lachaise. Êtes-vous bon père,
bon époux, qu'importe? passez au contrôle. La porte
s'ouvre à deux battants pour les ceintures dorées,
pour les seins décolletés, les tailles qui se cambrent.
Pas de fantômes, de belles et bonnes réalités palpa-
bles et sensibles; ah! surtout sensibles. Entrez, vous
trouverez l'asphalte du boulevard et les plantes des
tropiques fleurissant côte à côte. Vous entendrez ga-
zouiller les oiseaux qui naissent au Brésil et ceux qui
perchent rue de Navarin. C'est ici que resplendit la
charité en robe de satin, les bras voluptueux, le sein
palpitant, la chevelure embaumée. On fait de la musique, on danse, et c'est pour les pauvres. Ah! les
gaillards (je parle des pauvres)! Concerts, bals d'enfants costumés, bals de belles dames mêlées à de
belles sirènes, le Jardin-d'Hiver offre tout cela, et
par-dessus le marché un musée de statues en carton-
pierre.

Et tant de grandeurs ont failli s'éclipser! On a
craint un instant que le gaz ne vînt à s'éteindre, que
le dôme vitré ne tombât en pièces sous le ciseau van-

dale de quelque adjudicataire. Flore a été menacée,
il y a quelques années, de Clichy, ce débarcadère de
toutes les gloires, cette amphitrite de tous les soleils.
Flore à Clichy, Flore traînée dans un fiacre vulgaire
chez le président du référé ! Mais le plaisir a, de dé-
tresse, fait sonner ses grelots. On danse encore, on
chante encore, et l'on dansera et chantera toujours
sous le dôme du Jardin-d'Hiver.

Le public dansant qui se presse dans les salles du
Ranelagh ne diffère pas essentiellement de celui qui
peuple Mabille et le Château-Rouge. Mais le Ranelagh,
après quatre-vingts ans de gloire et de flonflons,
fera bien de se disposer à prendre ses invalides. Le
Ranelagh est dépassé.

Un établissement jeune et vivace, c'est la Closerie
des Lilas. Le printemps y sourit en toutes saisons,
puisque la jeunesse y apporte ses chansons et sa
gaieté. Le dieu qui règne sous ces ombrages, c'est
Cupidon, conduisant le cœur des vierges, les unes
folles, les autres en train de le devenir. On s'y abreuve
d'un nectar assez vulgaire, on y fume toutes sortes
de tabacs et toutes sortes de pipes, et on y danse tout
ce qu'il est permis de danser, et même un peu plus.

Parmi les salles d'hiver, le Prado est une des plus
célèbres. La magistrature, la politique, les lettres, la
diplomatie, se sont recrutées parmi les cavaliers qui
ébranlaient, il y a vingt-cinq ans, ces voûtes remises
à neuf.

Beaucoup de femmes de lettres seraient heureuses
d'obtenir moitié autant de notoriété que certaines

houris du Prado ; et, en effet, bien des gens connaissent, au moins de nom, Pochardinette et Pavillon,
qui n'entendront jamais parler de madame Trois-Étoi-
les, auteur d'un volume de poésies, et d'un proverbe
représenté au théâtre impérial de l'Odéon. La *Grosse-
Tête* est plus connue que la plupart de nos hommes
célèbres, et cela parce qu'il a plu à quelques désœu-
vrés de transformer en ravissantes odalisques de pauvres diablesses de créatures nourries de bière et de
croquets, et qui dansent de la façon la plus indécente
possible, pourvu que le gendarme tourne le dos. La
vraie danse française perd chaque jour de ses traditions ; elle a quitté le Prado le jour où Mimi-Pinson
franchissait le pont Saint-Michel et se dirigeait vers
les boulevards.

Valentino se peuple d'un public un peu plus con-
venable, grâce à un assez bon orchestre. La salle
Montesquieu descend à un étage au-dessous de Valentino. Il y a là une nuée de cuisinières, de femmes
de chambre, de garçons bouchers et d'alcides.

La disposition générale de toutes ces salles de bal
ne varie guère. A l'entrée, d'un côté le bureau du
contrôle, de l'autre le vestiaire. Le tout suffisamment
embelli de gendarmes et de sergents de ville. Autour
de la salle de danse, plus ou moins illuminée, déco-
rée, enguirlandée, peinturlurée, règne une galerie
que supportent des poteaux déguisés en colonnes ; le
dessous de la galerie est occupé par des stalles gar-
nies de banquettes, que l'on rembourre avec du foin,
de la paille, et même que l'on ne rembourre pas du

tout. La buvette est établie au premier étage, excepté au Prado, où l'on consomme dans une sorte de cave au bruit des trépignements de la polka supérieure. Dans les établissements de premier ordre, il existe encore plusieurs pièces latérales, dites salons de jeux. D'abord les billards ordinaires, puis le billard égyptien, servant à jouer aux quilles, et sur lequel les habiles gagnent des bouquets et des boîtes de bonbons qui centuplent leur galanterie naturelle.

Indépendamment de ces accessoires, Valentino offre à ses habitués le délassement du tir au pistolet. Le prix de chaque coup, le loyer du pistolet et le nombre de poupées que l'on s'expose à éborgner, d'œufs que l'on casse, de cartons que l'on crève, induisent les amateurs trop adroits à des dépenses que tout le monde ne peut pas se permettre.

Il me serait difficile, pour ne pas dire impossible, de poursuivre jusque dans ses dernières tanières le joyeux dieu du plaisir. Il y a des salles de bals où l'on n'est admis qu'en blouse ; d'autres où la bourrée règne sans partage, et où le contrôle fait subir un interrogatoire dans le plus pur idiome du Cantal ou de l'Aveyron. Telle enceinte ne reçoit que des messieurs en livrée et leurs dames, telle autre n'ouvre ses portes qu'aux casques des pompiers. A l'enseigne du Bœuf-Rouge, on ne danse que la valse ; peut-être que la redowa seule pénètre dans les salons du Moulin-Vert où du Violon-Noir.

Les chiffonniers se sont réservé, par droit de conquête, d'inabordables sanctuaires à la barrière du

Maine. C'est dans un de ces salons qu'a été impro-
visée la célèbre romance :

> V'là vot' fill' qu'on vous ramène ;
> Elle est dans un bel état :
> Depuis la barrièr' du Maine,
> En'n fait qu' d........ comm' ça.

Les gens de maison expulsent impitoyablement tout
intrus qui pénétrerait dans le *Salon de Mars*. Un nègre
bon teint ferait triste figure parmi les nègres à la détrempe qui se livrent aux danses échevelées en usage
un peu partout. Qu'il frappe à la porte du bal du
Mont-Blanc, et un confrère aussi noir que lui recevra
la contribution. Il trouvera des belles à la peau
d'ébène, des danseurs fraîchement arrivés de la Gui-
née pour lui faire vis-à-vis. Je me demande seulement
pourquoi cette salle s'appelle la salle du Mont-Blanc.

En général, l'originalité n'est pas le caractère
saillant de ces réunions, démocratiques en apparence,
mais au fond plus exclusives que certains salons. Le
local, qui sert tour à tour de goguette, de cabaret,
d'estaminet, de salle de bal, et qui réunit souvent ces
diverses destinations, ne brille que par l'absence to-
tale d'ornements et de décorations ; éclairé soit par
des chandelles, soit par des lampes fétides, meublé
de bancs de bois et de tables éclopées, il ne se distingue en rien d'une grange ou d'un atelier dévasté. Je
citerai comme modèle du genre les Barreaux-Verts,
qui s'appellent aussi le bal du Guillotiné, surnom un
peu cramoisi qui n'est heureusement qu'une méta-

phore populaire, dont un professeur de polka a bien
voulu me donner l'explication.

La salle des Barreaux-Verts, assez haute pour les
danseurs, est un peu basse pour l'orchestre, lequel
plane, suivant la coutume, dans une tribune supérieure. Pour le vulgaire des instruments, l'inconvénient est médiocre. On entre en fléchissant l'échine,
on s'asseoit sur sa chaise et tout est pour le mieux.
Il ne peut malheureusement en être ainsi pour la con-
tre-basse, violon monstre dont on ne joue que debout.
J'ajoute que l'exécutant est d'une taille de grenadier
prussien. Qu'a fait le propriétaire des Barreaux-Verts
pour résoudre ce difficile problème? un trou au plafond, dans lequel disparaît le chef du géant. Son corps
habite le rez-de-chaussée, sa tête loge à l'entre-sol.
De là le sobriquet du Guillotiné.

Dans la plupart de ces endroits chéris du populaire, on peut se donner à bon compte le divertisse-
ment de la danse; le contrôleur, en échange de la
modeste somme de vingt-cinq centimes, délivre un
billet qui représente une consommation au choix. Le
canon, la chopine, le polichinelle et autres diminutifs
du litre, obtiennent la préférence et figurent au premier rang sur la carte des rafraîchissements. Le trait
d'union entre ces bals et les bals plus relevés, c'est
l'inévitable sergent de ville. Il est là, toujours là,
statue vivante et presque inanimée de la pudeur;
adossé soit à une colonne, soit à un poteau, soit simplement au mur, il contemple, silencieux et ennuyé,
les quadrilles, les valses, les polkas. Nul ne lui

adresse la parole, et quand il parle il n'a rien d'agréable à dire. Parmi les autres personnages qui se retrouvent, sous diverses formes, dans tous ces lieux publics, on remarquera la bouquetière, tantôt chargée de fleurs artistement entrelacées, représentant une valeur de dix à quinze francs, tantôt portant de groupes en groupes des sélams plus modestes et accommodés à la fortune présumée des acheteurs. Dans les bals infimes, la bouquetière exerce assez souvent une industrie moins avouable ; ah ! la coquine !

CHAPITRE III.

Bilboquet homme de science. — L'optique des mœurs. — L'*Alchimiste*
de Rembrandt. — Paracelse. — Le savant de notre âge.— Le paletot
blanc et les gants jaunes de messieurs les professeurs. — Bilboquet
autour de l'Institut. — Résurrection de Cabochard. — La direction
des ballons. — Le feuilleton des sciences. — Les gastronomes scientifiques. — Les lézards. — Les crocodiles. — Les singes empaillés.—
La muse de la pharmacie. — Le laboratoire de Bilboquet. — Les
pistons. — La section des grands seigneurs. — Je pose ma candidature. — Les empereurs d'Orient et les académiciens. — Le parterre
et le poulailler de la science. — Les soirées de savants. — Les
femmes de savants. — Le dieu de l'oxygène et du phosphore. — La
polka scientifique. — L'ingratitude de la digestion. — Les mines d'or.
— Les mines de diamants. — Pas une voix pour Bilboquet !

J'ai caressé toutes les illusions sociales, capté successivement les faveurs de la politique, des arts, du
théâtre, de l'élégance et de la galanterie.

J'ai voulu aussi m'attacher à la poursuite des
palmes de la science.

Cette ambition devait me venir naturellement après
tant d'autres.

Vous avez vu Bilboquet homme de rien, homme
de littérature, homme administratif, politique, indus-
triel, financier ; n'êtes-vous pas curieux aujourd'hui
de connaître Bilboquet savant?

J'ai vu de près le monde de la science, grâce à cer-

5.

taines tentatives, à certaines démarches auxquelles je
me suis livré.

C'est un monde bien curieux, je vous assure, trop
rarement étudié, et qui représente un des points de
vue les plus importants de la grande optique de nos
mœurs.

Autrefois on se figurait un savant sous les apparences d'une espèce de sauvage diabolique avec un
pain de sucre sur la tête, de la barbe jusqu'au nom-
bril, deux paquets de filasse blanche à la place des
sourcils, portant des sabots bourrés de paille été
comme hiver, une couverture de laine sur les épaules,
une corde à puits autour des reins, etc.

Le savant logeait alors dans des nids, dans des pi-
geonniers impossibles exposés aux quatre vents du
ciel, afin de pouvoir mieux observer le cours des
astres.

Ou bien il habitait des tanières, des trous creusés
dans le sable, des excavations humides et malsaines
pour étudier l'intérieur de la terre, la formation des
volcans, les masses granitiques, les terrains diluviens,
tertiaires, stratifiés, etc...

C'était le bel âge de la science. Le savant ne dînait
alors qu'avec de vieilles croûtes de pain, des carottes
crues et de petits oignons.

Il sortait de chez lui deux ou trois fois par an tout
au plus, pour aller acheter son charbon.

Toujours à ses fourneaux, à son télescope, ou le
nez enfoncé dans ses minéraux et ses insectes, sui-

vant sa spécialité, il vivait en dehors de toutes les agitations du monde.

L'*Alchimiste* de Rembrandt, ce chef-d'œuvre noir comme la cheminée, ne donne qu'une idée imparfaite de ce qu'était le cabinet du vieux savant de la belle époque.

Jamais, au grand jamais, un coup de balai ni de plumeau dans ses pénates.

Des toiles d'araignée partout, de vieux pots cassés, des détails fabuleux de saleté pittoresque et de couleur sombre.

Que nous sommes loin de ces âges primitifs où l'on faisait de la science pour la science, où l'on s'isolait des années entières dans l'alcool et le charbon, seulement pour l'amour des recherches, pour les progrès du savoir et sans aucune arrière-pensée d'intérêt ni d'ambition !

Un savant du temps de Paracelse, à qui vous auriez proposé une décoration quelconque, vous aurait lancé à la tête son matras ou sa machine pneumatique.

Que les temps sont changés, encore une fois !

Aujourd'hui, l'homme de science est avant tout homme de pratique ambitieuse et de savoir-faire. C'est le général en chef de tous les solliciteurs possibles.

Dans toutes les antichambres politiques, à toutes les audiences de ministres, qui trouvez-vous en première ligne ? des savants qui quêtent, qui attendent, qui viennent solliciter une amélioration, une augmentation quelconque.

La science est une carrière positive, comme le commerce ou le notariat. On arrive là comme partout avec de l'aplomb, de la persévérance et des opinions de la plus grande élasticité.

Le savant de nos jours a quitté entièrement les allures et la peau d'ours du vieil astrologue des vieux âges, il vit dans les gants jaunes, les cravates blanches, les paletots blancs; il est immensément décoré.

Il a des salons considérables. Il fait faire, autant que possible, antichambre aux gens qui viennent le visiter, attendu qu'il est bien aise de rendre au prochain la monnaie des mortifications qu'il lui a fallu endurer pour son propre compte.

Du reste, introduit de droit dans toutes les exploitations métallurgiques, grandes usines, hauts fourneaux, en qualité de conseil, d'arbitre, de rapporteur, il fait payer ses avis au poids de l'or. — Aujourd'hui tout savant un peu bien posé est millionnaire ou le sera.

Il est collaborateur de naissance de toutes les industries productives qui s'établissent. Il a des myriades de places, une position sociale qui vaut mieux qu'une recette générale.

Notez bien que personne ne s'inquiète de lui, ne le conteste ni ne l'épluche. Il vit heureux et calme comme l'idylle, dans le fond d'un émargement ignoré. C'est le dernier des anachorètes dorés sur tranches.

Ce sont tous ces avantages et beaucoup d'autres

qu'il serait fastidieux d'énumérer qui m'avaient engagé à me lancer dans cette carrière favorisée des dieux.

J'y voyais une position flatteuse à obtenir, une veine productive à exploiter, un nouveau titre à faire flamboyer sur mes cartes de visite.

Bilboquet, membre de l'Institut! — Est-ce que vous ne trouvez pas qu'il y a là quelque chose de ronflant qui devait m'électriser et m'engager à aller de l'avant?

J'avais alors renoué connaissance avec Cabochard, qui se trouvait, comme toujours, empêtré dans les problèmes et les difficultés de l'existence.

Il était devenu une espèce de personnage scientifique, toujours avec des ressources pécuniaires infiniment limitées.

Il s'occupait dans ce temps-là de la direction des ballons.

Il en était à sa trente-huitième ascension, qu'il avait tentée par procuration, heureusement pour sa conservation personnelle.

Il avait rassemblé une foule de poutres, d'écrous, de cordages, de ressorts et de vieux morceaux de fer, composant une espèce de grand imbroglio, de vaste triangle, placé sous un hangar, et que les amateurs du progrès de la mécanique étaient admis à visiter moyennant une rétribution de vingt sous par tête.

Tout cela devait, à un signal donné, s'enlever en l'air à la suite d'un aérostat magnifique, et imprimer à ce même aérostat des mouvements d'une précision parfaite.

Jusqu'à présent le ballon seul s'était enlevé; la mécanique était restée à l'écurie.

Cabochard joignait à cette industrie brillante la position de rédacteur scientifique.

Il tripotait le feuilleton des sciences dans un journal très-peu répandu, ce qui ne le mettait pas à même de diner tous les jours.

Il venait me voir depuis quelque temps avec une certaine assiduité.

Je n'ai pas besoin de dire que j'allais moi-même au-devant de ses demandes d'argent.

Un homme qui entreprend de diriger des ballons a nécessairement pour condition normale de se trouver entièrement dépourvu de capitaux.

C'est Cabochard qui m'avait mis dans la tête l'idée de devenir un des coryphées de la science moderne.

Il connaissait à fond les coulisses du monde scientifique. Quand on a fait du journalisme, on pénètre nécessairement bien des mystères.

On a vu nez à nez tous les amours-propres académiques. On connaît le fort et le faible de toutes les célébrités mathématiques, géologiques, physiques, chimiques, minéralogiques, etc.

— Tu es riche, me disait-il souvent, tu es dans d'excellentes conditions pour arriver dans le monde savant.

D'abord tu peux donner de beaux diners. C'est un grand moyen de succès. Les savants sont, en général, gourmands comme de vieux chanoines. Arrange-toi pour les grouper autour d'une table plantureuse; tu es sûr d'obtenir ainsi pas mal de voix pour l'Institut.

— Ce Bilboquet va bien, diront-ils au bout de quelque temps; il a des connaissances très-variées!... Ce n'est peut-être pas un homme très-profond, mais il sait beaucoup.

Il a d'ailleurs tant de bonne volonté, de zèle!... Ce sera peut-être un jour une acquisition précieuse pour l'Institut... Si on le lançait à la société philomathique!...

La société philomathique, c'est le marchepied, comme qui dirait l'Odéon de l'Institut.

Je reconnus bientôt que Cabochard ne m'avait pas trompé en me disant qu'une haute position financière exerçait la plus grande influence sur les faveurs du monde scientifique.

Avec de l'argent, vous ne ferez jamais une bonne tragédie, une bonne statue, ni même un bon paysage; tandis que vous pouvez parfaitement, par la force seule du capital, prendre une grande et forte position dans la science, faire ou faire faire des Mémoires remarqués.

Vous pouvez d'abord consacrer une partie de votre appartement, votre salle de bain, votre salle de billard, voire même votre chambre à coucher, à des collections de minéraux.

On parle de cette collection; on vous emprunte des échantillons. Cela commence à éveiller la popularité autour de votre personne.

Vous remplissez votre antichambre et votre porte cochère de crocodiles, de grands lézards, de grands singes et d'ossements. Toute votre maison infecte le chlore et l'alcool.

Vous êtes décidément un homme voué à la science.

Vous avez le courage d'admettre dans votre intérieur des squelettes, des momies, des minerais.

Il faut absolument que l'on compte avec vous.

De plus, vous fondez dans vos cuisines et vos remises un vaste laboratoire garni de tous les instruments et de toutes les substances que peut rêver la muse de la pharmacie.

Qui donc vous empêche de réunir dans le sein de ce même laboratoire plusieurs jeunes larbins chimiques, ornés de grands tabliers noirs, des Sheels et des Lavoisier en herbe; vos apprentis, vos rapins, qui exécuteront des choses immenses, qui vous trouveront tous les matins deux ou trois corps simples en fumant leur pipe, qui se plongeront courageusement pour vous dans le mercure, la vapeur de soufre et l'ammoniaque?

C'est ainsi que les choses se pratiquent dans certaines régions du monde scientifique.

Tout homme posé tient sous ses ailes de pauvres jeunes adeptes qui sont occupés du matin au soir à faire le vide et à mettre du charbon dans le fourneau aux expériences.

Ces néophytes, connus sous le nom de *pistons*, mettent souvent la main sur de grandes découvertes.

C'est le patron qui se les applique nécessairement,

C'est, en définitive, sous son toit, avec son charbon, dans ses capsules, que les expériences se sont faites : — il est tout naturel que le profit lui en revienne.

Le laboratoire de Bilboquet a eu un moment beaucoup de célébrité.

Je ne comprenais pas un seul mot à toutes les substances que je voyais naître tous les jours sous mes yeux

J'examinais souvent mes larbins, qui me paraissaient verser du vin bleu dans du trois-six, du trois-six dans du vin bleu.

Je voyais passer devant moi des substances de toutes les couleurs, des odeurs de toute espèce.

Souvent, lorsque j'entrais dans mon laboratoire, je me figurais être à minuit dans les rues de Paris, derrière un de ces chariots que vous savez. C'était complet !

— Surtout, me disait Cabochard, aie toujours l'air de bien comprendre tout ce qu'on exécutera devant toi.

Tu n'as qu'à t'écrier, chaque fois qu'on fera une expérience sous tes yeux : — Très-bien ! très-bien !... Magnifique produit !... C'est tout ce qu'il en faut.

Les chimistes qui se trouvent devant des mathématiciens, et qui souvent ne comprennent pas même les quatre règles de l'arithmétique pour la plupart, s'en tirent par un sourire approbatif qui leur tient lieu de toute espèce de calcul différentiel...

Outre mes animaux empaillés, mon laboratoire, mes collections et mes élèves, j'avais aussi mes

III.   6

serres chaudes, qui me posaient dans la section de botanique.

Tout le monde parlait de mes richesses en fait d'orchidées, de cinéraires, de plantes difficiles qui constituent des familles très-compliquées, des variétés à perte de vue, des divisions, subdivisions, contre-divisions déterminées par des points existant sur le revers de certaines feuilles, et que l'on distingue à l'aide du microscope.

— Le grand point, pour un homme qui s'occupe de science, me répétait sans cesse Cabochard, est d'arriver à l'Institut. C'est son bâton de maréchal, son paradis.

Qu'est-ce que l'Institut? C'est l'Académie des sciences.

Vous me demandez pourquoi MM. les physiciens, les agronomes, les chimistes, les géomètres, ont imaginé d'appeler leur Académie l'*Institut*, quand il y a cinq classes de l'Institut, cinq instituts, par conséquent, qui se valent entre eux ou qui du moins sont censés se valoir.

Pourquoi donc l'un des cinquièmes d'un même tout prétend-il absorber à lui seul le nom collectif de la communauté?

D'où viennent cette singulière assurance et cet aplomb passablement déplacé chez MM. les savants?

Que penseriez-vous d'un journal quelconque qui s'appellerait le *Journal*, ou d'un théâtre qui s'intitulerait le *Théâtre*?

L'Institut donc, puisque Institut il y a, se divise en

plusieurs sections, qui répondent à l'un des compartiments de la grande arche sainte de la science.

Vous avez la section de chimie, de médecine, de mathématique, de physique, d'agriculture, etc.

Il y a même une section qui, pour n'être pas officiellement reconnue, n'en existe pas moins dans les cases diverses que renferme l'ensemble, — je veux parler de la section des grands seigneurs.

C'est là qu'on insère les hommes excessivement riches, les marquis de Carabas qui pratiquent la science par la force du capital.

Cette section existe un peu dans chacune des autres.

Les camps des diverses sciences réservent d'un commun accord une stalle numérotée pour le généreux richard qui envoie à l'Institut des objets précieux, des animaux empaillés ou vivants, des monstres rares, des merles blancs, des bêtes de l'Apocalypse, des lingots d'or, des fragments de bibliothèque et qui de plus invite ses membres énormément à dîner.

Quand le grand seigneur se présente, on le case comme on peut.

C'est tantôt la physique, tantôt la physiologie, le plus souvent l'agriculture, la plus élastique et la plus accessible de toutes les sections, qui est obligée de l'admettre dans son sein.

Je revenais de droit nécessairement à cette section des grands seigneurs, en ma qualité d'amphitryon modèle, moi qui possédais alors une des premières caves de France !

Je continuais donc à recevoir périodiquement chacune des sections de l'Institut, et je ne manquais aucune des séances.

— Puisque tu es dans l'intention de te poser comme candidat, me disait Cabochard, au moins faut-il qu'on aperçoive ta figure dans le sanctuaire. C'est un devoir dont tu ne peux te dispenser...

Il m'a donc fallu assister tous les lundis à ces graves séances où j'ai souvent récolté, il est vrai, de très-fortes doses d'ennui, mais où j'ai été en même temps à même d'examiner l'humanité sous un aspect bien curieux et bien nouveau.

Voulez-vous avoir la mesure exacte de ce qu'une cervelle humaine, une conscience humaine, peut contenir de vanité, de folle hauteur, de satisfaction de soi-même ? — Examinez certains membres de l'Institut.

Il y en a plusieurs qui ne sont vraiment pas des mortels comme les autres, qui se considèrent comme étant d'une essence, d'une région particulière.

Il ne faut que les voir quand ils se lèvent, s'asseoient, se promènent dans les cours ou dans les bibliothèques.

Dieu ! que j'ai eu souvent envie d'éclater de rire en observant de quelle manière ils jettent leur paletot à leur place et s'emparent de leur fauteuil !

Les empereurs d'Orient, à leur apogée, n'ont jamais eu de ces allures ni de ces regards-là.

Il est convenu qu'un membre de l'Institut, une fois en possession de sa chaise curule, ne reconnaît plus personne, ne salue plus personne, de peur de compromettre sa dignité et de déranger son jabot.

Amis, parents, connaissances, camarades, collaborateurs, tout disparaît à ses yeux. Les plus jeunes, les plus nouvellement admis, sont nécessairement les plus roides et les plus drapés.

L'Institut est l'endroit du monde où l'on consomme le plus de pastilles de gomme.

Vous avez là de vieux catarrhes, des asthmes, qui datent de l'expédition d'Égypte et qui mêlent de temps en temps leurs notes graves et leurs points d'orgue au bourdonnement ordinaire des séances.

L'objet principal des réunions est d'écouter ce qu'on appelle les communications qui sont faites par les savants surnuméraires.

Ce sont ordinairement des jeunes gens plus ou moins jeunes, qui lisent d'une voix tremblante des tartines sur les poissons, l'électricité, un acide quelconque, la lumière, le soleil, le magnétisme, la cristallographie, etc.

Ces lectures-là opèrent comme un excellent narcotique.

On a dit souvent que le membre de l'Institut était un des plus magnifiques ronfleurs en plein jour que l'on pût citer ; — rien n'est plus vrai.

Cela tient non-seulement à l'énormité des perruques écrasantes et à l'épaisseur des calottes grecques que la plupart de ces messieurs sont obligés de porter; — c'est aussi une nécessité, une conséquence directe de cette division en sections qui est établie dans le corps lui-même.

Quand la mécanique lit un rapport, la chimie, qui n'y entend absolument rien, se met à ronfler de toutes ses forces; rien de plus naturel.

« C'est maintenant la chimie qui lit, se dit la mécanique! c'est très-bien, pionçons!... »

C'est ainsi que vous n'avez jamais qu'une seule section parfaitement éveillée; celle qui lit et écoute; toutes les autres sont plus ou moins plongées dans une douce torpeur.

L'Institut n'est véritablement bien éveillé que les jours de grande bataille, ceux où l'on voit deux membres qui diffèrent sur un point de physique, de physiologie ou de mécanique céleste, se menacer mutuellement de se lancer leur perruque à la tête.

Ce sont les tournois, les joutes solennelles de la science; mais ces passes d'armes deviennent plus rares de jour en jour. Les savants ne se battent plus, ne se disputent plus; ce n'est pas l'envie qui leur manque, mais ils n'ont plus assez de loisir pour cela.

Il leur faut trop de temps pour récolter leurs appointements.

Mais il est un être bien curieux pour moi et que je n'ai jamais cessé d'observer pendant les stations qu'il m'a fallu faire dans le Colysée de la science: c'est le jeune candidat à l'Institut.

Celui-là offre vraiment en raccourci la somme de toutes les ficelles, tendances, ambitions, jeunes vanités du siècle étrange auquel nous avons l'insigne honneur d'appartenir.

On a élevé au nombre des saints et des martyrs des personnages qui n'avaient certainement pas déployé dans l'existence plus de persévérance ni d'héroïsme que tel jeune physicien ou botaniste qui accepte cette destinée de jeune candidat à l'Institut.

On n'a pas la moindre idée de ce qu'est le rôle de solliciteur quand on n'a pas passé par cet emploi-là.

Le jeune candidat se tient ordinairement aux places accordées au public dans la salle des séances, derrière les fauteuils des académiciens, comme qui dirait au parterre, au poulailler de la science.

C'est là qu'il dresse ses batteries, qu'il manœuvre et essaye de se pousser.

Placé juste en face des membres de sa section, il ne perd pas de vue d'un seul instant les influents, ceux que l'on suppose avoir un certain nombre de voix dans leur manche.

Le jeune candidat modèle tous les muscles de sa physionomie sûr le masque de ces gros bonnets, qui sont le point de mire, le pôle de toute son attention.

S'ils sourient, le candidat sourit ; s'ils bâillent, le candidat bâille.

Si le jeune savant perd de vue une seule minute l'homme tout-puissant qui est censé disposer de tous les suffrages de la section, il est exposé à perdre tout son terrain ; — ses concurrents lui passent sur le ventre.

Quand par hasard un membre de l'Institut laisse

tomber sa tabatière, il faut voir ces quarante jeunes physiciens ou botanistes qui se précipitent d'un commun accord pour la ramasser.

C'est une prosternation, une soumission, une sollicitation de tous les jours et de tous les instants, dont on ne peut avoir une idée que lorsqu'on l'a pratiquée soi-même.

Le jeune candidat est forcément le comparse, le danseur sacrifié de tous les raouts d'académiciens.

Les tourelles, les citadelles, les paquets, les femmes scientifiques d'âge et de poids, qui s'obstinent à vouloir polker malgré les ans, lui reviennent de droit.

Quand il va en soirée à l'Observatoire, c'est toujours lui qui va chercher des fiacres.

S'il est admis à faire la partie de son maître et patron, il faut nécessairement qu'il perde ses culottes.

A l'écarté, il écarte tous les atouts ; à la bouillotte, il ne se permettrait jamais de relancer l'arbitre suprême de sa carrière. — Il file avec brelan carré.

Quelle existence singulière que celle de ce jeune homme, qui n'a le droit ni d'être jeune, ni d'être libre, ni d'être gai, qui ne s'appartient pas, qui dépend entièrement d'un certain nombre de demi-dieux qu'il s'agit d'empaumer par tous les moyens possibles, qui vit en eux, ne respire que par eux, ne songe qu'à épier l'occasion de les saluer, de leur sourire, de leur lancer furtivement un coup d'encensoir !

Oh ! la science ! la science ! Pays à part, dernier foyer d'ilotisme et de courtisanerie !

C'est là que vous trouvez les dernières bouches toujours épanouies, les dernières épines dorsales toujours affaissées.

Si vous n'êtes pas né roseau, si vous n'avez pas conservé toutes les traditions et toutes les révérences de l'ancien menuet, n'espérez pas faire ainsi votre chemin, ni surtout parvenir à l'Institut.

Cependant nous plaignons le destin de ce pauvre jeune candidat qui s'étiole dans les espérances et les fatigues du surnumérariat; mais songeons donc aussi un peu aux vieux académiciens de la vieille, à ceux qui se trouvent séjourner dans l'existence plus longtemps qu'ils ne devraient peut-être, et barrent ainsi le chemin aux plus jeunes.

Oui, sans doute, on les caresse, on les encense, on les appelle *mon cher maître, mon honoré professeur*, on les accable de protestations et d'épanchements; mais si vous saviez ce qu'on pense d'eux par derrière !

Vous avez là, dans les rangs de l'Institut, plusieurs douillettes antédiluviennes qui ne veulent absolument pas déguerpir. Croyez-vous donc que la jeune science éprouvera beaucoup d'affliction et mouillera beaucoup de mouchoirs le jour où on les verra, ces pères conscrits, s'en aller faire des mathématiques ou de la physiologie dans un monde meilleur?

C'est une chose à la fois très-délicate et très-cruelle en vérité, de sentir derrière son dos une jeune phalange qui ne vous ménage que parce qu'elle peut avoir besoin de votre voix, mais qui ne laisse pas de murmurer en elle-même :

— Quand donc nous feras-tu de la place, vieille mâchoire?... Quand donc auras-tu cessé de siéger et d'émarger ?

Qui vous dit que dans les jeunes laboratoires, les jeunes cabinets, on n'immole pas tous les jours aux dieux immortels des hécatombes, on ne leur offre pas en secret toutes sortes de guirlandes pour qu'ils fassent qu'il y ait bientôt une vacance, beaucoup de vacances, dans les sections de l'Institut?

Écoutez plutôt ce chœur naïf de jeunes savants qui expriment par une invocation dans le goût antique les vœux contenus depuis si longtemps dans le fond de leurs poitrines :

« O Dieu de l'oxygène, du phosphore, du carbone et du chlorure de potassium, entends nos voix du fond de ton laboratoire céleste !

« Est-ce qu'il ne serait pas temps de débarrasser un peu les avenues de la science et de laisser le champ libre à nos jeunes capacités?

« L'Institut est devant nous : tous les lundis nous assistons à ses séances, fidèles et réguliers comme des pompiers préposés à la surveillance des théâtres; mais à mesure que nous semblons prêts à mettre la main sur cet objet de nos rêves et de nos convoitises, ce fauteuil a l'air de nous fuir, de nous échapper, volatil et insaisissable comme un corps réduit à l'état gazeux.

« En vain nous entendons tous les jours dans les séances de ces toux déchirantes, de ces accès de quinte qui nous donnent les plus belles espérances,

« Les années passent et les vieux catarrhes restent.

« Certes, nous ne leur voulons pas de mal, à nos chers et honorés maîtres, et nous serions désolés de répandre un atome d'azote ou d'acide hydrocyanique dans leur existence ; mais il nous semble pourtant qu'il y a un terme à tout.

« Il faut bien que la nouvelle science ait son tour ; et comment voulez-vous qu'un jeune savant ait des idées, apporte des travaux considérables, honore son siècle et lui-même par des découvertes importantes s'il n'est pas à vingt-cinq ans membre de l'Institut ? »

Cabochard, qui n'a pas de diplomatie à faire avec moi, m'a souvent assuré que ce titre de membre de l'Institut était loin d'être un stimulant scientifique, comme les aspirants et les membres eux-mêmes voudraient nous le faire croire.

Il n'est pas du tout sans exemple qu'un homme arrivé à l'Académie des sciences fasse un feu de joie avec son tableau noir, éteigne ses fourneaux pour se plonger dans les délices de l'existence flâneuse.

De piocheur qu'il était avant sa candidature, il passe à l'état de gastronome effréné, de viveur, de dégustateur.

Il ne sort pas des hauts crus de Bourgogne ; il dîne en ville tous les jours. Il devient une espèce de convive-omnibus, un pilier de salle à manger, comme les poëtes et les petits abbés d'autrefois.

Il y a tant de gens qui sont heureux de pouvoir dire :

— Je reçois des membres de l'Institut. J'ai des membres de l'Institut qui dinent aujourd'hui chez moi.

Cela colore un intérieur ; on n'a pas l'air de donner des dîners frivoles et faciles.

On répand dans sa salle à manger un parfum de collége de France et de Sorbonne qui a bien son mérite.

On se figure qu'on apprend l'astronomie. la géologie, tout en mangeant le potage et les entrées.

Si je ne craignais pas de trop allonger la matière, il y a bien des détails que je vous donnerais et qui, je crois, auraient de l'intérêt à vos yeux.

Nous passerions, par exemple, en revue les divers cours de ces messieurs qu'il m'a fallu suivre, moi, afin de m'introduire dans leurs bonnes grâces, attendu que plusieurs d'entre eux n'avaient pas des leçons infiniment suivies.

Moi qui vous parle, je me suis trouvé parfois être le seul et unique auditeur de tel savant qui avait heureusement pris l'excellente habitude de ne professer jamais que les yeux fermés.

J'en ai vu qui parlaient comme Talma, qui prenaient des poses d'Agamemnon pour présenter à leur auditoire une fiole, une capsule remplie d'une substance quelconque.

J'en ai vu d'autres qui se plaçaient devant un tableau pendant plusieurs heures et s'amusaient à grouper toutes sortes de chiffres pour leur agrément personnel et sans dire un seul mot à personne.

Leur auditoire ne leur avait jamais vu que le dos.

Cet auditoire se composait quelquefois de trois personnes, quelquefois de deux, quelquefois d'une.

J'ai connu des professeurs qui prenaient leur chocolat et lisaient leur journal dans leur chaire.

Les soirées de savants sont aussi excessivement curieuses.

On y entend parler à la foi physique, géométrie, botanique, anatomie comparée, haute chirurgie, haute mécanique, etc.

Les acides se croisent avec les végétaux, les minéraux avec les ossements fossiles. On boit très-peu, on mange encore moins. Les rafraîchissements y circulent à doses homœopathiques.

Du reste, vous croyez que l'on parle de sciences dans ces sortes de réunions, qu'on y confabule doctement comme les philosophes de l'ancienne Grèce dans les circuits de l'académie et du lycée?

Détrompez-vous, dans les soirées de savants, on ne parle absolument que politique, avancement. C'est un déploiement unanime de vues ambitieuses.

Qui est-ce qui sera ministre? Sera-ce vous, sera-ce moi? Choisira-t-on un physiologiste ou un astronome?

Ensuite, chacun apporte ses doléances et ses récriminations. (Le savant se plaint, récrimine et sollicite toujours.)

III.   7

— Infortuné, qui n'ai que trois pauvres petites places composant un émargement de vingt mille francs par an tout au plus!

— Et moi donc qui n'en ai que deux!

— Ingrat gouvernement, qui ne fait rien pour la science, qui se contente de la décorer avant sa majorité, de la rétribuer mieux que qui que ce soit au monde!

Ah! les savants sont des êtres bien à plaindre, et on ne sait pas tout ce qu'ils ont à dévorer d'injustice et de déceptions dans cette triste société!

Telles sont les jérémiades que vous entendez circuler dans ces réunions de savants qui ressemblent assez à des assemblées de poëtes élégiaques pleurant sur leur avenir.

C'est en définitive la confrérie la plus réclamante, la plus quémandeuse que l'on puisse voir.

S'ils n'y prennent garde, ils remplaceront les frères quêteurs et les ordres mendiants du moyen âge.

La plupart des savants évitent de s'embarquer dans des convictions politiques trop accusées.

La question de l'émargement est leur grande boussole.

On cite encore aujourd'hui de vieux choryphées de la science qui ont toujours fait le même discours de félicitations pour tous les gouvernements qui se sont succédé depuis un demi-siècle.

On pratique beaucoup l'éloquence élastique dans les hautes sphères du professorat scientifique. On s'accorde mutuellement la plus grande latitude sous le rapport des croyances.

Les pouvoirs passent, les professeurs restent.

J'ai aussi eu occasion de faire des études précises sur les femmes de savants, qui ne sont pas les figures les moins curieuses de cette grande comédie de la science.

Jusqu'à l'âge de trente ans, la femme du savant se perd dans la grande famille des femmes du monde.

Elle ressemble beaucoup, sous le rapport des mœurs, des habitudes, des apparences, à la femme de notaire ou d'agent de change.

Elle vit dans les bals, les raouts des chefs d'écoles industrielles, des maîtres d'institutions.

Les aspirants au baccalauréat ès sciences, qui ne se sentent pas parfaitement ferrés, s'empressent de valser avec elle pour se donner des chances près du mari.

La femme du savant ne revêt une physionomie particulière que lorsqu'elle entre dans la maturité et commence à prendre de l'embonpoint.

Alors elle abandonne la polka pour aborder la science. Elle devient une influence indirecte qu'il faut bien se garder de négliger si on veut arriver.

Beaucoup de femmes de savants, à force d'entendre parler chez elles astronomie, physiologie, minéralogie, seraient très-capables de faire des cours.

Nous avons aujourd'hui des mécaniciennes, des physiciennes, des mathématiciennes.

A la prochaine émancipation de la femme, nous en

verrons qui suppléeront certainement leur mari à la
Sorbonne. On lira sur l'affiche :

« Le cours de physique (ou de tout autre science)
sera fait par M. le professeur un tel et son épouse. »

Les femmes de savants discutent les titres des
candidats à l'Institut. Elles prennent parti pour tel ou
tel prétendant.

Elles sont, en général, très-passionnées ; elles
récoltent des voix pour les gens qu'elles protégent ;
elles expliquent leurs travaux, rappellent leurs titres
et leurs mémoires.

Elles brodent elles-mêmes à l'avance les palmes de
leur habit.

Quand un candidat leur déplaît, il est à peu près
sûr d'échouer.

La femme du savant le démolit le matin à déjeuner,
l'attaque à dîner, le redémolit le soir en se couchant.
Comment voulez-vous qu'un mari ne finisse pas par
céder à cette guerre incessante ?

Le candidat le plus sérieux et qui possède le plus
de chances, fait souvent naufrage, sans savoir pourquoi, au moment d'arriver au port.

Ses plus beaux titres sont méconnus ; les voix qu'il
considérait comme les mieux acquises lui échappent
le jour même de l'élection.

Il a compté sans un empêchement terrible, presque
insurmontable, — la femme du savant, qui l'a malheureusement pris en grippe, parce qu'il est cause

que les côtelettes du ménage ont grillé deux fois, en
se présentant chez son mari à l'heure du déjeuner.

En somme, je dois déclarer en toute conscience
que je n'ai pas eu beaucoup à me louer du monde
scientifique.

Je m'attendais à le trouver beaucoup plus sérieux
dans ses promesses et ses engagements.

Je vois qu'on y est en butte, comme partout ailleurs, à une foule de manœuvres, d'intrigues et de
passions d'un ordre assez vulgaire.

Je me résume :

J'ai beaucoup fréquenté l'Institut.

J'ai donné une très-grande quantité de dîners, que
ces messieurs ont consommés avec une vigueur et
une régularité que je me plais à reconnaître.

J'ai dépensé de très-grosses sommes en collections,
produits, substances, lingots et autres détails de mise
en scène scientifique.

Qu'est-ce que tout cela m'a rapporté?

On m'avait fait solennellement espérer que, dès
qu'il y aurait une vacance quelconque dans une des
sections, j'arriverais d'emblée, par cette porte dorée
que l'Institut ouvre de temps en temps aux grands
types du monde, aux personnages investis de posi-
tions culminantes.

Cette vacance s'est faite. Mais savez-vous ce qui
est arrivé? — Pas une voix pour Bilboquet.

Tout le monde m'a manqué de parole. O ingratitude de la digestion !

7.

Tous les suffrages se sont portés unanimement sur un grand seigneur étranger qui possède, dit-on, des mines d'or fabuleuses.

Ma candidature a donc été submergée.

Qui sait? si jamais j'arrive à posséder des mines de diamants, j'aurai peut-être des chances meilleures!

Décidément, nous vivons à une époque terriblement matérielle et positive!!!

CHAPITRE IV.

Les vieilles bonnes fortunes. — Les marrons glacés. — Les ânes de Montmorency. — Les sonnets de Pétrarque. — Les Dubufe littéraires. — Les Égéries. — La dernière cravate blanche de ce temps-ci. — Encore Attala. — Les rosières de la rue Neuve-Breda. — Le lion carotteur. — Le faux étourdi. — Harpagon fashionable. — La petite blanchisseuse de Baptiste. — Exploitation du jeune lion par le souper. — Lisbeth. — La confession d'un gentilhomme parisien. — Saint-Lazare. — Une bayadère naïve. — Compagnie d'assurance contre les lions carotteurs. — Un millionnaire qui manque de tout. — Grammont. — Casanova. — Les Mémoires de Faubrac.

Hommes jeunes ou vieux, quel que soit le poste social que vous occupiez, permettez-moi de vous donner un conseil que je considère comme excellent.

Ne vous brouillez jamais avec une femme que vous avez intimement connue.

Ne manquez jamais d'avoir pour elle les égards auxquels le sexe a toujours droit, quel que soit son tour de tête.

Envoyez-lui des marrons glacés au jour de l'an, prêtez-lui vos feuilletons, menez-la à l'Ambigu-Comique une fois par an, dans les grandes chaleurs : — qu'est-ce que tout cela vous coûte ?

Songez donc que cette femme vous a donné sa jeunesse, qu'elle a monté à âne avec vous à Montmo

rency, que vous lui avez peut-être adressé des sonnets, qu'elle est restée pour vous pleine de dévouement, d'affection, qu'elle est toujours prête à vous
faire de la tisane ou à vous ourler de la flanelle pour
les mauvais jours de votre vieillesse.

On a fait, en littérature, la femme de vingt-cinq
ans, de trente ans, de quarante ans.

Les Dubufe du style nous ont représenté ces divers
types en trempant leur plume dans du rouge végétal.

Mais la femme qui n'a plus d'âge, celle qui a mis
de côté toute illusion et toute vanité, qui porte franchement des bouts de manche en peau de lapin et qui
sent le camphre ; voilà qui est curieux à observer,
voilà qui peut fournir matière à de longues et fortes
études artistiques et littéraires !

Ceci nous conduit naturellement au chapitre des
Égéries.

L'Égérie remonte, comme vous savez, à Numa
Pompilius, qui n'a eu, dit l'histoire, que des relations
on ne peut plus chastes avec la nymphe de ce nom.

Le vertueux Numa n'a jamais entretenu une seule
femme de sa vie.

En politique, vous avez toujours eu des Égéries, ou
autrement dit des femmes gouvernementales.

Ce sont ordinairement des anciennes maîtresses de
ministres, de personnages officiels, des dames au
long nez, aux pantoufles en velours, qui se tiennent
dans de grands salons blafards, mystérieux, où se
décident souvent les destinées des peuples et des
empires.

La Restauration a été le beau temps des Égéries.

Quand vous aviez le bonheur d'être présenté, jeune et timide, à quelqu'une de ces vieilles femmes si influentes, vous pouviez considérer votre fortune comme faite.

Choisissez le poste qui vous conviendra dans les finances, l'armée, au conseil d'État, dans les ambassades.

Inutile de vous livrer à toutes sortes de travaux fastidieux, de remuer les archives du royaume, de creuser l'économie politique, d'élucubrer de longs rapports, des mémoires statistiques, etc... Piochez tout simplement la vieille femme.

— Aimez-vous le thé ?

— Non...

— Tant pis ! cela vous serait très-utile pour vous pousser dans ce monde des Égéries, qui tiennent à avoir tous les soirs autour de leur guéridon un certain nombre de physionomies de bonne volonté.

Tâchez néanmoins d'être admis aux thés de madame de B..., de G..., ou de R...

Là, faites le groom, l'épagneul ; caressez tout le monde indistinctement.

Avancez les fauteuils , ramassez les mouchoirs ; clichez-vous sur la figure un sourire fixe, inamovible, un sourire en granit rose qui accompagne tout ce que vous dites.

Soyez le dernier jeune homme charmant, la dernière cravate blanche de ce temps-ci : vous verrez comme vous vous trouverez bien de cette tartuferie de salon et de coin du feu !

Les Égéries politiques sont aujourd'hui très-rares. Les rédacteurs en chef de journaux tendent de jour en jour à les remplacer.

Les cercles, les anciens salons diplomatiques, sont effacés par les bureaux de rédaction, où se passent de si grandes choses !

Restent les Égéries de la vie privée, les femmes qui vous donnent des conseils, les vieilles financières qui vous font des prophéties, qui vous indiquent la hausse ou la baisse par intuition, si vous avez le bonheur insigne d'être engagé fortement à la Bourse.

Dans la littérature et les beaux-arts, nous avons aussi nos conseillères intimes, nos Égéries, les derniers restes de la grande phalange des bas-bleus.

Il y a pourtant encore aujourd'hui des auteurs dramatiques qui croient à des lectures faites à huis clos chez de vieilles femmes, dans la rue du Cherche-Midi !

C'était ce qu'on appelait autrefois obtenir *des succès de salon.*

On ne confie, bien entendu, aux Égéries littéraires que des tragédies et des fables.

Quant à moi, mon Égérie, c'est ma brave Attala, cette bonne vieille fille que je revois toujours avec un véritable plaisir, parce qu'elle m'égaye, m'amuse; parce qu'elle a toujours une foule de petites anecdotes, de scandales galants à me communiquer.

Oh! cette femme est remplie de révélations incroyables, je vous assure !

Elle a six yeux, six oreilles, elle voit le fond de
toutes les alcôves et de toutes les âmes. C'est la biographie la plus complète des contemporains et des
contemporaines que vous puissiez rencontrer.

Elle continue, bien entendu, son métier d'entremet-
teuse en grand, qu'elle exerce plutôt dans un sentiment d'art et d'observation que dans un but d'intérêt
matériel.

C'est ainsi qu'elle se trouve sans cesse au courant
de toutes les intrigues, de tous les incidents qui com-
posent le *scenario* de la grande comédie parisienne.

Si je veux savoir sur quel fond réel repose l'existence de telle femme à la mode, ce qu'il faut croire
de son hôtel, de ses chevaux, de sa livrée, je n'ai
qu'à interroger Attala; elle me dit, à un mètre de
mousseline près, ce que vaut l'aune de ce fabuleux
étalage.

Elle perce à jour toutes les impostures, elle dés-
habille tous les mannequins vivants.

Faux lions, faux financiers, fausses actrices, fausses
lorettes, faux grands hommes, faux élégants, elle
sait enlever à tout ce monde de convention son masque et son clinquant.

Un matin, elle entre chez moi, et après m'avoir
comme toujours fait son petit feuilleton égrillard et
facétieux, elle tire de sa poche plusieurs feuilles de
papier écrit qu'elle déploie devant moi.

— C'est de notre ami Cascaret, me dit-elle ; le pauvre garçon n'est pas heureux !...

Il s'obstine à faire de la littérature...

Il vient me voir quelquefois et je le reçois toujours avec l'aménité des vieux souvenirs...

Dernièrement, comme j'avais une affaire à faire avec un vieux Prussien plein de fantaisie qui veut absolument faire des rosières dans le quartier Breda, j'ai été obligée d'enfermer Cascaret dans mon cabinet de toilette.

Ne sachant que faire, il s'est amusé à griffonner, en m'attendant, ce que j'ai l'honneur de t'offrir... : c'est le portrait d'un homme à la mode que tu connais certainement.

Ça ne me parait pas trop mal touché... Vois donc si tu ne pourrais pas insinuer cette tartine-là à quelque journal de bonne volonté... Je crois que ce serait un service à rendre à ce brave Cascaret.

Attala prit bientôt congé de moi.

Dès qu'elle fut partie, je déroulai le manuscrit qu'elle m'avait laissé et je lus l'historiette suivante :

LE MARQUIS GASTON DE FAUBRAC

OU LE LION CAROTTEUR.

Vous l'avez certainement vu passer sur le boulevard ou sur l'asphalte des Champs-Élysées, entre l'Obélisque et le Rond-Point.

Vous le connaissez, car il connaît tout le monde.

il accoste tout le monde, tutoie tout le monde, même les gens qu'il n'a jamais vus.

Il s'appelle le marquis Gaston de Faubrac.

Quel âge a-t-il? Il n'a pas d'âge, ou plutôt, il a l'âge qu'on paraît avoir quand on ne fait que courir sans cesse comme le vent, tourbillonner, fermenter, mousser dans l'existence.

Il s'est fait girouette pour fuir les années.

— Bonjour, cher…. Comment ça va-t-il, cher?… Et ta maîtresse, et la Bourse, et les courses, et le ballet d'hier, et tes chevaux et la question d'Orient?….

Vous allez lui répondre. Vous ouvrez la bouche pour formuler une repartie quelconque; il est déjà bien loin.

Il est accroché à un autre promeneur auquel il adresse les mêmes questions sans se donner la peine d'écouter davantage.

C'est la camaraderie à l'état de mouvement perpétuel; — l'étourdi de Molière, moins le style et moins l'étourderie.

— Tout est calcul chez Faubrac; ses gestes, ses distractions, ses faux airs d'épanchement, tout cela est destiné à masquer une existence au fond très-positive, très-pratique, abîme d'égoïsme et d'imposture, qui représente une mine d'observation bien curieuse pour quiconque veut examiner de près certaines physionomies de l'extravagance parisienne.

Faubrac est ruiné; c'est lui qui le dit.

A Paris, il est quelquefois très-avantageux de pren-

III. 8

dre dans le monde cette position d'homme ruiné ; on
se trouve ainsi dispensé d'une foule de frais et de dépenses courantes.

En attendant, le marquis de Faubrac mène toujours
un assez grand train ; il a des chevaux, un luxe suffisant d'habits, de bijoux, de mobilier.

Tout cela ne lui coûte rien, ou du moins fort peu
de chose.

Ses chevaux lui ont été donnés ou sont le fruit du
maquignonnage.

Il brocante, spécule sur les tableaux, les émaux, les
porcelaines, les vieux bijoux, comme toutes ces exis-
tences-là.

Il s'arrange pour mettre ses chevaux en pension
gratuitement chez un de ces nababs anglais comme
on en voit apparaître de temps en temps à l'horizon,
assez riches pour acheter toute une partie des boulevards.

Faubrac est nécessairement l'ami intime, le groom
en chef, le surintendant équestre de cet Anglais-là
et de qui conque, du reste, se trouve nanti d'une fortune exceptionnelle.

Dès qu'un étranger débarque à Paris avec une auréole d'élégance et de luxe, il s'en empare au débotté,
il l'enlace, s'incorpore à sa personne.

— Vous m'appartenez, cher ami ; je vous mènerai
dans toutes nos coulisses, je vous ferai connaître la
fleur de nos actrices, nos artistes célèbres, nos lorettes les plus étourdissantes... Fiez-vous à moi ; je veux
qu'au bout de peu de jours vous ayez épuisé jusqu'à

la dernière goutte le calice d'or de nos voluptés parisiennes...

On ne sait comment il s'y prend pour se rendre
indispensable à tous les étrangers qui ont un rayon-
nement quelconque.

Il est vrai qu'il leur représente à merveille ce Paris
fou, débraillé, écervelé, gaspilleur, dont ils ont vu
tant de fois la photographie dans les feuilletons et les
romans de mœurs.

Il y a des moments où Faubrac paraît vraiment généreux, lui qu'on a surnommé à si juste titre l'Harpagon de la fashion, le lion carotteur !

Si par hasard on a les yeux sur lui, il vous lan-
cera dix francs à la tête d'un cocher de fiacre, il don-
nera trente sous pour boire à un garçon de café.

Quand il y a des libéralités économiques à déployer,
il devient magnifique, étourdissant de grandeur et d'a-
plomb.

Au moment où vous venez d'allumer votre cigare,
il ne manque jamais de vous en offrir une poignée
avec effusion.

Il choisit toujours le moment où vous sortez de table pour vous inviter à dîner.

Il faut le voir dans son intérieur. Il a un domestique nommé Baptiste, lequel a des inclinations littéraires et médite un grand ouvrage sur l'avarice envi-
sagée au point de vue moderne.

Baptiste ne reste au service du marquis de Faubrac
que pour recueillir des documents et compléter ses
études.

Quand arrive l'époque de l'émargement, Faubrac,
qui est habituellement rempli de morgue et de hauteur, devient tout à coup souple et familier.

— Ce brave Baptiste! il a vraiment une physionomie qui me revient tout à fait ce matin!...

— Monsieur le marquis est bien bon... Mais je voulais lui demander s'il ne lui serait pas possible de me
remettre...

— Ah! à propos, mon vieux Baptiste, et les
amours?.. Avons-nous toujours notre petite blanchisseuse de fin de la place Gaillon?

— Elle menace de me quitter, monsieur le marquis; elle prétend que les affaires vont très-mal et
qu'elle aurait absolument besoin de...

— Ah! dis-moi, Baptiste, j'oubliais... Tu iras me
commander quatre bouquets chez Julienne... Les bouquets c'est, de toutes les choses qu'on peut offrir aux
femmes, ce que je préfère de beaucoup... cela fait
beaucoup d'étalage, et cela ne vous ruine pas...

— Si monsieur le marquis voulait me remettre de
l'argent... je crains que la marchande ne fasse des
difficultés...

— De l'argent! mon pauvre Baptiste, mais tu sais
bien que je n'en ai pas, que je n'en ai jamais!... Tu
diras qu'on mette les bouquets sur ma note... Pars
bien vite: j'ai plusieurs femmes charmantes à compromettre aujourd'hui!...

Il est bien rare que Faubrac garde un domestique
plus de quelques jours.

Il entre dans des accès de colère terribles pour des

bottes d'allumettes gaspillées, des pots de cirage dont on ne peut lui rendre compte.

Tous les matins il passe lui-même en revue ses chemises, ses gilets, ses habits, ses chaussures, jusqu'à ses moindres foulards.

Diriez-vous que c'est ce profond calculateur qui joue si bien, lorsqu'il est hors de chez lui, l'abandon, l'insouciance, qui jette tout par les fenêtres en apparence, et a l'air d'ignorer le prix de l'argent?

Il a toujours quelques louis à vous emprunter.

C'est un de ces hommes qui ont nécessairement oublié leur bourse quelque part ; qui, lorsqu'ils dinent à plusieurs au café de Paris, regardent sur le boulevard ou folichonnent avec le garçon au moment où il s'agit de payer la carte.

J'ai dit que sa mise était correcte et même brillante, c'est tout simple : il s'arrange toujours pour avoir quelque garçon tailleur à lancer.

Il connaît tous les jeunes ouvriers qui débutent et qui aspirent à se créer une clientèle élégante.

— Venez me voir, mon cher, je vous recommanderai à lord G..., je parlerai de vous au prince de ***, mon intime ami.

Il va sans dire qu'on équipe Faubrac par-dessus le marché.

Ses pantalons, ses gilets, sont taillés d'avance en plein drap dans les vêtements de ses connaissances.

Ce qui se fait pour le tailleur s'applique également au bijoutier, au bottier, au chemisier, au gantier, etc.

Faubrac a réalisé ce curieux problème d'être toujours sur un pied parfait sans bourse délier. Il exploite tout, il escompte tout.

Il n'a jamais serré la main de quelqu'un sans que cela lui ait rapporté quelque chose.

C'est l'homme de Paris qui rit le plus, qui badine le plus, et qui est au fond le plus sérieux. Il vend, il trafique de l'élégance, comme une femme de la rue trafique de ses sourires et de ses agaceries.

Il faut le voir dans les soupers de femmes et de jeunes gens !

Le vin de Champagne commence à peine à circuler que déjà Faubrac extravague, sa langue s'embarrasse, sa tête chancelle ; il a l'air de dire une foule de choses incohérentes.

Vous croyez qu'il bat la campagne, bon jeu bon argent ? Pas du tout !

C'est un homme constamment gris et qui ne s'est jamais grisé de sa vie : il a trop de tête et de prudence pour cela.

C'est lui qui est l'inventeur de la fausse orgie, de l'orgie mensongère, provocatrice, celle qui vous dit d'une voix chevrotante, outrée dans la note bachique :

« Voyons, faites comme moi, perdez votre sang-froid ; laissez-vous aller au délire, à l'abandon, pendant que moi je garderai toute ma raison ; je vous observerai, je saisirai le moment favorable pour vous attaquer... »

Après le repas, on joue, c'est dans l'ordre.

Faubrac a, comme toujours, oublié son argent.

C'est pardonnable ! Ce pauvre garçon soupe si souvent! Il vit constamment plongé dans les folies, les vapeurs du jeu et des soupers!

— Messieurs! qui est-ce qui me prête quelques louis?

Qui est-ce qui ne prêterait pas quelques louis à l'éblouissant Faubrac?

S'il perd, il ne risque pas grand'chose, puisqu'il est convenu d'avance qu'il ne remboursera jamais ce qu'il emprunte.

Mais, Dieu merci, il n'est guère probable qu'il perde.

Le joueur aux airs débraillés, armé d'une fausse insouciance, a tant d'avantage sur ceux qui ont vraiment laissé leur raison dans le fond de leur verre, qui voient des huit à la place des as, confondent la dame de cœur avec le valet de carreau!

Du reste, quand il s'agit de régler le résultat d'une forte partie, Faubrac sait parfaitement retrouver son aplomb et son assurance.

C'est lui qui a imaginé de n'accorder de revanche, à un certain moment, que si on s'engage à lui signer sur table des billets à ordre.

C'est ainsi qu'il s'est trouvé dernièrement, à la suite d'une nuit de jeu, avoir pour trente mille francs de lettres de change à un jeune homme qui avait atteint sa majorité seulement depuis trois jours.

Ce jeune homme est à Clichy, incarcéré par le prête-nom de Faubrac.

Faubrac dit à qui veut l'entendre qu'il est le protecteur des jeunes gens, qu'il leur apprend à débuter dans le monde.

C'est lui qui les met à cheval, qui leur indique leur première maîtresse, qui les mène dans leur premier souper, leur fait tenir aux courses leur premier pari.

C'est un professeur de fashion ; mais il faut avouer qu'il fait payer ses leçons un bon prix.

C'est surtout dans ses relations avec les femmes que Faubrac est vraiment unique et merveilleux. C'est là qu'il déploie toute la supériorité de sa tactique et de son intelligence.

Il prétend qu'il ne conçoit pas qu'il y ait des hommes assez arriérés, assez naïfs, pour se laisser ruiner par des femmes.

— Non seulement, dit-il dans ses moments d'épanchement, vous ne devez pas laisser compromettre votre avoir par une femme que vous aimez, mais même, vous ne devez absolument rien dépenser pour elle, ou sinon vous êtes un être inférieur, vous frisez le crétinisme ; votre sexe doit vous renier...

Cependant il a circulé, il y a quelque temps, sur le compte du marquis de Faubrac, une certaine anecdote qui a fait quelque scandale, et eût peut-être écorné sa réputation, si sa réputation était de celles qui peuvent être écornées.

On se souvient de l'effet que produisit à Paris l'arrivée de Lisbeth, cette charmante danseuse allemande que tous les théâtres du monde s'arrachent maintenant et qui récolte tout ce qu'elle veut en fait d'appointements et de couronnes.

Quand Lisbeth vint en France, sa réputation n'était pas encore parfaitement consacrée.

Il lui fallait ce baptême du feuilleton, cette apothéose de la presse parisienne qui équivaut à une lettre de crédit sur l'enthousiasme et les finances des quatre parties du monde.

Lisbeth, toute danseuse qu'elle était, avait alors de la timidité.

Du reste, on sait que la hardiesse des planches n'est pas toujours celle de la vie privée. On ose souvent devant un parterre ce qu'on n'oserait jamais devant une seule personne dans le tête-à-tête.

Lisbeth connaissait déjà Vienne, Londres, Berlin; elle ignorait Paris.

C'est un terrain tout autre; il faut pour s'y bien tenir, même pour l'artiste qui a pour elle le talent et la beauté, un initiateur intime, un cicerone de dévouement et de cœur.

On lui fit connaître Faubrac.

En effet, c'était bien l'homme qu'il lui fallait, l'homme répandu, qui a l'air de faire toute les réputations consacrées, qui connaît tous les journalistes, qui est censé les inviter à dîner, qui leur saute au cou aujourd'hui, ne les reconnaît plus demain, qui va, vient, s'agite comme un forcené dans les avenues de la publicité et de la réclame, surtout lorsqu'il a devant lui la perspective d'une bonne fortune exempte de tout déboursé.

Faubrac eut bientôt pris entièrement les rênes de l'intérieur de Lisbeth.

C'était lui qui ordonnait tout, disposait de tout, qui traitait à la fois avec le directeur, les fournisseurs.

Il fit un jour apporter à Lisbeth un mobilier somptueux, colossal. Rien n'y manquait, ameublement en lampas lustré, incrustations de toute espèce, dorure, tapis, velours, guipure, etc…

Bien entendu, ce fut Lisbeth qui paya la note tout entière. Faubrac eut sur la fourniture une forte remise qu'il avait stipulée d'avance avec le tapissier.

Quand l'intimité fut bien établie, que Faubrac fut ce qui s'appelle tout à fait en pied, il comprit qu'il fallait absolument consolider sa position et utiliser ses avantages.

Un jour donc, dans un de ces tête-à-tête qui semblent s'établir providentiellement dans le cours d'une liaison pour provoquer les épanchements et les accès de confiance :

— Ma chère Lisbeth, dit Faubrac en regardant la jeune artiste avec une expression de contrainte et d'anxiété, j'ai un aveu à vous faire…

— Un aveu?…

— Certainement… Vous saurez, mon amie, que je ne suis pas du tout ce que je parais être…

— Comment?…

— Oh! rassurez-vous, sous le rapport de la naissance, je n'ai rien à souhaiter ; je suis bon gentilhomme et j'ai ce privilége, qui devient plus rare de jour en jour, d'être d'une très-ancienne famille…

Mais sous le rapport de l'argent, ma condition est loin d'être aussi satisfaisante...

Ce luxe que je suis forcé d'afficher est purement factice... Je suis obéré de toutes les façons, je dois à tous mes amis, à une foule de marchands...

J'ai spéculé comme tout le monde, et cela ne m'a pas réussi... J'ai été trompé, exploité... Enfin, ma chère Lisbeth, je me vois forcé de rompre notre liaison faute de ressources pécuniaires. .

— Parlez-vous sérieusement. Gaston ?... reprit Lisbeth avec une expression d'étonnement. Je vous demande quels rapports l'argent peut avoir avec ce qui existe entre nous ?. .

Est-ce que je me plains de vous ?... Est-ce que je n'accepte pas d'avance votre situation telle qu'elle est ? fût elle encore cent fois plus compromise, je l'accepterais encore...

Le bonheur veut que je sois riche, grâce à mes succès de tous les soirs, et c'est ce moment-là que vous choisissez pour jeter entre nous de tristes préoccupations, qui n'auraient pas dû se présenter à votre esprit si notre amour tenait dans votre pensée le même rang que dans la mienne...

— Pardon, mille fois pardon, ma Lisbeth, reprit Faubrac d'un ton passionné; mais vous concevez qu'on a son amour-propre, surtout quand on est comme moi sur un certain pied dans le monde... Il est cruel de ne pas pouvoir faire pour une femme tout ce qu'on voudrait !... On est souvent obligé de calculer jusqu'à...

— Gaston, si vous ajoutez un mot, s'écria Lisbeth, je renonce à tout jamais à vous voir... Jusqu'à ce que vos affaires soient entièrement rétablies, je vous enjoins de la façon la plus formelle de ne jamais m'offrir autre chose qu'un bouquet...

— Un bouquet! comme cette femme-là me comprend! se dit Faubrac lorsqu'il fut seul et qu'il eut à résumer dans son esprit ce qu'il appelait la portée morale de l'entretien.

Il avait pu s'assurer, par l'ouverture qu'il avait cru devoir faire à Lisbeth, de l'influence qu'il exerçait sur elle.

Il est certain qu'il la dominait de tout l'empire que prend sur une femme sensible et passionnée l'homme qui se trouve mis à sa discrétion par l'aveu de ses malheurs et de ses chagrins d'argent.

Quand on s'est décidé à ces sortes de confidences-là, il arrive ou que la femme vous quitte ou qu'elle se met à vous aimer à la folie.

L'amour se complique en elle d'un sentiment d'intérêt et de protection qui l'exalte, la monte à ce niveau de dévouement absolu qui engendre les miracles, les grands héroïsmes de la femme.

Dans le bien-être, on est aimé tout au plus ; — on n'est sûr d'être adoré que dans le complet dénûment.

Faubrac, en sa qualité d'homme *né ruiné*, était donc admirablement propre à ce rôle d'*amant victime*, dont il connaissait la force mieux que personne.

— Avant de vous engager dans une liaison, disait-il

souvent aux jeunes lions en herbe qu'il se trouvait appelé à diriger, informez-vous d'abord si votre maîtresse future a des toilettes.

Son mobilier est-il à elle ou à son tapissier?

Peut-elle se suffire à elle-même par ses propres ressources ou par celles d'un protecteur puissant?

Quant à moi, qui passe assez généralement pour un homme à bonnes fortunes, j'ai la satisfaction de pouvoir me dire qu'une femme, quelle que soit sa condition, ne m'a jamais coûté plus de vingt-cinq francs et un bouquet.

Voilà ce qui s'appelle comprendre l'existence!

J'ai eu, il est vrai, plusieurs de mes maîtresses qui ont fini à Saint-Lazare. Ce n'est pas par ma faute; c'est celle de l'organisation de la société.

Un jour, quelque temps après les premières ouvertures, Faubrac entre chez Lisbeth, le visage bouleversé, les cheveux en désordre, avec toutes les apparences du plus violent désespoir.

— Je suis un homme perdu! s'écrie-t-il; il ne me reste plus qu'à m'expatrier, ou, ce qui serait peut-être plus honorable et plus court, à me faire sauter la cervelle.

— Qu'est-ce donc? qu'y a-t-il? dit la jeune artiste en joignant les mains avec consternation.

— Il y a que j'ai joué à la Bourse sur de fausses indications que m'a données un journaliste de mes connaissances... C'est demain la liquidation... J'ai une différence de quarante mille francs qu'il faut que je paye, si je veux éviter un éclat terrible.

III.   9

— N'est-ce que cela, mon Gaston? reprend Lisbeth; est-ce qu'il faut jamais se désespérer pour les peines d'argent?... Ce ne sont pas les plus réelles dans ce monde, grâce au ciel !

Tiens, tiens, dit-elle en courant au tiroir de son étagère, voilà justement cette somme que je reçois de mon correspondant d'Amérique... C'est le fruit de ma dernière tournée... J'espère que tu ne refuseras pas ce prêt-là de la main d'une femme qui accepterait tout de la tienne...

— Ah! Lisbeth, tu me sauves la vie, tu es mon ange tutélaire, ma providence!...

Faubrac serre convulsivement contre ses lèvres les mains de la danseuse.

Il s'élance hors de l'appartement, vole chez lui.

— Va rue de la Paix, chez mon notaire, dit-il à son domestique; dis-lui que je serai demain matin dans son cabinet à dix heures. J'ai un nouveau placement à faire entre ses mains...

Cependant, le soir même, Lisbeth apprend que Faubrac n'a jamais mis le pied à la Bourse parce qu'on y court des chances, et que, pour le jeu qu'il joue dans la vie, il aime bien mieux n'en courir aucune.

La personne à laquelle elle s'est confiée, par un de ces hasards qui coupent court parfois brusquement aux grands aveuglements de la passion, connaît parfaitement Faubrac et lui dit tout ce qu'est l'homme.

Lisbeth aurait tort de se plaindre.

Bien d'autres femmes qu'elle ont été prises au piége.

Ce serait, en définitive, une très-bonne spéculation que celle qui consisterait à fonder, en faveur des dames russes, allemandes, italiennes ou polonaises qui passent à Paris, une société en garantie contre une liaison avec Faubrac.

Une femme serait sûre, du moins, de ne s'aventurer que jusqu'à une certaine somme, dont elle connaîtrait le chiffre à l'avance.

Lisbeth, en apprenant ces détails, a voulu résilier son engagement et quitter la France sans même prendre congé de Faubrac.

Il y a dans la vie de ces déceptions qui n'admettent même pas les éclaircissements.

Quand une fois certaines natures se sont dévoilées d'elles-mêmes jusque dans leurs abîmes, le mieux, pour les cœurs qui ont été leurs dupes, est de se résigner et de se taire.

— Encore une qui ne m'a pas compris! s'est écrié Faubrac en apprenant le brusque départ de Lisbeth. Les femmes sont toutes les mêmes!

Elles n'admettent pas qu'un homme fasse ce qu'elles font si souvent pour leur compte, c'est-à-dire qu'ils essayent de s'assurer un abri contre les mauvais jours!...

Que diable! on ne vit pas seulement dans ce monde d'illusion et de fascination; il faut songer un peu au positif, et se constituer des ressources certaines pour son arrière-saison.

Si cette petite Lisbeth allait ébruiter notre dernière aventure, cela pourrait peut-être me faire quelque tort...

Ah! bah! je suis si aimable dans les soupers, j'ai tant d'entrain, de gaieté, de verve, que je suis bien sûr d'être toujours recherché... Après tout, ma vie privée ne regarde que moi...

La vérité est que le marquis de Faubrac, qui ne paye personne, qui est criblé de dettes de jeu, qui se plaint sans cesse, qui récrimine à chaque instant contre la mauvaise veine qui le poursuit dans l'existence, se trouve, à l'heure qu'il est, plus que millionnaire.

Sa fortune représente la plus singulière mosaïque d'emprunts faits à tout le monde, même à ses maîtresses les plus dévouées, d'usures détournées, de primes de toute nature.

En jouant sans cesse le laisser-aller, l'étourderie, il a su spéculer avec une habileté incroyable sur tous les laisser-aller, les égarements de la vie : jeu, paris, relations de prêteurs d'argent, de femmes, de fournisseurs, il a sa remise sur tout, son hypothèque sur tout.

Il a assisté à toutes les catastrophes et vicissitudes qui sillonnent de loin en loin l'horizon de l'élégance.

Quelques-uns de ses compagnons se sont brûlé la cervelle ; — lui, il n'a jamais cessé de mettre à la caisse d'épargne.

La manie des Mémoires est aujourd'hui si répandue, si universelle, qu'il est tout naturel que le marquis Gaston de Faubrac ait songé à faire les siens.

Malheur à l'éditeur qui fera cette spéculation-là ; il

est bien sûr d'avance d'y laisser de ses plumes. Faubrac a tant de rubriques et d'artifices !

Du reste, il est certain que son projet est de se peindre dans ses Mémoires comme un Grammont, un Casanova, un personnage échevelé, le dissipateur des dissipateurs.

Les gens qui ne voient que la surface des choses prendront sans doute à la lettre ce qu'il écrira.

J'espère bien qu'à propos de cette publication il se trouvera quelque critique assez honnête pour faire enfin justice de ce type étrange de fausseté, de ce Tartufe en bottes vernies, de ce tas de fange sous une peau de lion.

Malheureusement Faubrac est, comme il le dit fort bien, posé dans un certain monde, accepté comme un homme gai, amusant, qui donne à merveille, dans un souper, la réplique et la note d'une certaine bonne humeur.

Quand donc en viendra-t-on à refuser la main à certains infâmes du bel air ?

Dire qu'on jette toutes sortes d'entraves et d'impôts sur ces malheureuses filles qui font trafic de leurs charmes !

Et l'on ne songe pas à imposer ces hommes à la mode qui font un métier exactement semblable, et ne sont au fond que des femmes entretenues du sexe masculin, moins l'insouciance réelle et certaines qualités de cœur.

CHAPITRE V.

La noblesse Dangeau n'est pas une chimère. — De l'indifférence en matière de payement. — Une corde de bois. — Vieux clichés. — A quoi servent les autruches, les cigognes et les serpents ? — Les poëtes de l'amour. — Un œil. — Un canard. — Une couleuvre. — Sosthènes versionnaire. — La théorie des nez. — Les aquilins et les camus. — Les bacheliers. — Un diplôme pour trente-cinq francs. — Encore un prospectus. — Excursion au pays de cocagne. — Cent mille francs de plaisir pour dix louis. — La découverte de Paris. — Trente jours d'enivrement. — Les voyageurs. — La députation beaunoise. — Banquets à vingt-deux sous. — Le train de plaisir des boulevards. — Celui des quais. — Les passages et les cités. — L'invalide à la tête de bois. — Profusion de merveilles. — Le théâtre impérial du Luxembourg — Le cours de sanscrit. — Le thibétain. — La littérature botacudos. — Enlevé !

Depuis longtemps déjà, le courant des grandes affaires m'avait emporté loin de mes anciennes connaissances. J'avais complétement perdu de vue le phoque de nos jeunes années, qui s'était constitué le Chérin de son temps. Assuré de la supériorité industrielle et de la fécondité d'imagination de Sosthènes Ducantal, j'avais négligé de lui faire une part dans mes rogatons financiers. Un jour cependant je m'aperçus qu'il manquait quelque chose à la gloire de Bilboquet. Les millions, la célébrité, la pâte pectorale, ne sont que des accessoires. Tout banquiste favorisé

du sort peut atteindre à ce faîte sublime où je m'é-
tais élevé à force de génie et d'audace.

Mais il importait à mon nom, à ma renommée, de
distancer tous ces obscurs faiseurs. je voulus être
noble.

Dans un siècle éminemment démocratique, les
blasons et les particules font un admirable effet. Je
savais à quelle porte frapper pour acquérir la chose
au plus juste prix, et je me mis en route vers l'a-
gence nobiliaire du sémillant Sosthènes.

Parvenu à l'hôtel du D'Hozier moderne, je fus un
peu surpris de ne plus revoir le groom doré sur
toutes les coutures chargé d'introduire les clients de
mon ami le généalogiste. L'absence de ce meuble
indispensable me donna fort à réfléchir.

Je pris aussitôt quelques renseignements dans le
voisinage, et je sus qu'un beau jour la façade de
l'hôtel avait été constellée de superbes affiches jaunes
en raison de l'indifférence du locataire en matière
de payement. Tranchons le mot, Sosthènes avait dé-
ménagé sans tambour ni trompette. Infortuné Sosthènes !

A force de faire jaser celui-ci et celui-là, je par-
vins cependant à découvrir que le gentilhomme tombé
dans l'infortune travaillait activement à une publication illustrée.

Il était chez un imprimeur qui avait acheté au rabais deux ou trois cordes de bois ou plutôt de clichés.
et qui, à l'aide de ces vieux clichés, illustrait de nouveaux volumes. Le texte, il est vrai. ne signifiait

rien, et la plupart de ces images ressemblaient à de
larges pâtés d'encre ou aux effets de nuit de nos coloristes à la mode ; mais, sauf cet inconvénient, rien
n'était beau comme le caractère, les marges et la re-
liure de ces volumes improvisés.

Le nom de Bilboquet est un passe-partout suffisant
pour pénétrer au fond des cabinets les plus impéné-
trables ; d'ailleurs, j'étais personnellement lié avec
l'imprimeur en question, qui avait eu souvent besoin
de ma publicité et qui m'avait toujours soldé rubis
sur l'ongle.

A peine eus-je prononcé le nom de Sosthènes Ducantal, que le directeur s'écria : « Ah ! monsieur Bilboquet, quel collaborateur utile, quel excellent rédacteur nous avions là pour nos livres à images !
Que de voyages, que d'études de mœurs, que de
fantaisies nous avons éditées, grâce à la fécondité intarissable de ses ciseaux et à son adresse pour coller
la gravure avec quatre pains à cacheter, sur les endroits les plus palpitants d'intérêt, les plus vifs et les
plus tendres ! C'était comme le voile que ce fameux
peintre de l'antiquité jeta sur la tête d'un père en
train de sacrifier sa fille ! Là où le sublime du style
était dépassé par la situation, là où les *truculences*
les plus échevelées demeuraient inférieures au sujet,
là où l'Etna, le Chimboraço et l'Hécla jetaient leurs
tourbillons de flammes, là où le tueur de lions lâchait
la détente de sa carabine, là où le chimpanzé se me-
surait avec le chasseur, là où le caïman dévorait son
homme, Sosthènes savait si bien placer le bois con-

venable et l'encadrait si parfaitement des descrip-
tions, des prosopopées, des hypotyposes toutes faites
qu'il avait étiquetées dans notre collection ! Jamais
je ne retrouverai son pareil ! Je n'avais qu'à lui dire
ces mots : « Sosthènes, mon ami, douze feuilles d'impression, œil petit-romain, deux cent cinquante bois
de huit centimètres de haut sur douze centimètres de
largeur. » C'en était assez pour improviser un chef-
d'œuvre !

Cet exorde, qui ressemblait à une oraison funèbre,
me déplut. Pour qu'un directeur fasse en termes si
pompeux l'éloge de l'individu qui a travaillé sous
ses ordres, il faut que ce rédacteur soit mort, ou qu'il
lui soit dû beaucoup d'argent.

— Aurions-nous perdu à jamais ce pauvre Sosthènes ? m'écriai-je tout effrayé.

— Non ; il a adopté une autre carrière ; il m'a
abandonné, l'ingrat, et il me laisse vingt volumes sur
le chantier, et plus de mille bois superbes, des autruches, des cigognes, des études de nature morte,
des plans reliefs et des coupes en travers de montagnes, des arbres, des pièces d'orfévrerie, en un mot,
les éléments du livre de mœurs le plus piquant, du
plus charmant recueil d'anecdotes, des histoires et
des romans les plus admirables !

Je ne comprenais pas très-bien qu'on pût faire
tant de belles choses avec les sujets qu'il venait d'é-
numérer ; que pouvaient signifier, dans un ouvrage
d'histoire ou de morale, les coupes en travers des
Alpes ou des Pyrénées, ou les bois qui avaient été

primitivement payés par les marchands de meubles pour se faire de la réclame illustrée ? Mais il me suffisait de donner la réplique à mon homme pour être éclairé sur ce sujet. « Oui, monsieur Bilboquet, me dit-il, votre ami était impayable pour cette sorte de besogne. Tenez, je vais vous donner une idée de son génie. » Et il alla chercher une délicieuse petite brochure, publiée depuis peu, avec ce titre : « LES POÈTES DE L'AMOUR, PAR M. LE COMTE S. DU C. »

J'ouvris le volume : il renfermait une série de portraits versifiés, avec les plus singulières illustrations. Ainsi, le portrait d'Aglaé insistait particulièrement sur les yeux de cette belle : au beau milieu du texte était encadré un œil qui avait servi de frontispice à un livre sur la police.

Un magnifique soleil levant, dont le tableau original avait figuré sans doute à quelque exposition de peinture, et un trophée, composé de flèches, de carquois, et de deux canons en sautoir, accompagnaient la description. Quelques citations des grands poëtes anciens et modernes étaient là, pour justifier cette application parlante de la métaphore. Voiture disait :

> Mille rayons ensorcelés
> Sortent de vos yeux étoilés,
>   Bel objet nonpareil,
>   Et dans chaque œil, la belle,
>   Vous portez, pour prunelle,
>   Le soleil.

Ici encore un cul-de-lampe, qui représentait un soleil emprunté à un almanach.

Scarron était appelé en témoignage au sujet des pièces d'artillerie et des boulets de canon du trophée :

En quel amoureux magasin,
Bel œil homicide, bel œil assassin,
Prenez-vous tant de plomb
Et tant de poudre à canon ?

Plus loin, un serpent agréablement entrelacé figurait la souplesse de la taille onduleuse de Thémire. Pour justifier la vignette, Sosthènes commençait ainsi sa description : « Thémire est flexible comme la couleuvre ; elle a un col de cygne (ici un canard), des cheveux d'or (ici une chevelure de sauvage qui avait paru pour la première fois dans le récit d'un voyage chez les Iroquois); un collier de perles et un bracelet de corail traduisaient les lèvres purpurines et les dents blanches et fines de Cléœrète. Dans ce livre, le chef-d'œuvre du genre, chaque gravure était un logogryphe véritable, un insoluble rébus, dont le texte seul pouvait donner la solution.

Après avoir complimenté l'imprimeur du bon parti qu'il avait su tirer de ses vieux clichés, j'obtins de lui l'adresse de Sosthènes, et le nom de sa profession nouvelle. Il faisait le métier de *versionnaire*. J'avoue que cette industrie m'était totalement inconnue : aussi ce fut avec la plus grande curiosité que j'entrai chez mon ancien phoque pour en avoir l'explication.

Je sonnai discrètement à la porte d'un appartement situé, au quatrième étage, dans la rue Saint-Jacques. Sosthènes vint m'ouvrir lui-même : il portait un abat-jour vert, qui l'empêcha de me reconnaître tout d'abord.

— C'est sans doute à cause de M. votre fils que vous m'honorez de votre visite? me dit-il.

Surpris d'un accueil si cérémonieux, et plus étonné encore de voir que Sosthènes avait été si vite instruit de ma subite paternité, je répondis affirmativement à tout hasard.

— Veuillez vous asseoir, continua Sosthènes en me montrant une chaise, et soyez assez bon pour me dire de quelle taille est M. votre fils? Est-il blond ou brun ? a-t-il le nez aquilin ou le nez camus? *That is the question*, comme dit Shakspeare. J'ai dans ce moment un assortiment assez varié de nez aquilins. Si M. votre fils rentre dans cette catégorie, nous pourrons nous arranger à raison de trois cents francs. Si, au contraire, il est possesseur d'un nez exigu ou retroussé, cela vous coûtera le double. Je vous dis tout de suite la chose. Je suis franc et rond en affaires.

On comprendra mon étonnement à ce langage bizarre.

— Pardon, dis-je, mais...

— C'est un prix fait, monsieur, interrompit Sosthènes, qui se démenait sur sa chaise. Vous comprenez que, sous la robe noire du candidat, on peut aisément cacher des différences de taille et de constitution, mais le nez, monsieur... dans notre métier, le nez c'est l'homme. Vous ne vous étonnerez pas quand je vous dirai que l'attention des examinateurs se porte

surtout sur cet organe. Un nez aquilin qui se présen-
terait à la place d'un nez à la Roxelane.....

— Ah çà! m'écriai-je, impatienté, tu ne reconnais
donc pas ton vieil ami Bilboquet!...

Sosthènes fit sauter aussitôt, d'un revers de main,
l'abat-jour qui l'avait empêché de me reconnaître, et
se précipita dans mes bras.

—Toi! s'écria-t-il, toi!... mais tu as donc un fils que
tu veux faire recevoir bachelier ès lettres?

— Oui, j'ai un fils, mais ce n'est pas de lui qu'il
s'agit pour le quart d'heure. Parlons de toi; tu es,
je le vois, dans une brillante position.

A ces mots, Sosthènes poussa un soupir de ca-
chalot.

— Une mauvaise honte, reprit-il, m'a empêché
d'aller puiser encore une fois dans ta caisse. J'ai eu
des malheurs, mon vieux, et je dépense chaque jour
pour vivre plus d'imaginative qu'il n'en faudrait pour
gagner des millions. Me voilà revenu à mon point de
départ. Je finis par où a commencé Cabochard. Je
suis chef d'institution, c'est tout dire.

— Chef d'institution, mais où sont tes élèves?

— Dans les cafés, dans les estaminets, à la Chaumière, partout où l'on danse, où l'on boit des choppes
de bière, où l'on pratique le bloc fumant. Je ne donne
pas de la science, je vends des diplômes aux igno-
rants. J'ai à ma disposition des gaillards ferrés sur les
matières exigées pour les examens, et qui, n'ayant
plus rien à apprendre, louent leur science aux autres.
Si tu connais quelqu'un qui éprouve le besoin de pas-

ser bachelier ès lettres ou bachelier ès sciences, donne-lui mon adresse.

— Que diable voulais-tu me dire tout à l'heure, avec tes nez aquilins et tes nez camus ?

— Le nez, vois-tu, reprit Sosthènes, est le fin du fin de mon état. Donne à l'espèce humaine des nez coulés dans le même moule, et tous les visages vont se ressembler. Un jeune homme veut être reçu bachelier et il ne sait rien, c'est très-bien ; il faut alors qu'il trouve, pour se présenter à sa place, un individu qui, sans lui ressembler, ne lui soit pas complétement dissemblable. L'appariteur ne regardant jamais que les nez des candidats, c'est sur les nez que j'ai basé mon industrie. J'ai tiré, parmi les bacheliers pauvres, un assortiment varié de nez de tous les galbes, de toutes les formes, et j'ai attaché ces nez à mon établissement. J'ai fait insérer dans tous les journaux une réclame ainsi conçue :

INSTITUTION SOSTHÈNES.

Préparations pour le baccalauréat.

A l'aide d'une nouvelle méthode d'enseignement, on garantit le baccalauréat au bout de quinze jours de préparations. Payement à forfait après réception.

Les candidats arrivent de tous les coins de la France ; ce sont les cancres de tous les colléges, et je règle le tarif d'après la forme de leur nez. Les camus sont les moins favorisés, attendu que je n'en

possède qu'un seul dans ma collection et qu'il fait le
renchéri, sous prétexte qu'il a déjà passé vingt-
quatre fois et qu'on commence à avoir des soupçons
sur son compte. Le drôle ne veut plus endosser la
robe que moyennant une forte prime de cent cinquante francs ; et j'ai des aquilins, à la douzaine, pour
trente-cinq francs.

Quelle que soit ma hardiesse pour les opérations
de toute sorte, j'avoue que j'étais peu rassuré sur
l'avenir de l'institution Sosthènes. En vain me
proposa-t-il de lier connaissance avec ses plus
intrépides lieutenants, en vain me fit-il part d'un
projet auquel il avait rêvé depuis longtemps, et qui
consistait à centraliser la science, à peu près comme
j'avais centralisé la réclame ; je lui répondis en ho-
chant la tête : « Oui, je te comprends, Sosthènes,
tu vas créer une armée complète de bacheliers, d'étudiants, d'avocats, de docteurs ; tu vas te mettre à la
tête de cette phalange dont le métier consistera à
remporter des victoires faciles : c'est fort bien. Rien
de mieux que de tenir sous sa main des moules, des
clichés, qui peuvent tirer un nombre infini d'exem-
plaires du licencié en droit et du docteur en médecine ; mais songe aux chances funestes, songe à
l'éventualité d'un règlement imprévu, qui exige des
garanties nouvelles et qui met ton industrie à néant.
J'avais un projet plus solide, et je songe à toi pour le
mettre à exécution : lis-moi ce brouillon de prospectus. »

On doit se rendre justice à soi-même ; et parce

que Bilboquet parle ici de Bilboquet, ce n'est pas
une raison pour qu'il s'abstienne de dire que Bilboquet est un des plus grands hommes, un des phénomènes de ce temps-ci. Ma supériorité éclate surtout
dans la rédaction des prospectus; une affaire lancée
par moi, avec un peu de ma prose, est cotée à la
Bourse avant l'émission de la première action. Celle
que j'avais en vue s'annonçait en ces termes :

UN VOYAGE DE TRENTE JOURS

Pour deux cents francs !

EXCURSION AU VRAI PAYS DE COCAGNE !

Cent mille francs de plaisirs, d'émotions, de jouis-
sances, pour deux cents francs !!!

— Le monde est sillonné de chemins de fer;
l'Océan est couvert de stemboats rapides; les aérostats
envahissent l'atmosphère !

— Plus rien de nouveau à voir sur la terre; il n'y
reste qu'un seul lieu encore inexploré, qu'une seule
ville inconnue : c'est Paris !

— Tout le monde croit avoir vu Paris; tout le
monde a passé en voiture sur le boulevard, bâillé
devant des tableaux et des colonnes, entendu gémir
quelque opéra, hurler quelque drame, ou vu grimacer
quelque bouffonnerie : personne n'a vu Paris !!!

Eh bien, qu'on le dise !

Paris va être percé à jour : Paris n'aura plus de mystères !

Une société se forme sous le patronage de M. Bilboquet, officier de l'Éperon-d'Or, publiciste, homme d'État, fondateur de vingt journaux et de vingt entreprises financières.

Pour deux cents francs, prix d'une action, les souscripteurs ont droit à un voyage dans l'intérieur de Paris, et à une prime en pâte pectorale.

Entrée gratuite dans tous les théâtres ; repas dans les premiers restaurants, au choix ; visite des monuments et lieux publics ; ce n'est rien encore ! ! !

Les souscripteurs verront les coulisses de la vie parisienne, et découvriront l'envers de toutes les décorations ; la grande cité n'aura pour eux aucun secret ; nous n'en promettons pas davantage, mais on verra ! ! !

Trains de plaisir à l'intérieur ! Trente jours d'enivrement, d'extase, d'enthousiasme, pour deux cents francs ! ! !

Après avoir lu ces lignes, Sosthènes ne me dit que ces quatre mots éloquents :

— Je suis ton gérant.

Quelques jours après l'apparition de l'annonce et du prospectus dans les journaux, dont la quatrième page était, on se le rappelle, ma propriété, des bandes de voyageurs m'arrivèrent de toutes les béoties de notre belle patrie. Le Finistère m'expédia une troupe d'Armoricains chevelus conduits par un joueur de biniou, qui seul baragouinait un idiome à peu près

10.

intelligible. Je vis arriver de Colmar et de Brisach une
volée d'oiseaux alsaciens pris à la glu de la réclame.
Les Martigues, Pézenas, répondirent aussi à mon
appel. Les Auvergnats ne furent pas les moins nombreux. « Châlon nous amusa un brin, » disaient ces
braves gens, qui voyaient le plaisir secouer ses ailes à
l'horizon. Une seule ville semblait faire défaut ; mais
la veille du jour d'ouverture, Sosthènes entendit sous
ses fenêtres une clarinette enrhumée qui toussait l'air
célèbre :

> Les habitants de Beaune,
> Tous gens d'esprit qu'ils sont,
> A cinq lieues de la Saône
> Ont fait construire un pont.

C'était la députation baunoise, au grand complet,
qui demandait les trente jours de plaisir.

Pour la première fois, j'éprouvai un échec. Les
théâtres refusèrent de laisser entrer mes actionnaires
à un quart de prix, sous les prétextes les plus falla-
cieux.

Les premiers jours furent les moins difficiles à
passer ; Sosthènes avait divisé nos souscripteurs par
escouades.

Ceux-ci étaient envoyés au jardin du Luxembourg,
ceux-là étaient dirigés vers le jardin des Plantes ; on
faisait admirer aux autres les splendeurs du Palais-
Royal. Sosthènes leur montrait l'arbre sous lequel
Camille Desmoulins avait harangué le peuple en 1789,
l'arcade de l'ancien 223, la place où était autrefois la

fameuse galerie de bois; et toutes les autres curiosités à bon marché de ce lieu de délices.

Sous le prétexte de leur faire voir les curiosités du
quartier Latin, on dirigeait, vers cinq heures, toute
la troupe chez Viot ou chez Flicotteaux. La carte,
toujours magnifique, de ces deux établissements élé-
mentaires, produisait le plus bel effet sur ces estomacs naïfs. On leur servait trois plats au choix, une
demi-bouteille de vin, un dessert, du pain à discrétion, et ils étaient ravis. Il fallait voir ces solides
gaillards luttant corps à corps avec les débris de se-
melles de bottes, les vieux caoutchoucs et les chevilles de bois qu'on leur servait sous le nom de
bifteck et de rosbif. Après le dîner, une promenade
habilement dirigée vers les boulevards facilitait la
digestion de ces amis du plaisir.

Il fallait cependant distraire, à tout prix, ces esti-
mables béotiens, qui étaient venus chercher à Paris
pour deux cents francs de voluptés. Sosthènes orga-
nisa des trains de plaisirs dans tous les quartiers de
Paris. Il entreprit le siége en règle des omnibus, et
accorda à chaque voyageur le choix d'une excursion
par jour sur la ligne qui lui plairait le plus, avec cor-
respondance à son gré. Moyennant un pourboire, le
conducteur se chargeait de signaler les beautés et les
curiosités du trajet.

Premier train de plaisir, de la Bastille à la Madeleine, curiosités : le boulevard Beaumarchais, la
porte Saint-Martin, la porte Saint-Denis, le Château-
d'Eau, le bazar de l'Industrie vu de face, le théâtre

du Gymnase vu de profil, le boulevard des Italiens, l'emplacement de l'ancien hôtel des affaires étrangères et l'aspect du bazar Provençal Aymès.

Deuxième train de plaisir, des Champs-Élysées à l'arsenal par les quais : vue des pêcheurs à la ligne et du Louvre ; aspect des embarras de voitures, etc., etc.

Les gaillards n'étaient pas malheureux ! . . .

Après les courses en omnibus, vint le tour des passages et des cités. La cité Berryer, la cité Vindé, la cité Trévise, la cité Bergère, les passages des Panoramas, Jouffroy, Choiseul, Vivienne, Véro-Dodat, furent tour à tour exploités. Ici, la belle écaillère, là, l'invalide à la tête de bois : plus loin, le comptoir d'argent : et toutes ces merveilles faisaient ouvrir de grands yeux et oublier le mesquin ordinaire, qui n'avait garde de varier, car on passait alternativement du dîner à dix neuf sous au dîner à quinze sous sans le vin. Ces pauvres visiteurs ! quel triste souvenir ils ont dû emporter de l'art culinaire à Paris !

Cependant nos visiteurs, malgré tous les divertissements qui leur étaient accordés, malgré toutes les joies dont on les abreuvait, demandaient chaque jour les théâtres. Jusque-là ils n'avaient encore admiré que la façade de ces monuments. Ils étaient blasés sur les pilastres grecs et les colonnes cannelées. Pour eux, la feuille d'acanthe n'avait plus de charme ; aller au spectacle, c'est le rêve de tout provincial, et les Auvergnats parlaient de se révolter si on ne les conduisait pas à la comédie, fouchtra !

Sosthènes se décida à frapper le grand coup. Il réunit un matin tous ces folâtres visiteurs, tous ces affamés de plaisirs et leur annonça que la journée ne s'écoulerait pas sans qu'ils eussent tous passé leur soirée, non pas au Théâtre-Français, à l'Opéra, à l'Opéra-Comique, où à toute autre scène vulgaire et connue, mais à un théâtre fameux dans toute l'Europe, le théâtre Impérial du Luxembourg. Cet établissement était le seul qui eût consenti à nous faire un rabais.

Cette soirée releva les courages, et le lendemain on put impunément conduire tous les amis du plaisir au cours de sanscrit professé à la Bibliothèque.

J'ai oublié de dire que les cours de la Sorbonne, du collége de France et de la Bibliothèque ont été pour nous une ressource bien précieuse. Que de fois nous avons surpris dans leurs conversations intimes avec l'appariteur, à l'heure de la leçon, messieurs les professeurs de thibétain, de malgache, d'indoustani, d'archéologie chinoise, et aussi messieurs les professeurs de science, d'histoire ancienne ou d'histoire naturelle! Ils ont droit à tous mes remercîments et à ma haute considération. Le Breton retrouvait son patois dans le langage traduit par les savants sinologues : l'indoustani flattait l'oreille de nos Martiguois, et j'ai même surpris des regards d'intelligence entre un citoyen de Landernau et le professeur de littérature Botacudos.

Enfin, le trentième jour, Sosthènes conduisit processionnellement ses hôtes devant la marmite des

Invalides. On la laissait voir ce jour-là, selon toute apparence : car chacun s'en retourna satisfait dans ses foyers.

La spéculation avait rapporté une dizaine de mille francs à Sosthènes Ducantal : ce n'était pas un succès!

CHAPITRE VI.

Les peintres. — Le peintre de vaudeville. — L'art et les falourdes. — Les ficelles des peintres. — Empoignement du bourgeois. — Les modèles et les pommes de terre frites. — Les épinards encadrés. — L'avenue Frochot. — La charge de Bilboquet. — Les casquettes et les tire-bottes politiques — Les commandes. — Les sculpteurs. — Le sculpteur faubourien. — Le sculpteur lyrique. — L'argot, les calembours d'atelier. — Raphaël. — Rubens. — M. Ingre. — M. Delacroix. — Les ingristes. — Les byzantins. — La pâte. — La rotule. — Les coloristes. — L'article salon. — Brûlons les musées! — Mort à Raphaël. — Les musiciens. — Les compositeurs incompris. — Les succès en Allemagne. — La loterie Picarde. — Les chanteurs bouffes. — Les pianistes et les dames russes. — Listz. — Thalberg. — La musique de chambre. — Le chanteur de romances. — Le compositeur chante-toujours. — Les albums. — Le feuilletoniste musical. — Les tabatières à musique. — Ma profession de foi sur la musique et les musiciens.

J'ai eu comme tout le monde la monomanie des musiciens et des peintres, et puis j'ai fini par m'en lasser.

Aujourd'hui je déclare que je suis très-refroidi à leur égard.

J'avoue qu'une des choses qui a le plus contribué à me faire prendre les peintres en grippe, c'est de les voir mettre sans cesse dans les vaudevilles et les comédies.

La toile se lève n'importe où : — vous voyez un

peintre en vareuse qui est assis à son chevalet, sourit au parterre et fait des mots.

C'est agaçant !

Pourquoi donc cette consommation de peintres si prodigieuse dans la littérature dramatique ?

Les jeunes premiers prétendent que cela leur fait faire des femmes. A la bonne heure !

Il y a aussi un certain public qui s'imagine que le peintre est un être très-pauvre, très-incompris, très-souffrant, qui dîne fabuleusement mal, et est obligé de chauffer son vaste atelier avec des falourdes mélancoliques et de vieux cadres sculptés.

Ne confondons pas, je vous prie : — le peintre a l'air pauvre, ce qui ne prouve pas toujours qu'il le soit. Loin de là !

Il porte des vareuses délabrées, des blouses en papier gris, très-peu de bottes, c'est le plus souvent de la mise en scène pure et simple, une manière de se donner l'air artiste et brigand calabrais.

Le peintre dîne mal ; mais c'est que souvent il le veut bien. Plusieurs pourraient très-bien dîner, j'en connais de fort piastrés !...

Vous voyez des gens très-lancés dans l'art, qui ont des commandes superbes, qui sont à même d'avoir tous les jours sur leur table une nourriture on ne peut plus confortable, et qui préfèrent végéter dans le picton et la charcuterie.

Sauf certaines natures honorables et dignes que j'ai rencontrées, il y a toute une série de peintres et de sculpteurs qui sont fièrement ficelles, allez, c'est moi qui vous le dis.

Quand je me suis mis à acheter des tableaux, des aquarelles, des bustes et des terres cuites, tous les artistes de Paris m'ont tapé dans le dos, ont fait avec moi de la familiarité et de la fantaisie.

C'était à qui, dans les ateliers, me choierait, me caresserait, me donnerait de petits noms d'amitié.

On m'appelait : *Bilboquemar*, *Bilboqueton*, *Bilboquemuche*.

Satanés farceurs d'artistes, allez ! En avez-vous de ces rubriques et de ces fausses allures canaille pour empoigner, quand vous le voulez, les pauvres bourgeois comme nous !

Souvent ils m'emmenaient dîner avec eux au cabaret (toujours le cabaret) ; ils me forçaient à fumer des pipes énormes ou à avaler d'immenses gibelottes dans leur compagnie.

J'avais fini, à force de les fréquenter, par devenir une espèce de vieux rapin que toute la sculpture et toute la jeune peinture idolâtraient.

Je ne sortais plus des ateliers, j'y vivais, j'y mangeais ; je devenais le protecteur des modèles ; je leur payais immensément de pommes de terre frites.

Cependant ces bons artistes si joyeux, si familiers avec moi, qui me faisaient tant de calembours, de bonnes vieilles charges, et me mettaient en rapport avec leurs modèles de cœur, avaient toujours à me colloquer soit un paysage, soit un chien, soit une tête, soit une aquarelle, un tableau de genre ou d'histoire.

III.   11

Bientôt mon intérieur fut encombré de tant d'épinards et de chefs-d'œuvre bleus, rouges, lilas, pistaches, on m'avait fait mon portrait de tant de façons, de face, de profil, de trois quarts, par devant, par derrière, que je fus obligé d'arrêter les frais.

Qu'arriva-t-il alors ?

Dès qu'il fut reconnu que ma collection était terminée, que j'étais dans l'intention de ne plus m'appliquer d'objets d'art, tous ces artistes qui m'accablaient de tant de témoignages de tendresse et de camaraderie, qui me caressaient, me tutoyaient, ne me dirent même plus bonjour.

Quand je passais dans les rues artistiques, rue de l'Ouest, rue Fontaine-Saint-Georges, avenue Frochot, je ne rencontrais que des figures glaciales, presque hostiles.

J'étais devenu la bête noire de l'art.

J'appris qu'on avait fait ma charge dans tous les ateliers.

Du moment où on ne pouvait plus m'exploiter, on me sacrifiait, on me traitait comme le dernier des derniers.

J'étais cramoisi, verdâtre d'indignation contre les peintres.

Je me réservai de dire au public, quand j'écrirais mes Mémoires, tout ce que je pensais d'eux, et d'opérer une révolution dans ce vieux monde artistique, qu'il est vraiment temps de modifier notablement.

Je demande d'abord qu'on en finisse avec le peintre élégiaque, le pauvre peintre qui vit soi-disant enfermé dans sa mansarde, et *qui n'a rien au monde que ses pinceaux*.

Qu'on lui donne à dîner et n'en parlons plus.

Les peintres aujourd'hui ne sont plus dans les mansardes, ils vivent dans les antichambres des ministères.

Ils sollicitent des commandes, beaucoup de commandes, trop de commandes.

Je demande aussi pourquoi les artistes, sauf, encore une fois, un petit nombre d'exceptions que je n'ai pas besoin de nommer, croient devoir se dispenser de toute espèce de croyances et d'engagements politiques.

La plupart travaillent indistinctement pour tout le monde, ils sont à la fois du parti de César et de celui de Pompée, pour Guillaume Tell et pour Gessler; ils peignent blanc, ils peignent bleu, ils peignent noir; cela leur est absolument égal.

Ils vous disent à cela : « Il faut bien que nous colloquions nos tableaux et que nous écoulions nos chefs-d'œuvre. »

Il est certain que la France manque de tableaux à l'heure qu'il est !

Voyez un peu le Louvre, voyez toutes les églises, tous les musées de province, sans compter les marchands de bric-à-brac et les collections particulières !

Entendons-nous :

Êtes-vous des artistes? Êtes vous des manœuvres?

Si vous êtes des manœuvres, à la bonne heure! il n'y a rien à dire. On comprend à la rigueur que des

souliers, de tire-bottes et des paletots n'aient pas
d'opinions politiques.

Mais vous parlez sans cesse de l'art, des œuvres
d'art.

Qu'est-ce qu'une œuvre d'art? C'est une pensée
apparemment, un fragment quelconque du cœur et
de la conscience.

Vous voulez faire de l'art avec une girouette au-dessous de la mamelle gauche, en vous mettant à genoux,
vous, votre palette, votre chevalet, votre terre glaise
et votre marbre, devant tous les événements, toutes
les combinaisons possibles.

Allons donc!

Vous peignez la commande, pas autre chose : n'appelez pas cela faire de l'art.

— Vous voulez donc décidément, me dira-t-on, que
le peintre meure de faim, qu'il en soit réduit, comme
le grand Bélisaire, à implorer un cigare d'un sou de
la pitié des passants?

Je n'aborde pas ici la question du pot-au-feu, qui
n'arrive qu'en seconde ligne lorsqu'il s'agit de principes et d'idées morales.

Je veux avant tout qu'un peintre soit un homme,
et qu'il ne se figure pas que, parce qu'il a de l'indigo
au bout des doigts, il puisse se créer une conscience
polycrome, une moralité particulièrement panachée.

La première loi que l'art vous fait est d'être plus
honnête homme que qui que ce soit. Hors de là point
de salut.

Tout ce que vous pourrez me dire en faveur de vos

toiles qu'on abandonne dans l'atelier, de vos pauvres statues qui se gèlent et végètent sous le hangar,
ne m'attendrira pas.

Le sculpteur d'un certain genre a les mêmes ficelles, les mêmes rubriques que le peintre ; seulement,
il affecte d'avoir encore plus de bouffarde et de cabaret
que lui.

Il se croit d'autant plus fort et mieux posé qu'il a
l'air plus culotté, plus barrière.

C'est ordinairement le genre canaille et débraillé
porté à sa dernière expression et servant à recouvrir
une forte dose d'assurance et de vanité.

A côté du sculpteur faubourien, vous avez le sculpteur lyrique, pyramidal, celui qui fait du Michel-Ange,
du Puget et du Phidias avec de la mie de pain et des
paradoxes.

Que de curieux types ! que de masques plaqués de
fausse bonhomie, de fausse originalité, de faux laisser-
aller, de faux comique, j'ai notés au passage dans ce
monde étrange des artistes, que le négociant et le
commerçant s'obstinent à regarder à travers une certaine lunette fantastique, sans s'apercevoir que ce
monde-là est souvent plus bourgeois, plus boutiquier
qu'eux !

Mais, pour bien juger les peintres, il faut les entendre causer entre eux, les jours des grands tournois
d'esthétique.

C'est là que vous les voyez dans tout leur beau,
ces ouvriers prétentieux qui croient, en leur qualité

11.

d'hommes plastiques, pouvoir tout aborder, tout inventer, tout... (passez-moi l'expression) *blaguer*.

Les peintres entre eux ou s'abîment ou se cajolent : diplomatie ou flagornerie, il n'y a pas de milieu.

Ou bien ils s'appellent : Beau talent, grand peintre, merveille, flambeau de l'art...

Ou bien ils s'appellent : Cornichon, huitre, cruche, melon, grenouille, etc.

Ces aménités-là sont plus fréquentes qu'on ne croit entre artistes.

On se dit souvent les choses les plus mortifiantes du monde, les plus grosses injures de la langue ; on se débine, on s'écrase à tour de rôle : — tout cela, histoire de rire et de fraterniser.

Il y a aussi les termes du métier, l'argot que l'on emploie pour bien marquer que l'on est un vrai flambard, une vraie moustache de l'art.

Parler comme tout le monde quand on a l'honneur d'être peintre, ciseleur, fi donc !

Ainsi, ne dites jamais d'un tableau qu'il est bien travaillé, bien exécuté ; ayez toujours soin de dire qu'il est *bien torché*.

La couleur et le dessin, voilà les deux grands pivots de toutes discussions, et aussi les deux grandes séparations du camp de messieurs les artistes.

Qu'est-ce qui vaut mieux de la couleur ou du dessin ? — Vive le dessin ! disent les uns. — Vive la couleur ! disent les autres.

— Moi, je soutiens qu'il n'y a au monde que le

dessin, la ligne, le contour; c'est la base, le grand pivot de l'art.

— Moi, je suis pour la couleur ; la couleur, c'est la lumière, c'est la vie, le rayon, le reflet céleste ; c'est ce qui frappe, saisit l'œil, le passionne, l'incendie, l'aveugle.

Le dessin, la couleur! la couleur, le dessin! Raphaël, Rubens! Rubens, Raphaël! M. Delacroix, M. Ingres! M. Ingres, M. Delacroix! Le bleu, le rouge, la perspective, le rond, le carré, le maigre, le gras, le tendre, le dur, la pâte, la rotule, le grain, le chic, le *flou*, le ronflant, le flambant, l'empoignant !

C'est en définitive sur ces mots-là que roulent exclusivement les causeries de peintres, ou autrement dit les improvisations de rapins.

Vous voyez que c'est infiniment intéressant et varié.

Les dessinateurs, que l'on appelle plus ordinairement les ingristes, sont nécessairement en polémique habituelle avec les coloristes.

Ces deux camps représentent les Capulet et les Montaigu de l'art.

Tout le monde sait que M. Ingres, plus grand littérateur encore que grand peintre, a créé une école de jeunes peintres gris très-consciencieux, qui manquent un peu de gaieté; — rudes piocheurs, du reste, et qui ne badinent pas sur l'article des principes et de la tradition.

Ces jeunes peintres sont en général âgés de trois siècles; ils ont beaucoup connu Raphaël, ils ont travaillé, vécu avec lui.

Les vrais ingristes trouvent aujourd'hui M. Ingres exagéré, romantique, truculent.

Cette école comprend aussi les byzantins, ceux qui ne craignent pas de remonter jusqu'au berceau de l'art par la voie du naïf et du primitif, et ne reculent ni devant les bonshommes de pain d'épice, ni devant les manches de parapluies.

L'ingriste est en général pâle comme un citoyen d'Herculanum ; il a de la maigreur, beaucoup de sérieux.

Il rappelle un peu les figures que l'on voit sur les tombeaux, les vieilles fresques, les sculptures de cathédrales.

Le coloriste, au contraire, est vif, animé, trapu, remuant. C'est souvent un petit bonhomme de quatre pieds tout au plus et qui dit avec une emphase risible, en gonflant ses joues :

« Mon rapin, mes élèves, mon talent, ma réputation ! »

Le coloriste ne parle jamais que de carnation puissante, de femmes aux puissantes mamelles, aux tons vigoureux, aux hanches luxuriantes, aux lèvres flamboyantes, aux narines énergiquement bombées.

Quelquefois, quand la discussion est à bout, qu'on est las de citer à tort et à travers les Grecs, les Florentins, les métopes du Parthénon, André del Sarte, Titien, Léonard de Vinci, les Carrache, etc..., quelqu'un du cercle se met à prononcer par hasard le nom de Rembrandt.

— Rembrandt est un type à part, une peinture à

part ! s'écrient aussitôt à la fois tous les orateurs ;
quelque chose qui échappe à l'analyse comme le brouil-
lard, le noir de fumée, l'intérieur d'une cave, la bouteille à l'encre.

— Dieu ! la *Ronde de nuit !*

— Et la *Leçon d'anatomie*, donc !

— Et les *Apôtres !*

— Et les portraits !

— Et les eaux-fortes !

Ces diverses exclamations sont poussées par le
peintre qui ne peint pas, celui qui parle, pérore, dis-
cute, lance des théories.

Quel curieux rôle que celui de jugeur, déclama-
teur, orateur artistique, l'homme qui critique, passe
tout le monde au fil de son dédain par la simple
raison qu'il n'a jamais fait dans sa vie que des pro-
grammes et des tentatives !

Les peintres qui peignent pourraient, à la rigueur,
avoir le courage de se moquer de ses appréciations et
de ses tartines, rester eux-mêmes, poursuivre leur
tâche sans s'inquiéter de son esthétique orale.

Mais où sont les vrais peintres aujourd'hui ?

Il faut voir certains artistes au moment de l'exposition, vis-à-vis des gens de lettres qui font l'*article
Salon* et ont à formuler des jugements sur les trois
ou quatre mille chefs-d'œuvre qui s'étalent aux époques consacrées, au Louvre ou à la salle Poissonnière.

Heureux l'écrivain qui est chargé de cette besogne
si pleine de charme et de nouveauté !

Il va passer pendant quinze jours au moins à l'état

de mortel divin, d'homme immensément choyé, caressé de toutes les palettes modernes !

On n'ose pas lui parler directement de son talent littéraire, lui dire qu'il est un penseur immense, un critique gigantesque, un ciseleur de la phrase incomparable ; ce serait trop naïf et trop percé à jour !

Ce serait de l'encensement à trop courte échéance.

On essaye de prendre l'écrivain par une autre fibre.

On le complimente sur tout ce qu'on peut inventer, sur son paletot, son chapeau, la nuance de ses cheveux, sur son galbe surtout.

Dieu ! le galbe ! comme le peintre exploite habilement ce moyen d'insinuation, de séduction, quand il se sent électrisé par les approches du compte rendu !

— Savez-vous bien, cher ami, que vous avez un type remarquable, vous, et qu'il y a fièrement de caractère et de mouvement dans toute cette partie-là !

(L'artiste exécute le geste de la silhouette avec le pouce qu'il passe sous le nez de l'écrivain.)

— Mais non, mon cher Blagoski ; je sais que je suis laid, très-laid... J'ai la bouche de travers, le nez en pomme de terre... Les femmes m'ont toujours dit que j'étais fort loin de ressembler à l'Antinoüs...

— Les femmes ! voilà une belle autorité !... Les femmes !... Est-ce qu'il faut s'en rapporter à elles en fait d'art ?... Il est certain que vous n'avez pas une tête de coiffeur... Tant mieux !... Vous avez le front fièrement illuminé, allez ! et la bouche d'un accusé !...

(L'homme de lettres se regarde involontairement dans la glace.)

— On pourrait faire, reprend le rapin, une étude un peu crâne d'après votre tête !... C'est si net et si ferme !... Voulez-vous que je vous fasse votre portrait ?...

— Merci, mon brave Blagoski, merci ; on m'a déjà fait plusieurs fois aux approches du Salon, et on n'a jamais réussi à m'embellir...

— Laissez-moi faire, vous verrez que je ferai d'après vous quelque chose de senti, de creusé... Vous concevez, c'est pour moi une question d'art... Je veux absolument faire passer dans mon dessin tout ce qu'il y a d'étincelant, d'étourdissant, de fatal dans votre regard...

Comment veut-on qu'on ne se souvienne pas, quand vient l'article-portrait, de mentionner d'une façon quelconque le nom de l'artiste qui est idolâtre de votre galbe, qui découvre dans vos traits le cachet de l'Antinoüs et du Bacchus indien ?

On sait bien qu'il ment ou du moins qu'il exagère ; c'est égal, on est flatté, et on imprime malgré soi, sans en penser un seul mot, que sa couleur est bonne, que son dessin est vigoureux et senti.

L'omme de lettres qui fait le Salon, ou, comme on dit en termes plus concis, le feuilletoniste d'art, a besoin d'un tempérament très-énergique pour conserver son sang-froid et son jugement au milieu des finasseries et des adulations des peintres, qui sont bien,

quand leur intérêt les y pousse, les plus grands don-
neurs d'eau bénite que la terre ait portés.

Le feuilletoniste d'art est forcé d'avoir son portrait chez lui fait de toutes les façons, à l'huile, à l'a-
quarelle, à la gouache, en miniature, en pied, en marbre, en plâtre, en terre cuite, en cire jaune, en cire
rose, en papier mâché, en sucre de pomme, etc...

Ces divers portraits représentent les petites tartines
aimables qu'il a consacrées à messieurs tels et tels qui
ont le secret de se mettre bien à tout prix avec ce
monstre à la fois si farouche et si accommodant que
l'on appelle le critique.

J'ai même connu des artistes qui faisaient le portrait du chien ou du chat de la maison, ne pouvant
arriver à faire celui du maître.

Mais, si vous avez été feuilletoniste d'art, croyez-
moi, ne cessez jamais de l'être, si vous ne voulez pas
être atteint de grandes déceptions, subir ce qui m'est
arrivé quand je n'ai plus voulu faire faire de peinture,
éprouver tout ce qu'il y a souvent d'ingratitude dans
l'indigo et de diplomatie terrible et profonde dans
le fond de ces grands cœurs d'artistes.

Je prétends, et je prouverai quand on voudra, qu'il
y a beaucoup trop de peintres aujourd'hui.

Trois ou quatre ouvriers exercés feraient parfaitement l'affaire, et nous avons des myriades d'hommes
plastiques !

On parle de tous les côtés de l'art, du progrès de
l'art ; — il n'y a plus d'art.

Non, il n'y a plus d'art, puisqu'il est convenu d'a-
vance que tous les hommes qui nous viendront et qui
se mêleront de badigeonner des toiles et des murailles
ne seront jamais que des polissons, des cuistres, de
misérables doublures à côté des Raphaël, des Péru-
gin, des Corrége, des *maîtres*, comme disent tous les
rapins possibles.

Nous aurons beau envoyer à Rome une foule de
jeunes sujets, ils n'y feront jamais autre chose que
traduire Raphaël et Michel-Ange.

Un traducteur n'est pas un artiste.

Tous les tableaux qu'on nous offre ne sont absolument que des réminiscences, des composés, des ma-
cédoines de torses florentins, de jambes romaines, de
dos vénitiens ; — toujours l'Italie, toujours les maîtres,
c'est-à-dire des lambeaux, des pièces de rapport.

Si vous tentez, si vous inventez quoi que ce soit,
vous déroutez le public. — Peindre, cependant, c'est
inventer. Comment faire ?

Des esprits hardis, qui ont le courage de leur fantaisie, ont souvent proposé de mettre le feu à tous les
musées de l'Europe, pour en finir avec tous les vieux
types, les chefs-d'œuvres, ces vieux sultans qui écra-
sent tout.

C'est peut-être un peu fort de café !

Mais il est certain que nous n'aurons peut être des
peintres à nous, des artistes suivant nos idées et nos
fibres, que du jour où nous serons débarrassés de cet
infâme et immortel despote qu'on appelle Raphaël, et
qui s'amuse à réduire à néant quiconque ne fait pas

III.

exactement comme lui. Or il est bien prouvé qu'on
ne peut pas faire comme lui.

Qui est-ce qui achète sérieusement des tableaux
aujourd'hui? — Deux ou trois lorettes qui ont de riches mobiliers ; deux ou trois Russes qui possèdent
des mines d'or.

C'est ce qui explique et excuse peut-être jusqu'à un
certain point les courbettes, les artifices et les rubri-
briques sans nombre de MM. les artistes.

On devrait bien publier, une fois pour toutes, la
vérité sur l'art, ce grand mensonge moderne.

J'essayerais de la dire, si je ne m'appelais pas Bilboquet.

Vous me direz que si nous n'avions plus de peinture constituée, nous n'aurions plus d'Académie de
Rome, d'histoire des peintres célèbres (lesquels, par
parenthèse, n'ont jamais eu d'histoire) ; plus de commandes officielles, ni d'articles Salon, ni de quêteurs
de portraits, ni ne peintres de chiens anglais, de
grands personnages, etc.

Le grand malheur, en vérité !

Cependant je n'oublie pas que je me suis engagé
aussi à vous parler des musiciens, avec lesquels j'ai
eu d'assez intimes rapports, attendu que j'ai eu chez
moi plusieurs grands concerts, à l'époque où l'on
donnait encore des concerts.

J'ai eu, comme tout le monde, ma veine de dilet-
tantisme et de frénésie musicale.

J'ai connu la plupart des grands compositeurs de

notre temps, les grands chanteurs italiens, une foule de pianistes, de violonistes, de clarinettes célèbres.

C'est un monde bien curieux, en vérité, et qui donne beaucoup à réfléchir sur la situation sociale de l'harmonie moderne.

Le peintre est généralement jovial, ouvert, bon enfant; il cultive la charge, il vise au comique.

Le compositeur musical est, au contraire, lugubre, concentré, toujours incompris, toujours gémissant; nature de croque-mort en *mi-bémol*.

Si vous ne vous jetez pas à ses genoux, si vous ne lui baisez pas les mains avec transport en l'appelant : « Mon cher sublime! » vous êtes son ennemi, vous ne lui rendez pas suffisamment justice.

C'est inouï ce qu'il rêve en lui-même, pour les partitions qu'il n'a pas encore faites, d'auréoles, de guirlandes, d'arcs de triomphe et de catafalques.

Il apporte cependant beaucoup d'agrément dans la société et le commerce de la vie.

On le prie de chanter. — Il ne chante jamais.

On lui demande de se mettre au piano ; — son regard s'allume, sa fibre se crispe.

— Me prend on pour un manœuvre, un ménétrier, une marionnette musicale? murmure-t-il entre ses dents.

Quand il est jeune et inconnu, il cherche toujours un poëme.

Ce poëme ne lui arrive jamais, attendu qu'il lui faut quelque chose de si saisissant, de si élevé, qu'il n'y a guère qu'Orphée et Homère, unis en collaboration, capables de lui écrire la pièce qu'il rêve ; — encore n'est-il pas certain qu'il l'accepte.

Le compositeur musical habite presque toujours un autre monde que celui où nous nous trouvons, nous autres pauvres mortels.

Il ne fait de frais absolument pour personne ; il attend ordinairement qu'on le salue, qu'on vienne à lui, qu'on le prévienne, qu'on le caresse.

C'est une chose si énorme qu'une ouverture, un duo ou un morceau d'ensemble !

Quand on roule dans sa tête des notes et des accompagnements, il est évident qu'on porte le monde sur ses épaules.

L'Allemagne est une grande ressource pour les incompris lyriques.

Tout ce qui, à tort ou à raison, nous endort et nous accable en France, se transporte en Allemagne, et, là, est sûr d'obtenir un succès à tout casser, de soulever des ouragans d'admiration et d'enthousiasme.

On lit tous les jours dans les journaux « que le grand compositeur un tel parcourt en ce moment les principale villes de l'Allemagne. » (Bonne Allemagne, va !)

Quand il approche d'une ville, on lui en apporte les clefs sur un plat d'argent.

Le margrave, les échevins, la maréchaussée, les magistrats, les corps de marchands viennent en procession à sa rencontre et mettent à sa disposition tout ce que la province compte de violons, de canons, de cloches et autres guitares.

On enrôle pour lui jusqu'aux aveugles de la grand'-route.

Tant que le musicien sera dans la ville, ordre à tous les habitants d'illuminer et de tirer une foule de feux d'artifice.

Le prince régnant s'en va loger à l'hôtel garni et lui cède son palais, ses domestiques et toutes ses bassinoires.

Après ses concerts, on lui offre régulièrement des lingots d'or à faire pâlir la loterie Picarde, des chapeaux remplis de diamants et de perles.

Quand il quitte la ville, tous les vrais amateurs de musique ont la jaunisse ou le choléra. Plusieurs femmes passionnées pour l'art menacent de s'asphyxier.

La population tout entière dételle les chevaux du grand homme et conduit sa chaise de poste dans une autre ville d'Allemagne, où les mêmes fêtes, les mêmes transports vont recommencer.

Qu'on ose dire encore, après cela, que la musique est une carrière ingrate et malheureuse !

Il est possible qu'elle ait des côtés désagréables et des détails pénibles ; mais, dans tous les cas, elle sait joliment jouer de l'instrument de la réclame, je vous en réponds !

J'avoue franchement que ce qui m'a un peu désenchanté des grands chanteurs italiens, c'est tout simplement la question d'argent.

Ces barytons célèbres, ces ténors incomparables, étaient arrivés à se faire payer si cher, si cher, qu'un

12.

beau jour j'ai compris qu'il fallait absolument passer à d'autres plaisanteries.

Quand je songe que j'ai déboursé jusqu'à cinq cents francs pour une seule cavatine, qui m'arrivait quelquefois à deux heures du matin, enrhumée, fatiguée, délabrée, restait cinq minutes, et s'envolait avant même que la ritournelle fût terminée !

Cinq cents francs pour un enrouement avec accompagnement de piano, c'est un peu exorbitant !

Aujourd'hui, les virtuoses italiens sont, Dieu merci ! passés de mode ; les raouts ne les mettent plus dans leur programme.

Les Français ont appris à chanter l'italien mieux que les Italiens. Franchement, je n'en suis pas fâché.

C'était vraiment agaçant de voir de gros gaillards, qui, parce qu'ils avaient l'avantage d'avoir une certaine note ou une certaine fioriture dans le larynx, passaient à l'état de huitième merveille du monde.

Je rougis encore quand je me souviens que nous en étions quelquefois à lancer des roses et des violettes de Parme, en plein théâtre, à des hommes comme nous, ayant barbe au menton.

J'ai vu le moment où nous les appelions : « Ma biche, mon mouton, mon trésor ! »

Que la Russie, les États-Unis, nous les disputent, nous les enlèvent, ces grands larynx à dix mille francs par mois ; quant à moi, je n'y mets pas la moindre opposition.

Je suis, à l'heure qu'il est, tellement blasé sur le ténor et la prima-donna, j'ai tant avalé dans ma vie

de strettes, d'andante et de cabalettes, que la musique la plus simple me suffit.

Quand je veux entendre des mélodies italiennes, je
vais tout simplement aux Champs-Élysées.

Je vous assure qu'il y a au café des Ambassadeurs
des Lablache et des Rubini qui en valent bien
d'autres.

Pour une chope de bière, vous passez en revue
tout Rossini, tout Donizetti! — Les cafés chantants
ont rendu les bouffes impossibles en France.

Cependant, au milieu de cette vie de concerts, de
solennités musicales que je menais alors, je ne pouvais manquer d'observer de près la grande et curieuse
tribu des pianistes, ces mystificateurs immenses qui
ont fini par se suicider par le ridicule.

Moi aussi, j'ai cru pendant un temps au grand pianiste, j'ai eu le courage d'écouter des exécutants aux
longs cheveux, qui faisaient pendant des heures entières des *pif, paf, pouff* sur un clavier, sans la moindre liaison, sans aucune espèce de charme.

J'ai connu des Allemands, trop d'Allemands, qui
se mettaient au piano, fermaient les yeux, restaient
une grande demi-heure à se recueillir et à faire leur
prière.

Ils se décidaient enfin à entamer un thème quelconque, *J'ai du bon tabac dans ma tabatière*, avec variations.

Le thème était si bien varié, il y avait tant d'ar-
péges, de notes et de fantaisies, que vous finissiez par
entendre l'air de *Malbrough s'en va-t-en guerre*.

J'en ai vu qui, après avoir frappé sur le clavier avec les poings, les coudes, le front, les pieds, arrivaient à exécuter des accords plaqués avec cette partie d'eux-mêmes que la pudeur m'empêche de désigner par le mot propre.

C'était alors que les femmes se tordaient de bonheur, se roulaient autour du piano, jetaient au hasard à la tête du virtuose tout ce qu'elles avaient sur elles, leurs mouchoirs, leurs bonnets, leurs jarretières, leurs fausses nattes.

J'ai connu aussi le pianiste élégiaque, celui que la nature a inventé exprès pour être enlevé par les princesses russes, qui est l'accessoire obligé de leur bagage, de leur mobilier intime, qui regarde le public amoureusement et lui fait l'œil pendant qu'il joue.

Quel est le pianiste un peu fort qui ne vit pas à l'état normal d'homme enlevé par les grandes dames?

J'ai remarqué que, pour jouer du piano avec succès, il fallait toujours avoir l'air un peu poitrinaire.

Un homme gras, à la face rubiconde, ayant du ventre, ne peut pas décemment se mettre au piano en public, ou bien il faut qu'il se résigne à ne pas faire une seule femme.

Des exécutants distingués m'ont avoué qu'ils prenaient toujours, le matin de leurs concerts, une bouteille d'eau de Pulna, afin de se donner une physionomie souffrante.

Du reste le pianiste est mort, je n'en parle que pour mémoire.

On a inventé depuis quelque temps des Listz et des

Thalberg mécaniques. Vous n'avez qu'à tourner une manivelle quelconque, vous exécutez malgré vous des choses superbes.

C'est fort heureux pour cette portion de l'humanité qui consacrait son enfance et toute sa belle jeunesse à faire travailler rien que le petit doigt tous les jours pendant dix heures d'horloge, et cela pendant huit ou dix années consécutives.

Parmi les exécutants à grande renommée et à grandes dames russes, on ne peut vraiment compter que les pianistes.

Quand vous tombez dans les violons, ce sont déjà d'autres mœurs, d'autres relations.

Les violons, les violoncelles, les flûtes et les hautbois commencent à se confondre avec la vile multitude.

Ils ont pour la plupart un pied dans les orchestres : ils manquent de piédestal ; ils deviennent rarement la proie des femmes à passion.

On cite très-peu d'exemples de violonistes enlevés. La chanterelle est bien moins lovelace que le clavier.

Je me souviens qu'à cette époque heureuse où nous nous croyions obligés de nous aplatir avec enthousiasme devant ce monde des musiciens, nous avions souvent ce que l'on appelait les séances de *musique de chambre*.

Cet exercice m'est resté dans l'esprit comme une chose très-curieuse.

Vous vous enfermez dans une chambre avec deux

violons et deux basses pendant cinq ou six heures
d'horloge.

Ces archéologues vous exécutent tour à tour ce qu'il
y a de plus vieux, de plus inconnu dans les cartons
et les souterrains de l'ancienne musique allemande.

Vous voyez passer devant vous une foule de perruques, des toiles d'araignées, des gammes poudreu-
ses, des accords qui chevrotent en dandinant la
tête.

Quand vous écoutez cette musique-là, vous pouvez
vous croire votre grand-père ou votre bisaïeul.

C'est très-intéressant et très-utile.

Si vous avez par hasard passé une mauvaise nuit,
vous n'avez qu'à vous faire exécuter de la musique de
chambre, vous vous sentez bientôt pris d'un sommeil
profond et réparateur qui ne cède que lorsque les musiciens ont achevé leurs morceaux.

Dieu ! quelles bonnes séances d'assoupissement j'ai
eues à l'aide de cette musique de chambre, qui est
assurément le narcotique le plus simple et le plus
innocent que l'on puisse s'administrer !...

Il va sans dire qu'en sortant je ne manquais jamais de m'écrier devant les gens que je rencontrais :

— Par Bacchus! quelles délicieuses heures je viens
de passer! Haydn, Mozart, Beethowen, quels gaillards!
quels lions !.... On n'en fait plus comme cela aujour-
d'hui.

Je ris en vérité quand je reviens vers toutes ces
anciennes impressions musicales.

Je me figurais quelquefois que je m'amusais dans des concerts où je bâillais à périr.

Je m'abusais, je me prenais au sérieux comme dilettante. Bilboquet donnait le change à Bilboquet.

Quant au bon vieux chanteur de romances, le chanteur Ponchard, je vous assure qu'il est très-supportable.

Il se met au piano, il ne fait pas grand bruit, il soupire à demi-voix des couplets qui se terminent par :

> Allez, allez, tendre Jeannette,
> Prenez garde aux piéges du bois.

Quand il a chanté une ou deux fois, il se tait ordinairement ; il comprend qu'il ne faut pas trop abuser de la limonade lyrique.

Mais, si le malheur veut qu'il se pose en inventeur et compose lui-même ses chansons, oh! alors défiez-vous de lui fortement.

Il va vous déployer une myriade de chansonnettes, de romances, de rêveries et de mélodies rustiques à vous rendre fou, à vous faire abhorrer la musique jusqu'à la fin de vos jours.

— Ceci, vous dit-il avec un grand sang-froid, est de mon album de 1825, et il chante une foule de *tra la la, houp la houp, gai gai gai, bon marinier*, etc...

— A présent nous avons l'album de 1826, où il y a, je crois, des choses assez senties, puis vient celui de 1827, 28, 29, jusqu'en 1854.

Sur ma parole, c'est insupportable !

Dire qu'aujourd'hui tout chansonnier se permet de

vous exécuter, séance tenante, ce qu'il appelle tout
son répertoire, sans débrider, c'est-à-dire des diction-
naires, des in-folio de romances !

Je conçois qu'on chante, mes bons amis, et qu'on
aime quelquefois à populariser soi-même ce qu'on
fait ; mais, que diable ! il y a des limites à tout.

On n'assomme pas ainsi le prochain avec des ga-
zouillements et des gammes.

Restons des hommes, ne devenons pas mécanique
à couplet, tabatière à mélodie.

En vivant au milieu du monde des musiciens, je ne
pouvais manquer aussi d'entrevoir le feuilletoniste
musical, qui est bien l'homme le plus heureux, le plus
coq-en-pâte de toute la création et de toute la publicité.

Je conçois que cette position-là soit très recher-
chée et qu'on la réserve, dans les journaux, aux gens
tout à fait exceptionnels et privilégiés, aux fils, ne-
veux ou beaux-frères des propriétaires, des bailleurs
de fonds.

Si vous aimez une jeune fille sans voix et sans le
moindre talent, vous êtes sûr de la faire engager
quand vous voulez, vous n'avez qu'à imprimer deux
ou trois lignes d'éreintement ou d'éloge suivant l'occasion.

Vous joignez la formule consacrée :

« Mademoiselle une telle sera *une acquisition bien
précieuse* pour l'Opéra ou l'Opéra-Comique. »

Il n'en faut pas davantage pour que l'engagement soit signé par le directeur à genoux.

C'est, du reste, une littérature très-commode, qui consiste à rappeler de temps en temps au public que Rossini est un fier homme, que Lablache a beaucoup de ventre, que madame Alboni a un très-beau contralto, et à appeler les chanteurs italiens *nos rossignols, nos fauvettes, nos mélodieux transfuges*, etc.

Il faut beaucoup d'imagination pour écrire sur la musique, attendu qu'on n'a jamais rien à dire, ce qui n'empêche pas de tartiner à mort certains jours de la semaine.

Il y a ainsi dans le journalisme une foule de choses vieillottes et routinières que l'on maintient on ne sait pas trop pourquoi.

Du reste, il est très-possible que ces rabâchages sur Beethowen, Rossini, Donizetti et Verdi, n'amusent plus beaucoup le public aujourd'hui, mais ils sont très-avantageux pour ceux qui les font.

Ce sera toujours un poste recherché des écrivains qui veulent avoir des bonnes fortunes et mettre beaucoup de gants jaunes vers huit heures du soir.

Au résumé, voici mon opinion sur la musique, je la déteste, je l'ai en horreur, je ne peux plus la tolérér.

Elle m'a tellement harcelé, asphyxié, écrasé ; dans ma vie, les pianistes m'ont causé de telles maladies avec leurs variations, les compositeurs en général m'ont paru de telles monstruosités d'égoïsme et de vanité, qu'à présent, lorsque j'entends parler musique, j'entre en fureur, j'écume.

Quand j'aperçois une affiche de concert, je gesticule avec indignation.

Les gens qui prennent leur talma et leur cache-nez, et me disent qu'ils se rendent dans un concert, il me prend envie de les provoquer, de leur faire des ouvertures du duel.

Quand je déploie mon journal et que j'aperçois un feuilleton musical, je marche dessus, je le foule aux pieds. Il me semble qu'en trépignant sur le compte rendu, ce sont des claviers, des chanterelles, des *ut* de poitrine que j'écrase.

C'est absurde, si vous voulez, c'est exagéré ; dites que je suis un Allobroge, que je n'aime pas l'art, c'est possible ; mais la musique m'a fait trop souffrir !

Quand je pense qu'il y a quelques années plusieurs femmes charmantes m'ont donné à entendre qu'elles auraient *pu céder à ma flamme,* comme nous disions alors, si j'avais eu une force quelconque sur le piano ou une voix de ténor !

Amère dérision !

Il faut remettre la musique à sa place. On lui a laissé prendre des développements qui l'ont rendue impossible.

On lui a inventé une littérature, un journalisme

exprès pour elle ; on lui a donné des sérails, des couronnes, des statues et des temples.

Heureusement tout cela est bien vieux déjà.

Le musicien de génie est mort ; on demande le musicien de bon sens. — Croyez-vous qu'il existe ?

CHAPITRE VII.

Oscar. — Nini-Patte-en-l'Air. — Le docteur Paul-Émile. — Consultations gratuites. — *L'allumeur de malades.* — Le pharmacien Filou-
chon. — Le compère du fluide. — Cinq francs par soirée. —
La médecine physique. — La médecine physiologique. — La médecine chimique. — La médecine naturelle. — La médecine ra-
tionnelle. — Le protoxyde d'hydrogène. — Le beurre d'estomac. —
L'association gratuite. — Un rob en commandite. — Les pastilles
d'ambassadeurs. — Les métamorphoses du Codex. — La haute pharmacie. — L'élixir penchimagogue. — Les pilules biémollientes. —
La pharmacie électro-hygiénique universelle. — A M. C..., poste
restante, à Carpentras (Vaucluse). — Une maison de santé. — Les
fous de Paris. — Quelques lettres. — Lamartine, Victor Hugo, Mi-
chelet, Talleyrand, Verjux, Robillard. — Le Cadran-Bleu. — Le
Veau-qui-tette. — Béranger. — La Tour-d'Argent. — Chaffaroux. —
Corcelet, Chevet, Félix.

Un jour, je vis entrer dans mon cabinet un de mes
anciens condisciples du pensionnat ; je l'avais connu
dans le quartier Latin. Étudiant de dix-huitième année, il attendait toujours des fonds de sa famille pour
passer son troisième examen.

C'était, du reste, un garçon intelligent, adroit, de
première force sur le calembour et le carambolage,
le seul vis-à-vis que mademoiselle Nini Patte-en-l'Air
voulût jamais accepter à la Chaumière. Nous l'appelions Oscar. J'ai oublié son nom de famille.

Oscar n'était pas pour les préambules. Il aborda tout de suite la question.

— Bilboquet, me dit-il, j'ai appris, non sans une vive joie, que tu figurais au premier rang dans le livre d'or des capitalistes français.

Je viens te proposer une affaire.

Il s'agit d'introduire l'association, la commandite dans l'art médical, qui a ignoré jusqu'ici leurs bienfaits.

Tu as entendu parler sans doute du célèbre *Paul-Émile*, dont le double nom est affiché non-seulement sur les murs de toutes les communes de France, mais encore sur les roseaux des savanes, sur le tronc des chênes des forêts vierges de l'Amérique, avec les mots sacramentels :

CONSULTATIONS GRATUITES.

Cet illustre pseudonyme a payé son tribut à la nature ; *Paul-Émile* a vécu, et on vend son fonds d'exploitation.

Les experts, en consultant le livre des recettes, l'ont fixé à un chiffre fabuleux. Un seul acquéreur est devenu impossible.

Il s'agit donc de mettre la clientèle de *Paul-Émile* en actions.

Nous formons une société en commandite pour les *consultations gratuites*, dont je deviens le gérant. L'entreprise est excellente, et tu me parais en ce moment le seul homme capable de la monter.

13.

— Tu es donc devenu médecin ?

— Pas même officier de santé, me répondit Oscar ; mais le titre de docteur ne m'est nullement nécessaire, je m'adjoindrai un cogérant revêtu de ce grade, et les choses marcheront comme sur des roulettes.

J'ai déjà un pharmacien qui offre d'entrer dans la combinaison ; il ne nous manque plus qu'une bagatelle, une centaine de mille francs.

Je jetai un coup d'œil sur le costume plus que délabré de mon interlocuteur. Ce coup d'œil n'échappa point au sagace Oscar.

— Mes habits laissent quelque chose à désirer, j'en conviens ; mais ce n'est pas un homme de ta portée qui doit s'arrêter à de pareils détails. Toi aussi, ajouta-t-il, tu as connu la misère, et tu roules sur des millions ; tends une main secourable à un condisciple dans le malheur.

Je lui demandai comment il avait fait pour vivre depuis le jour où je l'avais laissé déjà bas percé, et ne pouvant plus ouvrir un *œil* dans toute l'étendue du quartier Latin.

— Triste et lamentable odyssée, s'écria-t-il, dont je ne veux pas lasser ta patience ! Qu'il te suffise de savoir que j'exerce en ce moment une des cent mille industries mystérieuses et aléatoires que la faim et l'imagination, ces deux grandes conseillères, enseignent aux bohémiens de Paris : je suis *allumeur de malades*.

Tu n'es pas sans avoir admiré ces immenses phar-

macies établies auprès des grands hôpitaux et dont la
devanture est bariolée de tant d'annonces mirobo-
lantes.

Je suis le pourvoyeur d'une de ces officines.

Installé à la porte de l'hôpital, je guette les malades
qui sortent de la consultation ; je lie connaissance
avec eux ; la souffrance est bavarde comme le bonheur. Je suis bientôt au courant de la maladie dont
est atteint mon interlocuteur. A l'instant je me la
donne. C'est ainsi que j'ai été atteint dans la même
journée d'une maladie de la peau, d'une maladie de
poitrine, d'une maladie du larynx, d'une maladie du
foie, d'une maladie du cœur, sans compter la réten-
tion, la pierre, la gravelle, l'hydropisie, etc., etc.

Comment ai-je été soulagé? par les remèdes du
pharmacien Filouchon. Il n'y a pas de praticien plus
consciencieux, plus savant, et plus doux sur les prix
que lui dans tout Paris. Il est rare que le malade ne
me demande pas son adresse. Je m'offre pour le
guider. Ma proposition est acceptée ; je conduis ma
capture à la pharmacie voisine, et, après avoir fait ses
emplettes, le malade me quitte en m'assurant de sa
reconnaissance. Cinq minutes après, Filouchon me
compte la remise convenue sur le prix des achats.

Le soir, je me présente comme malade dans le salon
de quelque charlatan en vogue ; je cause avec les gens
qui se présentent chez le docteur dans le même but
que moi, et je les fais causer. Détails précieux que
je communique ensuite à l'intrigant dont je suis le
compère.

Je gagne cent sous par soirée à ce métier.

Ce sont, en général, les magnétiseurs qui m'emploient ; mais j'ai également servi de compère :

A la médecine physique,

A la médecine physiologique,

A la médecine chimique,

A la médecine naturelle,

A la médecine rationnelle,

A la médecine méthodique, dynamique, euphlogique, électro-physico-chimique ; en un mot, à toutes les médecines qui ne sont pas la médecine.

J'ai été guéri par le *protoxyde d'hydrogène*, sublime invention d'un médecin chimique qui vendait sous ce nom de l'eau pure à ses clients à trois francs le flacon.

J'ai affirmé que j'avais été successivement amaigri et engraissé par le traitement curatif du docteur X..., qui prétend que l'estomac est un alambic qui distille quand il veut du beurre ou de la soude.

J'ai attesté que j'avais été bossu et redressé par le directeur d'une maison de santé qui cherchait des malades à la quatrième page des journaux.

Tout cela m'a fait vivre, et même assez bien vivre pendant un certain temps ; mais maintenant le métier ne va plus, je suis usé, connu, brûlé sur le turf médical.

Ah ! du moins, si je m'étais fait recevoir docteur !

Je pourrais, comme tant d'autres de mes confrères, me mettre à la solde d'une somnambule, et régulariser ses prescriptions avec ma signature.

Je pourrais fonder une *association gratuite* avec un pharmacien.

Je pourrais exercer à la fois la médecine et la pharmacie, donner mes consultations pour rien, et faire payer mes remèdes.

Mais, hélas ! il n'est plus temps de songer à passer mon troisième examen.

Allumeur de malades, raccoleur d'officine, contre-bandier de pharmacie, voilà où j'en suis réduit ! ce métier-là me mènera droit à l'hôpital, à moins, mon cher Bilboquet, que tu ne sois ma providence.

Je répondis à Oscar que j'examinerais son affaire, et que je le priais de venir me voir le lendemain.

L'opération me parut bonne, et je la fis.

Je n'ai pas eu à me repentir par la suite d'être devenu commanditaire d'une entreprise de *consultations gratuites*. Mon argent me rapporte au moins vingt pour cent. Grâce à Oscar, je me suis également intéressé dans un rob et dans une pâte pectorale. Si je n'étais pas accablé, saturé d'affaires, je mettrais certainement en actions *mon eau infaillible pour faire couper les rasoirs*.

Je parlais un jour de ce projet à Oscar.

— C'est une idée, me répondit-il ; mais dans notre industrie nous n'avons pas besoin d'idées, le *Codex* est là pour nous en fournir.

Prenons, par exemple, le suc de réglisse. C'est une préparation conseillée par le *Codex* pour les rhumes. A l'état de réglisse pure et simple, chacun la dédaigne. Malaxons le suc de réglisse en forme de pastilles et appelons-les *pastilles d'ambassadeurs*, aussitôt tout le monde en achète.

Adressons ensuite nos *pastilles d'ambassadeurs* à l'Académie de médecine. Nous serons bien malheureux si nous n'obtenons pas un rapport quelconque. Nous lançons des extraits de ce rapport dans les journaux, et nos pastilles deviennent tout de suite une propriété, un immeuble, une ferme.

Tous les remèdes qui s'étalent à la quatrième page des journaux ne sont que des préparations du *Codex* déguisées. On n'invente que les flacons et les étiquettes. Aujourd'hui les arabesques sont de la haute pharmacie.

Depuis quelque temps je rumine une idée sublime.

Je veux réunir toutes les inventions de la pharmacie, les élixirs *apéritif*, *fortifiant*, *merveilleux*, *antihémorroïdal*, *antibilieux*, *anticontagieux*, *antilaiteux*, *antivésuvien*, *entomofuge*, *vermifuge*, *blagofuge*, *penchimagogue*, etc., etc.

Toutes les pilules *antiglaireuses*, *toni-purgatives*, *toni-laxatives*, *biémollientes*, *trirafraîchissantes*, *antilymphatiques*, *toniques*, *digestives*, *dormitives*, *aperitives*, *célestes*, *aurorales*, *boréales*, *vespérines*, etc.

Toutes les mixtures *brésilienne*, *végétale*, *américaine*, *antivénusienne*, *dépurative*, *chimique*, *physiologique*, *dynamique*, *incisive*, *antiarthritique*, *névrosine*, *hémostatique*, *électrique*, etc., etc.

Tous les bonbons, tous les biscuits, tous les racahouts, toutes les fécules,

Et les centraliser sous le titre de produits de la :

PHARMACIE ÉLECTRO-HYGIÉNIQUE-UNIVERSELLE.

Il faut aujourd'hui mettre partout de l'hygiène et de l'électricité. Le capital social de la pharmacie *électro-hygiénique-universelle* sera de dix millions, divisés en actions de cinq cents francs. Tous les petits industriels pharmaceutiques échangeront volontiers leur propriété contre des actions de la Compagnie, nous absorberons toute la pharmacie française, et bientôt on ne prendra plus une seule pilule en Europe sans notre permission.

Je laissai Oscar en train de préparer la réalisation de cette entreprise, qui ne saurait tarder maintenant à être exécutée.

Cela n'empêchait point Oscar de donner tous ses soins à la grande entreprise de *consultations gratuites* du docteur Paul-Émile.

Mais, dira-t-on, puisque le docteur Paul-Émile a payé son tribut à la nature, pour parler le langage poétique de mon associé, comment peut-il donner des consultations gratuites ou non gratuites ?

Rien de plus simple.

Quelqu'un de vous connaît-il le docteur Paul-Émile ? Qui est-ce qui a vu le docteur Paul-Émile ? Personne.

Paul-Émile est mort, vive donc Paul-Émile.

Généralement on ne va chez le docteur Paul-Émile qu'une fois dans sa vie. A ceux cependant qui, ayant eu déjà affaire à lui, reviennent le consulter, on peut dire :

— Paul-Émile n'est plus, mais sa mémoire plane toujours sur son cabinet, je suis son successeur, son ami, son disciple chéri. Je ne fais pas une ordonnance, je n'administre pas une pilule avant de consulter son ombre. Je me suis nourri de la moelle de son enseignement, du suc de ses leçons, du bol alimentaire de sa clinique ; c'est d'après sa méthode, et uniquement d'après elle, que je prétends vous guérir.

Il est rare que cette apostrophe ne produise pas son effet, et que le client refuse sa confiance au disciple chéri de Paul-Émile.

On peut se trouver quelquefois dans une situation embarrassante, par exemple quand on reçoit une lettre dans le genre de celle-ci :

A monsieur le docteur Paul-Émile.

« Monsieur,

« J'ai fait les remèdes indiqués ; une cuillerée le matin et une cuillerée le soir. J'en suis aux viandes blanches. Dois-je continuer les pilules ?

« C..... »

Poste restante à Carpentras (Vaucluse).

On répond tout simplement :

« Supprimez les cuillerées et continuez les pilules. »

Ou bien :

« Supprimez les pilules. et continuez les cuillerées. »

On ajoute : «Tenez-vous-en aux viandes blanches,»
ou bien encore : «Abordez tout de suite les rafraîchis-
sants. »

Le docteur Paul-Émile était, il est vrai, *membre de
plusieurs sociétés savantes, lauréat de l'Académie de
Carcassonne, chevalier de l'Éperon d'or*, etc., etc.

Et son successeur ne possède aucun de ces titres.

Aussi a-t-on bien soin de mettre sur tous les prospectus et annonces, au lieu de traitement *par*, traitement *du* docteur Paul-Émile, *membre de plusieurs
sociétés savantes, lauréat de l'Académie de Carcassonne, chevalier de l'Éperon d'or*, etc., etc.

De cette façon, personne n'a le droit de se plaindre.

Oscar me révélait peu à peu tous les secrets du
métier. Mon instruction datait du jour où il m'avait
présenté un certain docteur comme cogérant de la
consultation gratuite.

— Mais cet homme, lui dis-je, ne vient-il pas d'être
condamné en police correctionnelle pour vente de remèdes non autorisés ?

— Qu'est-ce que cela fait ? me répondit Oscar.

— N'est-ce pas la seconde fois que cela lui arrive ?

— Qu'importe ?

— Comment, qu'importe ! mettre à la tête de notre
entreprise un repris de justice !

— Il a été condamné deux fois sous son nom de

III.   14

famille, j'en conviens, mais le pseudonyme est intact,
or c'est comme pseudonyme qu'il est connu dans la
science. C'est au pseudonyme que nous avons affaire,
c'est le pseudonyme seul qui est notre associé, nous
ne connaissons pas le nom véritable.

Oscar avait raison. Je consentis donc à choisir son
pseudonyme en qualité de cogérant.

Ce cogérant était, pour le quart d'heure, employé
dans une maison de santé pour les fous. Il me proposa de me conduire dans cet établissement.

Je n'avais jamais visité de maisons de fous ; j'étais
à bout de distractions ; j'acceptai donc cette offre.

On me conduisit d'abord à la cellule numéro 2,
occupée, me dit-on, par un malade des plus intéressants.

Il était assis devant une table couverte de feuilles
de papier que sa main, avec une rapidité effrayante,
couvrait de caractères indéchiffrables.

Au bruit que nous fîmes en entrant dans sa cellule,
il releva vivement la tête.

— Qui vient encore me déranger ! J'avais cependant donné l'ordre de dire que je n'y étais pour personne ; je n'aurai pas le temps de terminer la comédie
en cinq actes que j'ai promise pour ce soir à cinq
heures. J'ai pris l'engagement de la livrer à heure
fixe ; le public est instruit de ma promesse, je serais
déshonoré si j'y manquais.

Tiens, c'est vous, mon cher directeur, ajouta-t-il
en me regardant ; prenez donc la peine de vous asseoir. Nous allons causer de votre drame.

Il est prêt, entièrement prêt ; seulement je ne suis pas complétement satisfait de mon cinquième acte. Vous avez bien un quart d'heure à me donner ; c'est juste le temps qu'il me faut pour le refaire.

Il reprit sa plume, et la fit courir sur le papier. En moins de cinq minutes, il était bariolé de hiéroglyphes.

— Tenez, me dit-il en me tendant la feuille. Demain nous lisons aux acteurs ; après-demain, nous commençons les répétitions ; dans huit jours la première représentation. Voilà comment je mène les affaires.

Cela vous étonne. Rien de plus vrai cependant. Écoutez plutôt l'emploi de ma dernière journée.

Levé à sept heures du matin. Combiné le plan d'une comédie en cinq actes pendant que le barbier me rase.

De sept à dix, écrit les trois premiers actes de la susdite comédie.

Déjeuner à dix heures. Rédigé le scénario d'un drame en cinq actes, avec prologue et épilogue.

Écrit ce drame tout d'une haleine de dix heures du matin à trois heures moins un quart de l'après-midi.

J'ai mis ensuite sur le papier deux actes d'un vaudeville, trois actes d'un opéra-comique, vingt scènes d'un ballet, et, avant de me coucher, j'ai combiné les principaux trucs d'une pantomime.

Que voulez-vous? reprit le fou en s'exaltant à mesure qu'il parlait, il faut bien que je travaille ainsi. J'ai des engagements avec le Vaudeville, la Porte-Saint-

Martin, le Théâtre-Français, les Variétés, le Gymnase, l'Opéra, la Gaîté, l'Ambigu, le Cirque, la Porte-Saint-Antoine, les Funambules, le théâtre Saqui.

On est venu tout à l'heure me demander un prologue pour la soixante-quatorzième réouverture du théâtre Saint-Marcel.

Je fais tout ce qui concerne mon état, même la tragédie. Je m'engage à livrer une tragédie complète, avec tirade, songe et récit, en trois heures, montre en main. J'y ajouterai des chœurs, si on me donne un quart d'heure de plus.

Au milieu de ces occupations, il faut que je trouve encore le temps de terminer trois cent mille lignes que je dois au *Constitutionnel*.

Deux cent soixante mille lignes pour le *Siècle*.

Deux cent mille lignes pour la *Presse*.

Cent quarante mille lignes pour le *Pays*.

Cent mille lignes pour le *Journal des Modes*.

En tout, un million de lignes, sans compter le journal que j'ai fondé, et que je remplis entièrement à moi tout seul.

Le fou surprit un sourire sur mes lèvres.

— Ah ! vous souriez, s'écria-t-il ; ah ! vous avez l'air de ne pas me croire ; eh bien ! écoutez la lecture de ces lettres que je viens de recevoir :

« Mon cher ami,

« Vous êtes un phénomène, un prodige, un miracle : vous avez cent bras, comme Briarée, et vous écrivez avec cent plumes.

« Vous m'étonnez, vous m'éblouissez, vous m'abasourdissez.

« Adieu donc, homme étonnant, plus étonnant, très-étonnant ; c'est tout ce que vous me laissez la force de vous dire.

« LAMARTINE. »

« Mon cher ami,

« De plus en plus fort, c'est votre devise et celle de Nicolet.

« Êtes-vous un homme ou une locomotive ? C'est la muse qui tous les matins vous remplit de charbon de pierre, et qui lâche ensuite la soupape.

« Vous filez un acte et mille lignes à l'heure. Jamais vitesse aussi grande n'avait été obtenue dans la littérature.

« Nous ne sommes que des coucous auprès de vous.

« VICTOR HUGO. »

« Mon cher ami,

« Non, tenez, ça ne peut pas durer plus longtemps ainsi, il faut que je vous dise toute ma pensée.

« Il y a trente ans que je vous connais, et j'en viens à croire que vous avez résolu le problème du mouvement perpétuel.

« Allez encore, allez toujours.

14.

« Ce que vous faites en ce moment dépasse toute idée. Il faut qu'il y ait en vous quelque chose de surhumain, parole d'honneur.

« Michelet. »

Ce sont là, je l'espère, des attestations qui méritent qu'on s'y arrête. Vous n'avez pas encore l'air bien convaincu, eh bien ! je vous défie, vous et tous les incrédules,

A l'article,

Au poëme épique,

A la tragédie,

Au sonnet,

A la comédie,

Au triolet,

Au drame,

A tous les genres de littérature présente, passée et future. Combien voulez-vous de lignes, d'actes, de vers d'avance ? Je vous donne tous les avantages que vous voudrez.

J'écrirai de la main gauche.

Je tracerai les caractères de gauche à droite.

Je moulerai toutes les majuscules.

Et je parie d'arriver encore deux heures avant vous et avant tout le monde à la fin de ma composition.

Voyons, qui veut piger ?

Le fou brandit fièrement sa plume, et nous regarda le poing gauche majestueusement campé sur la hanche.

— Vous reculez, nous dit-il, et vous avez parfaitement raison, je suis rompu à l'escrime littéraire. On n'a pas fait plus de trois mille volumes sans connaître toutes les rubriques du métier.

J'ai fait l'*Encyclopédie*.

J'ai rédigé l'*Histoire des Voyages*, l'*Histoire de France*, l'*Histoire de Russie*, l'*Histoire d'Angleterre*, l'*Histoire du Congo*.

J'ai composé tous les drames de Shakspeare, de Lopez de Vega, de Calderon, de Goethe, de Schiller.

Ma main est dans tous les grands ouvrages, et dans tous les grands événements du dix-neuvième siècle.

J'ai conseillé l'expédition de Morée, et l'expédition d'Alger.

Mes conseils n'ont pas été inutiles à Bolivar, pour mener à bonne fin la guerre de l'Indépendance.

Je puis dire que j'ai fait la révolution de Juillet à moi tout seul.

Sous le règne de Louis-Philippe, j'ai aidé de tout mon pouvoir, de toute mon influence, à la conclusion des mariages espagnols.

J'ai contribué puissamment à la révolution de Février, et dernièrement la rentrée de lord Palmerston aux affaires ne s'est pas effectuée sans mon intervention.

Si vous voulez être au courant de toutes les affaires du globe qui sont les miennes, et des miennes qui sont celles du globe, lisez mes *Mémoires*, abonnez-vous à mon journal. En attendant, prenez votre drame, et laissez-moi terminer ma comédie, car le temps s'écoule pendant que vous me faites bavarder, et je ne serai pas prêt à cinq heures.

Il me donna en même temps un rouleau de paperasses, et se remit à griffonner sur sa table.

Nous sortîmes pour ne pas le troubler dans ses occupations.

La seconde cellule que nous visitâmes était occupée par un brave homme, d'une cinquantaine d'années environ, chauve, obèse, l'œil petit, le cou enfoncé dans une immense cravate ornée d'un col gigantesque.

Le brave homme était entouré de livres sur le dos desquels on lisait :

Mémoires, Biographies, Tablettes, Souvenirs.

Un exemplaire tout entier de la *Biographie universelle* de Michaud tailladé et découpé gisait aux pieds de notre homme.

Armé d'une énorme paire de ciseaux, il coupait des fragments de livres épars autour de lui, et il les collait sur des feuilles de papier au moyen de pains à cacheter. « Faites porter cela, disait-il ensuite, à l'imprimerie, le public attend avec impatience mon cent soixante-quatrième volume. »

Au bruit que nous fîmes en entrant dans sa cellule, il releva la tête, interrompit son travail, et nous fit signe de nous asseoir.

— Messieurs, nous dit-il, la famille de M. de Talleyrand, qui vous envoie, ne me connaît point : elle se
serait épargné la démarche que vous faites en ce moment. Qu'elle garde les cent mille francs que vous êtes
chargés de m'offrir en son nom. Je suis trop galant
homme pour abuser des secrets que l'auguste intimité
de l'empereur Alexandre m'a révélés sur Charles-
Maurice de Talleyrand-Périgord, ministre des relations
extérieures de la République française, grand cham-
bellan de l'Empire, membre du Gouvernement pro-
visoire après l'invasion, président du conseil, ambas-
sadeur au congrès de Vienne et en Angleterre, mort
à Paris d'une de ces tumeurs que le public appelle
furoncles, et que nous autres nosographes n'hésitons
pas à nommer des anthrax.

M. de Talleyrand avait pour ami intime un homme
de beaucoup d'esprit appelé le marquis de Montrond.
Talleyrand lui-même n'en manquait pas ; c'est lui qui
répétait toujours à ses subordonnés : « Surtout, messieurs, pas de zèle ! »

Rassurez de ma part la famille de M. de Talleyrand, dites-lui bien que je parle de ce personnage
avec toute l'estime qu'il mérite, et que d'ailleurs il
figure dans cette partie de mes Mémoires qui ne doit
paraître que deux cent cinquante ans après ma mort.
c'est-à-dire vers le milieu du vingt-deuxième siècle de
ce qu'on appelle l'ère moderne.

Il reprit ses ciseaux et coupa quelques feuillets ;
après quoi il releva de nouveau la tête.

— Pardon, messieurs, si je n'ai pas interrompu

mes travaux dès votre arrivée, mais mon cent soixante-
quatrième volume est promis pour après-demain, et
j'ai voulu envoyer à l'imprimerie toute la partie qui
concerne les rapports du fameux Cadet Roussel avec
M. de Cobentzel à l'époque du traité de Campo-
Formio. Maintenant, je suis tout à vous, et je vous
prie de vouloir bien transmettre à l'Académie l'expression de ma reconnaissance, pour la démarche
qu'elle fait en ce moment.

Quoique ma modestie en souffre, je ne crois pas
devoir refuser la candidature que vous m'offrez en
son nom.

Avant moi aucun écrivain n'avait compris ce genre
d'histoire familière et en déshabillé qu'on nomme les
Mémoires.

Que de choses j'ai révélées à la France qu'elle ne
connaissait pas !

Le premier, j'ai précisé la date de la naissance et
de la mort du fondateur du restaurant du *Veau-qui-
tette*.

Il se nommait Chaffaroux, il est né en 1784, et il
est mort en 1837, ce qui permet d'affirmer qu'il est
mort à l'âge de cinquante-trois ans seulement.

Ce Chaffaroux avait été garçon à la *Tour d'argent* ;
en 1790, il épousa la veuve de la *Tour d'argent*. Cette
dame étant morte, Chaffaroux vendit son établissement et fonda le *Veau-qui-tette* sur la place du Châ-
telet.

Chaffaroux eut pour successeur un nommé Gobil-

lard, qui sortait de la bouche de M. le duc de Bour-
bon-Penthièvre.

Gobillard vendit à un certain Verjus, sous-chef
d'office chez Cambacérès.

Le restaurant du *Veau-qui-tette* s'est éteint entre les
mains de ce Verjus, qui, je crois, vit encore, et qui a
fondé un *Veau-qui-tette* en Californie.

C'est le *Cadran bleu* qui l'a fait connaître.

C'est au *Cadran bleu* que les vieux garçons condui-
saient les petites bonnes agaçantes et jolies qui leur
donnaient chaque soir un lait de poule et leur bonnet
de nuit.

Le *Cadran bleu* était situé sur le boulevard du
Temple.

Il était ainsi nommé parce qu'il avait pour enseigne
un cadran dont les lettres se dessinaient sur un fond
outremer.

Le fondateur du *Cadran bleu* se nommait Bancelin ;
c'était un blond tirant sur le roux, brave garçon du
reste et très-poli avec ses pratiques.

On vantait beaucoup sa cave en 1804.

Le *Cadran bleu* n'avait qu'un tort, celui d'être le
rendez-vous des idéologues. J'y ai vu déjeuner très-
souvent les vaudevillistes Brazier et Desfontaines,
ainsi qu'une foule d'auteurs de cette époque.

Le *Cadran bleu* n'existe plus aujourd'hui. Je ne
sais pas où se réunissent maintenant les idéologues.

Je sais la date de la naissance, du mariage, de la
mort des principaux gargotiers, traiteurs, pâtissiers,

cafetiers, épiciers, cuisiniers de la capitale, et j'enrichis mes Mémoires de ces précieux documents.

CORCELET.

Né le 5 décembre 1766, — marié le 7 octobre 1790, — mort le 6 mai 1820 ; — son fils lui a succédé.

CHEVET.

Né le 10 septembre 1770, — marié le 9 août 1786, — mort le 7 juin 1825, — a eu son neveu pour successeur.

FÉLIX.

Né le 20 juillet 1790, — marié le 11 avril 1815, — mort le 7 février 1837 ; — son successeur a été son petit-fils.

J'ai élevé à la hauteur de l'histoire ces détails que mes prédécesseurs avaient cru devoir dédaigner. J'ai agrandi le domaine des lettres françaises, je crois en toute sûreté de conscience que la France me verra monter sans trop d'étonnement au fauteuil.

Je sais bien que des ennemis, des jaloux de ma gloire, n'ont pas craint de publier que je n'étais pas l'auteur de mes Mémoires, qu'ils étaient sortis de la plume d'un certain Malivire.

C'est une indigne calomnie.

Le bonhomme se leva et frappa sa table d'un v

lent coup de poing. Le docteur s'approcha de lui et
ne le perdit plus de vue.

— S'il est parmi vous quelqu'un qui ose prétendre
le contraire, qu'il dise son nom, et il verra comment
je le traiterai dans le prochain volume de mes Mémoires.

Oui, messieurs, ces Mémoires sont entièrement
sortis de ma plume. Vous avez l'air d'en douter…

— Pas le moins du monde, dit le docteur, qui jugea
prudent d'intervenir; ces messieurs, au contraire,
sont vos plus sincères admirateurs; l'un d'eux, qui
est Suédois, m'assurait encore tout à l'heure qu'il
n'était question que de vous à sa cour.

Mais notre homme suivait toujours le fil de son
idée.

— Voulez-vous que je vous prouve que je suis
bien réellement l'auteur de ces Mémoires, dont on
s'occupe même à la cour de Suède? Eh bien ! tenez,
je vais en écrire un chapitre tout entier sous vos yeux.

Quel sujet voulez-vous que je traite? J'ai connu
tous les grands hommes présents, passés et futurs,
Alexandre, Metternich, César, d'Aigrefeuille, Nem-
rod, Tamerlan, Cambacérès, Lycurgue, Martinville,
Timoléon, Nesselrode, Talleyrand, Genseric, Marti-
gnac, Attila, Désaugiers, M. de Richelieu, Clairville.

Voulez-vous de la haute politique, de la haute littérature, de la haute philosophie, de la haute cuisine ?

J'ai inventé Véry, Véfour, les frères Provençaux,
le petit Véfour, le grand Vatel.

Vous faut-il des renseignements inédits sur Tortoni

III.   15

et sur le congrès de Vienne, sur le *Rocher de Cancale*
et sur la rentrée des Bourbons en France, vous n'avez
qu'à parler, je suis prêt à prendre la plume.

Le docteur me montra la porte de l'œil. Je m'em-
pressai d'obéir à ce geste, et je quittai la cellule. Le
docteur vint bientôt me rejoindre.

— Le bonhomme devient aisément orageux, me
dit-il, quand on le laisse aller sur ses Mémoires. Il
s'imagine qu'il est entouré de jaloux qui, vexés du
succès qu'obtiennent ses ouvrages, lui en contestent
la paternité. Sur tout le reste, il est d'une grande
douceur. Mais si on le poussait sur l'amour-propre
littéraire, on finirait par être obligé de lui mettre la
camisole de force.

— Cet homme est donc un littérateur?

— Nullement, me répondit le docteur, c'est un in-
dustriel heureux qui pouvait vivre du produit de
ses rentes, et que le besoin de faire parler de soi a
jeté dans le travers que vous voyez.

Les deux tiers des maladies de cerveau que nous
traitons à Paris sont dues à la vanité, à l'orgueil, à
l'amour-propre ; la folie parisienne n'est le plus souvent que le délire de la personnalité. Vous venez d'en
voir deux exemples bien frappants ; je veux vous en
montrer un troisième.

— Assez, répondis-je au docteur, rien n'est triste
et monotone comme ce spectacle ; tous les fous doivent se ressembler : allons-nous-en !

CHAPITRE VIII.

La médecine exotique. — *Candide*. — Le médecin ordinaire du roi des Oreillons. — Le fonds de la langue française. — Une ordonnance en quatre langues. — La brochette de rigueur. — Quatre-vingt-sept ans de séjour à l'étranger. — Les médecins italiens. — Hofmann, Beethowen, Metternich. — Le médecin anglomane. — Le médecin hongrois. — Le célèbre Kossuth. — L'art de voler un malade à un confrère, et de s'en faire dix mille francs de rente. — L'hydrothérapie, l'hydropathie, l'hydrosudopathie. — La thérapeutique des côtelettes. — Les lézards du parc de Madame. — La circulation du sang. — D'où viennent toutes les maladies. — Armoiries parlantes. — La housse du *Times*. — La canne à pomme d'or du docteur Z... — Le comte de Saint-Cabassol, la comtesse d'Ardencœur, le conseiller d'État Prudhomme. — Le médecin de la garde nationale. — L'Académie de médecine. — Comment on devient académicien.

Depuis quelque temps, je me sentais vaguement indisposé. Mes digestions n'étaient plus aussi faciles ; j'eus l'idée de consulter un médecin hongrois dont on parlait beaucoup dans le monde.

Je lui écrivis, et il se rendit immédiatement à mon appel.

Quelle ne fut pas ma surprise lorsque, dans le docteur exotique, je reconnus encore un de mes anciens condisciples. Il paraît que le pensionnat avait fourni plus d'une célébrité à la médecine moderne, sans compter Oscar.

Dès que la reconnaissance fut faite, je lui demandai pourquoi il avait cru devoir se dénationaliser.

— Tu connais, me répondit-il, le goût de nos aimables compatriotes pour tout ce qui n'est pas français. Il y a longtemps qu'on l'a dit : les hommes et les choses jouissent en France d'une réputation qui s'accroît en raison directe de la distance qu'ils ont parcourue pour arriver dans nos contrées.

C'est surtout en médecine qu'il est bon, pour faire son chemin à Paris, de n'être pas Français.

Un médecin qui arriverait de la Mantchourie, du pays des Botacudos, ou de ces fameux Oreillons dont il est question dans *Candide*, aurait beaucoup plus de chances de réussir que l'interne le plus couronné, le plus médaillé de la Faculté de Paris, pourvu qu'à un nom bizarre, impossible à prononcer, il joignît une brochette de croix suffisamment garnie.

Moins notre homme sait le français, plus sa réussite est certaine. Je connais en ce moment un médecin serbe qui ne peut pas dire seulement *merci*, le fond de la langue française, et qui ne peut suffire aux malades qui s'adressent à lui. Il écoute dans le plus profond silence tout ce qu'on lui dit, et il adresse quelques mots en serbe à sa femme, qui les traduit en russe à sa femme de chambre.

La femme de chambre les traduit en polonais au cuisinier.

Le cuisinier les traduit en allemand au concierge.

Le concierge les traduit en alsacien au pharmacien.

Lequel pharmacien exécute autant que possible l'ordonnance en français. Car, ne vous y trompez pas, il s'agit d'une ordonnance, et comme le docteur n'en a qu'une qu'il applique indistinctement à toutes les maladies, il ne craint pas, comme tu vois, de se tromper.

Pour le quart d'heure, tous les riches ophthalmiques de Paris courent chez un Allemand qui passait pour fou dans son pays, et qui l'est réellement. Il guérit toutes les maladies d'yeux, y compris la myopie, en faisant infuser des perles dans une eau de sa composition.

Les médecins italiens ont, en général, une autre spécialité. Ils traitent les maladies du larynx. Ils ont été presque tous médecins d'un soudan, d'un raja, d'un cacique quelconque.

J'en connais un qui met sur ses cartes : *Médecin ordinaire de Sa Majesté le roi des Cafres.*

La plupart des médecins italiens, quand ils viennent se fixer à Paris, ont déjà parcouru les cinq parties du monde.

Le plus en vogue de ces docteurs ultramontains termine ainsi le prospectus qu'il fait distribuer tous les trois mois à domicile :

« Ce traitement, fruit d'une longue expérience jamais démentie, a été appliqué en Perse, où j'ai séjourné pendant vingt-cinq ans en qualité de médecin du grand vizir Mirza-Khan. J'ai pu me convaincre de son excellence dans le Lahore, où j'ai rempli pendant dix ans les fonctions de chirurgien du célèbre

15.

Runjet-Sin. Huit ans de séjour en Égypte, comme professeur à l'école de médecine du Caire, m'ont confirmé dans mon expérience. Le célèbre Ali-Tepelin, pacha de Janina, dont j'ai été pendant quinze ans l'unique médecin et l'ami, avait adopté mon régime et le recommandait à tous ses officiers. Pendant huit ans de résidence dans l'Inde anglaise, j'ai pu en faire l'application sur les employés du gouvernement britannique, énervés par des excès en tous genres autant que par le climat. A Milan, à Saint-Pétersbourg, à Vienne, ma méthode m'a valu les plus grands succès; elle vient d'être l'objet d'un rapport spécial de l'Académie des sciences de Londres, où j'ai exercé la médecine pendant dix-huit ans. »

En tout, quatre-vingt-six ans de séjour et d'expérience dans les diverses parties du monde.

Le docteur dont je parle a trente-cinq ans tout au plus.

Les malades, du reste, n'y regardent pas de si près, et il n'y a vraiment pas de mérite à les tromper.

Il suffit quelquefois d'arriver du fond de la Prusse et de déclarer qu'on ne traitera pas un malade à moins de mille francs la visite pour voir son antichambre assiégé par la foule.

Tu as sans doute entendu parler de ce médecin allemand qui portait un nom russe, et qui avait fait une si brillante fortune à Paris, parce qu'il prétendait avoir connu Beethoven et Hoffmann.

Il répétait depuis vingt-cinq ans la même anecdote

sur ces deux célébrités, et le même bon mot de M. de Metternich.

Cela suffisait pour lui assurer la vogue.

Je n'en finirais pas si je voulais entrer dans la nomenclature des diverses familles de médecins étrangers.

L'amour de l'exotique a engendré parmi nous un type assez curieux de médecin ; je veux parler du docteur anglomane.

Il envoie ses malades à la pharmacie anglaise.

Il fait venir de Londres ses lancettes et ses bistouris.

Il prétend que les sangsues que l'on vend en Angleterre valent bien mieux que celles qu'on achète à Paris.

Je ne donne pas dans ce travers; mais, connaissant mon siècle, je me suis fait Hongrois de mon autorité privée. Je m'appelle Kossuth ; cela rappelle le nom du fameux dictateur et m'enveloppe d'une auréole suffisante de couleur locale. Sous le simple nom que j'ai reçu de mes aïeux, je serais mort de faim à Paris ou d'ennui au fond de quelque village du Limousin ; sous celui de Kossuth, je vole à la fortune, à la réputation, à la gloire; on me fait appeler de tous côtés, et toi-même, ô Bilboquet! toi le sceptique des sceptiques, tu éprouves le besoin de consulter le médecin hongrois.

Mon rôle est difficile, et il faut que je le soutienne au moyen d'un paradoxe sans cesse renouvelé, d'une absurdité quelconque destinée à abasourdir, à stupéfier le client. C'est ainsi que j'ai prétendu d'abord

qu'il était extrêmement dangereux de vacciner les enfants, et qu'il fallait bien se garder d'envoyer les gens
à la vaccine avant l'âge de trente-cinq ans révolus.

Maintenant je soutiens partout où je me trouve que
rien n'est plus contraire à l'instruction des élèves que
le séjour dans les hôpitaux. Mon ton, mon assurance,
mon accent limousin, qui passe pour un reste de pur
hongrois, me font écouter des badauds, et je passe
pour un grand homme.

Le Limousin Kossuth se connaissait en charlatanisme médical, et c'est de lui que je tiens l'anecdote
suivante qu'on pourrait intituler :

DE L'ART DE VOLER UN MALADE A UN CONFRÈRE, ET DE
S'EN FAIRE DIX MILLE FRANCS DE RENTE.

La femme d'un de nos plus riches financiers était
en proie à une maladie qui durait depuis plus de
dix ans.

Les plus habiles médecins avaient été consultés.

Les Bouillaud, les Andral, les Chomel, les Louis,
avaient perdu auprès de la malade le peu de latin qui
leur restait encore.

La maladie défiait toute la faculté.

On s'en remit à la médecine extraofficielle, à la
thérapeutique d'imagination et de fantaisie. On eût
recours :

A l'hydrothérapie,
A l'hydropathie,
A l'hydrosudopathie.

On consulta même des somnambules, des herbo-
ristes, des bergers et des maréchaux-ferrants.

La malade avait fait annoncer qu'elle décernerait
un prix de la valeur de dix mille francs de rente à
l'auteur du meilleur moyen de la guérir.

Que de concurrents se présentèrent à ce concours!
il en vint de l'Europe, il en vint de l'Asie, il en vint
de l'Afrique, il en vint de l'Amérique. On vit même
arriver un beau matin un Auvergnat, qui prétendait
guérir toutes les maladies avec de la bouse de vache
infusée dans un pot de tisane aux mille fleurs.

La médecine des cinq parties du monde et de l'Au-
vergne dut avouer son impuissance. Il fallut congé-
dier tous les prétendants.

Un seul médecin s'obstina à rester.

— Madame, dit-il à la malade, je ne puis partir
ainsi sans que vous m'ayez expérimenté. Vous n'êtes
point malade d'une maladie, mais d'un régime que
l'on vous fait garder. L'hygiène, le régime, voilà les
deux erreurs capitales de la médecine moderne.

Essayez de ma méthode, et dans un mois je me
charge de vous guérir. Voici ma première ordonnance :

Côtelettes de présalé,	2
Tranche de pâté de foie gras,	1
Pêches,	2
Chambertin,	1/2 bouteille.

En même temps, il remit à la malade la feuille de

son calepin sur laquelle il venait d'écrire l'ordonnance.

— Lafleur, s'écrie la dame sans regarder l'ordonnance, portez tout de suite cela chez le pharmacien.

— Non pas, chez le chef d'office ; la pharmacie n'a
rien à voir dans tout ceci, ajouta le docteur ; je ne
drogue jamais mes malades. Suivez mes prescriptions
à la lettre, j'aurai l'honneur de venir dans quelques
heures m'assurer moi-même de leur effet.

Sur les quatre heures, le docteur sonnait chez la
malade.

— Eh bien, madame, avez-vous suivi mon ordonnance ?

— A la lettre, docteur.

— Comment vous trouvez-vous ?

— Pas trop mal, en vérité.

— Le pouls est bon, la langue n'est point épaisse,
le teint se colore légèrement ; voici mon ordonnance
pour ce soir :

> Potage aux bisques d'écrevisses.
> Filets (tranche du milieu),   2
> Perdreau rôti,   1
> Cardons à la moelle,   1
> Compote de cerises,   1
> Clos-Vougeot,   1 bouteille.

Le lendemain, un mieux sensible s'était déclaré
dans l'état de la malade. Deux jours après, le docteur
la mettait au gibier-poil et au vin de Champagne.

Il ne quittait pas sa cliente d'un seul instant, il l'a suivait à la campagne, il déjeunait, il dînait, il soupait avec elle : il fallait qu'il partageât les remèdes qu'il lui administrait ; aucun autre médecin n'était admis dans la maison. Le docteur attendait d'un jour à l'autre qu'on lui remît, dans un riche portefeuille, l'inscription de dix mille francs de rente.

Impatience bien naturelle, car qu'est-ce que le corps humain ? une machine débile toujours prête à se détraquer. Usée par un régime débilitant, on la voit se relever un moment au suc vivifiant des côtelettes de présalé, des filets et des gîtes-à-la-noix, pour retomber bientôt dans son atonie première.

C'était justement avant cette réaction que le docteur aurait voulu réaliser ses côtelettes, escompter ses beefsteaks.

Cependant un jeune confrère brûlait, lui aussi, de s'approprier les dix mille livres de rente. Deux cent mille francs, c'est la paix, l'indépendance, le loisir pour l'étude, la médiocrité dorée du sage : *aurea médiocritas.*

Mais comment s'introduire dans la maison ? L'homme aux côtelettes faisait bonne garde. Séduire une femme de chambre ? le moyen est trop usé. S'adresser au mari de la malade, le prévenir que le médecin de sa femme est un niais, un ignorant, un charlatan ? c'est l'exposer à se faire dire : De quoi vous mêlez-vous ?

Le jeune praticien eut recours à un moyen plus

ingénieux. Un beau jour la malade reçoit la lettre suivante :

« Madame,

« Simple et fidèle amant de la nature, j'étudie la botanique et l'histoire naturelle. Depuis quelque temps je me livre à l'étude du lézard.

« Cet animal ami de l'homme offre dans ses mœurs et dans sa conformation particulière des sujets d'observation dont je me flatte de faire profiter un jour l'humanité souffrante.

« Les lézards ne sont pas aussi communs à Paris qu'on le croit communément. Une colonie de ces intéressants animaux s'est fixée dans votre parc. Veuillez, madame, m'en permettre l'entrée. Je sais respecter les nids et les fleurs.

« C'est au nom de l'histoire naturelle, au nom de l'erpétologie surtout, que je prends la liberté de vous adresser ma demande ; j'ose espérer que vous ne la trouverez pas indiscrète.

« Veuillez agréer, madame, mes très-humbles et très-respectueuses salutations.

                              « ANATOLE. »

La financière dit à son jardinier, qu'elle rencontra un instant après avoir reçu cette épître :

— Antoine, si un monsieur qui vient étudier les lézards se présente à la grille du parc, vous le laisserez entrer. Je mets tous mes lézards à sa disposition.

— Des lézards ! jamais, répond le jardinier, nous n'avons vu ici la queue d'un seul.

— Taisez-vous, Antoine, vous n'êtes qu'un ignorant, et vous ne pouvez vous connaître en erpétologie.

— Comme il plaira à madame, j'exécuterai ses ordres ; le monsieur aux lézards peut se présenter quand il voudra.

Le lendemain, Anatole (je le nomme Anatole pour donner une couleur romanesque au récit, car son prénom est Alexandre) était à son poste.

Il a soin d'établir son laboratoire dans une allée sur laquelle donne la fenêtre du boudoir de la financière. il tire un lézard d'une boîte qu'il a apportée avec lui dans sa poche, et se met à le disséquer.

Les loupes, les microscopes, les lunettes, tous les instruments grossissants sont mis en usage ; le prurigo de la curiosité agite la financière, elle prend un livre, une ombrelle, sort par une porte de derrière et feint de se trouver par hasard devant le jeune erpétologue.

— Pardon, monsieur, de vous déranger.

— Du tout, madame, je suis trop heureux de vous remercier de la permission que vous avez bien voulu m'accorder.

— Cela n'en vaut pas la peine. Mais excusez moi si je suis trop curieuse ; que faites-vous donc là ? oh Dieu ! les pauvres petites bêtes !

La financière venait d'apercevoir un lézard écorché.

III.   16

— J'étudie, répond Anatole, les phénomènes de la circulation du sang.

— Vous êtes donc médecin?

— J'ai cet honneur, madame.

En même temps, au moyen de diverses poudres qu'il répandait sur le sang des reptiles, il en changeait à volonté la consistance, la couleur, et l'odeur.

Ces expériences amusaient fort la financière.

— Qu'appelez-vous circulation du sang? reprit-elle.

— C'est la plus grave question de la médecine, répondit Anatole, toutes nos maladies viennent du sang.

— Vous croyez?

— J'en suis sûr, et ces expériences que nous venons de faire sur les lézards le prouvent. Du reste, je suis sur la voie d'une découverte qui me permettra de délivrer à tout jamais l'humanité de ces terribles maladies.

A dater de ce moment, la financière s'imagina que son sang ne circulait plus. L'homme aux côtelettes avait eu l'imprudence d'aller passer vingt-quatre heures à la campagne; la réaction inévitable de son régime commençait déjà à se faire sentir. La malade voulut se confier aux soins d'un autre docteur. Elle mit les côtelettes à la porte, et admit les lézards dans son intimité.

Anatole, à force d'expliquer le phénomène de la circulation du sang à sa cliente, a fini par obtenir la fameuse inscription:

Aujourd'hui il est riche, il a un équipage, et il a fait graver sur sa voiture deux lézards en pal avec cette devise:

JE ME GLISSE.

Il est juste de dire, reprit le narrateur, que l'homme aux côtelettes et l'homme aux lézards sont étrangers tous les deux. Un Français n'aurait pas eu le courage nécessaire pour faire entrer le beefsteak dans la thérapeutique, ni assez d'esprit de suite et de connaissance du cœur humain pour se livrer à ce charlatanisme de longueur qui réussit si bien à l'heureux Anatole.

Le charlatanisme français est d'un tout autre genre.

Ainsi un chirurgien partira de Paris en faisant insérer dans les faits-Paris de tous les journaux :

« Le Docteur X..... est parti aujourd'hui pour Londres. Il est mandé par lord K..... pour une grave opération. »

Cette grave opération consiste à voir passer le cortége du lord-maire dans les rues de la Cité, ou toute autre cérémonie du même genre.

A peine débarqué à Londres, il envoie la note suivante au *Times* :

« Le Docteur X..... membre de l'académie de médecine de Paris, a perdu hier sa trousse dans Hyde-Park. La personne qui l'aurait trouvée est priée de

a rapporter hôtel Leicester, Leicester-Square. On
ui remettra une honnête récompense. »

Personne ne rapporte la trousse, attendu qu'elle
n'a pas été perdue ; mais l'annonce du *Times* tombe
sous les yeux de quelque riche malade qui veut se
donner la distraction de consulter un membre de l'a-
cadémie de Paris, et qui fait venir le Docteur X.....
dont les frais de voyage sont ainsi payés.

On cite un médecin qui chaque année visite une
ville d'eaux ; à peine arrivé, il a bien soin de perdre
une canne à pomme d'or.

Cela donne au docteur l'occasion de faire connaître à son de trompe et de tambour qu'il est arrivé
dans la ville, qu'il demeure telle rue, tel numéro.

La canne ne se retrouve jamais, comme de raison,
mais les clients sont prévenus, et c'est là l'important.

Il y a des médecins qui payent des gens pour venir
les chercher lorsqu'ils sont invités à dîner en ville.

A peine est-on à table, on voit entrer un domestique.

— M. le comte de Saint-Cabassol fait demander le
docteur.

— Nous ne sommes qu'au potage ; qu'il attende !

— On demande le docteur chez la duchesse d'Ardencœur.

— J'irai après le rôti !

— M. le conseiller d'État Prudhomme supplie le
docteur de passer à l'instant chez lui ; il y va des jours
de son épouse.

— Renvoyé après le dessert !

Après avoir pris son café, le docteur se lève et se rend en toute hâte chez la femme du banquier Van-Curaçao, qui l'a fait appeler pour un accouchement.

Cinq minutes après avoir quitté la table, on le rencontre, fumant son cigare, sur le boulevard des Italiens.

Mais ceci est l'enfance de l'art du charlatanisme ; on assure cependant qu'un très-grand nombre de médecins y ont encore recours.

Une des grandes préoccupations du docteur parisien est d'arriver à l'Académie de médecine et d'obtenir la croix d'honneur.

Beaucoup de médecins parisiens sont décorés pour cause de garde nationale. Dès qu'ils ont obtenu cette distinction, ils donnent leur démission de médecin ou de chirurgien de bataillon, et ils publient une brochure.

C'est ce qu'ils appellent se faire des titres scientifiques.

Les membres de l'Académie de médecine de Paris ont un costume ; ils portent l'habit brodé à la française,

Le claque,

L'épée.

Beaucoup y ajoutent en ce moment le jabot de dentelle, la culotte courte et le soulier à boucles.

On conçoit dès lors avec quelle avidité, avec quelle

16.

âpreté les places d'académicien doivent être sollici-
tées.

On arrive à l'Académie de médecine comme à toutes les académies.

1° Parce qu'on n'a pas de talent;

2° Parce qu'on est riche;

3° Parce qu'on est parent d'un ministre;

4° Parce qu'on flatte tout le monde.

On en est exclu:

1° Parce qu'on a du talent;

2° Parce qu'on est pauvre;

3° Parce qu'on manque de de protections;

4° Parce qu'on a le caractère indépendant.

Les grands médecins s'en vont! Cela n'a rien
d'étonnant. Quoi de plus rare en médecine qu'une
vraie vocation. On se fait médecin pour arriver à la
fortune, aux honneurs si c'est possible, ou, faute
de mieux, pour faire suivre son nom d'un titre, pour
avoir ce qu'on appelle un état. L'exemple du docteur
Véron, ajouta Kossuth en riant, a tourné toutes les
têtes; il n'est pas de carabin qui ne rêve la direction
de l'Opéra, la gérance du *Constitutionnel*, un siége au
corps législatif.

Où est le temps où Dupuytren, sept fois millionnaire, acceptait avec reconnaissance et respect le
pain de deux sous qu'on lui remettait chaque matin
en entrant à l'Hôtel-Dieu, le mettait sous son bras
avec fierté, et l'entamait d'un air satisfait? Selon Dupuytren, c'était là le meilleur pain du monde, le pain
bénit des chirurgiens.

On dira peut-être que Dupuytren voulait nous habituer à trouver excellent tout ce qui venait de l'Hôtel-Dieu. Non ! il y avait une pensée dans le cœur du grand chirurgien quand il manifestait cette préférence.

L'administration a supprimé ce petit pain légué par un chanoine du treizième siècle au chirurgien de l'Hôtel-Dieu ; on n'a pas réclamé contre cette profanation, et le successeur de Dupuytren n'est pas allé jusqu'au conseil d'État pour se faire restituer sa miche par l'administration des hôpitaux !

C'est de ce jour que date la décadence de la médecine française.

Là-dessus le Limousin Kossuth, ayant tiré sa montre, me dit qu'il était obligé de me quitter, vu que c'était l'heure de sa consultation.

— Et que dois-je faire pour faciliter mes digestions ?

— Deux choses indispensables, me répondit-il avec solennité.

— Lesquelles ?

— De l'exercice.

— Ensuite ?

— Prendre une légère médecine au commencement de chaque mois.

Tels sont les secrets de la médecine hongroise.

CHAPITRE IX.

Le café du docteur Alibert. — Les dieux *Prurigo* et *Impetigo*. — Un
cours pour les merles. — L'acarus. — Le docteur Véron. — Galien,
Hippocrate. — Les présents d'Artaxercès. — Jules César, Annibal,
Alexandre, Théodoric. — L'acarus fossile. — L'acarus des hiéroglyphes. — L'acarus noctambule. — Les amours de l'acarus. — Roméo et Juliette. — L'acarus de l'expédition d'Égypte. — L'épiploon.
— Une anglaise folle d'histoire naturelle. — La famille des *favus*.
— Les *dermatoses*. — L'homme-carpe. — Biett. — Louis XVIII.
— Les déjeuners d'Alibert. — RÉCAMIER. — L'*animisme*. — Purgation de file et de peloton. — Pilules de cloporte. — Une décoction de
bouchons neufs. — Le déjeuner au tambour. — L'estomac aime
le rhythme. — Théorie de l'arrachement. — BROUSSAIS. — Le soldat
de la République. — Broussais éleveur de poulets — Une chaire de
combat. — L'irritation. — Le débilitant. — Le mort guéri. — J'ai
vu le feu.

Diverses circonstances qu'il est inutile de raconter
m'ont mis en rapport avec la plupart des médecins
célèbres de notre époque. Comme il n'y a pas de bons
mémoires sans un chapitre sur les médecins, je réunis ici, un peu au hasard, quelques souvenirs sur
quelques illustrations médicales.

Je commencerai par :

ALIBERT.

Un délicieux arome de moka brûlé vint caresser

mollement mes narines lorsque je pénétrai dans le cabinet du docteur Alibert.

Les manches de chemise retroussées, entouré d'un
tablier blanc, les joues pourpres, il était penché sur
un de ces appareils qui servent à torréfier la fève de
la Martinique. Ma présence ne parut pas l'émouvoir.

— Asseyez-vous, me dit-il, et attendez que j'aie
terminé cette opération importante. Malheur à celui
qui ne brûle pas son café lui-même! il n'est pas digne
d'en boire! Quant à moi, non-seulement je le torré-
fie, mais encore je le triture et je l'infusionne. A propos, avez-vous déjeuné?

— Pas encore, cher docteur. Pour qui me prenez-
vous donc? il est à peine dix heures du matin !

— J'ai justement invité quelques personnes aujour-
d'hui, vous serez des nôtres; mais voici l'heure de
ma clinique, voulez-vous y assister?

— Allons, pensai-je, cela va peut-être me distraire;
voyons ce que le docteur appelle sa clinique ; je ne
sais pas du tout ce que c'est, mais j'aime à croire que
ce sera très-amusant.

Le docteur me prit sous le bras, et je me laissai
conduire jusque devant un monument d'assez belle
apparence.

Ceci, s'écria le docteur en entrant sous le péristyle,
est le panthéon de tous les acarus, le temple des dieux
Prurigo et *Impetigo*. Gardez-vous de rire de ces deux
divinités : elles pourraient vous jouer plus d'un mauvais tour. Vous êtes dans le lieu du monde où l'on se
gratte le plus, c'est-à-dire à l'hôpital Saint-Louis. Ne

vous étonnez pas si, en entrant, vous portez involontairement les ongles sur un point quelconque de votre tégument. C'est ici également que l'on respire l'atmosphère la plus sulfureuse. Il est rare, ajouta mon interlocuteur, qu'on ne paye sa première entrée par un peu d'asphyxie.

Ce que le docteur venait de me dire n'avait rien de bien rassurant, et j'eus quelque regret de l'avoir accompagné; mais il n'était plus temps de reculer.

— Ne craignez rien, du reste, mon cher monsieur Bilboquet, car ma clinique a lieu en plein air. Je professe sous les arbres du jardin, avec accompagnement de merles joyeux, de fauvettes amoureuses et de rossignols exempts d'acarus.

En effet, nous pénétrâmes au milieu d'un bosquet circulaire, et le professeur prit place dans un large fauteuil élevé sur une estrade assez vaste pour contenir en outre deux tabourets.

L'assistance était fort nombreuse; on remarquait parmi les auditeurs des Allemands, des Italiens, des Suédois, des Espagnols, des Anglais, et surtout des Anglaises, curieuses sans doute de connaître à fond les mœurs intéressantes de l'acarus.

Le docteur me fit l'honneur de me donner un de ces tabourets; je montai donc sur l'estrade, d'où mon regard planait sur l'auditoire.

Le professeur se leva ensuite :

« Messieurs, je viens d'apercevoir, confondu dans la foule, mon célèbre collègue le docteur Véron, une des

lumières de la nosographie moderne, le même qui a
publié une brochure sur le *thymus*, et à qui l'humanité souffrante est redevable de cette ingénieuse et
sûre méthode qui consiste à guérir les saignements de
nez en introduisant une clef dans le dos du malade.
J'espère que mon illustre confrère voudra bien accepter le tabouret qui l'attend en face de M. Bilboquet. »

Tous les yeux se fixèrent sur le fameux docteur,
qui traversait ce que j'appellerai l'hémicycle en plein
air pour arriver sur l'estrade. Véron paraissait flatté
de l'attention dont il était l'objet de la part du professeur et du public ; mais, en même temps, il semblait
embarrassé d'opérer l'ascension avec tout le poids de
son tissu adipeux. L'épreuve était en effet assez pé-
rilleuse à tenter en face de plusieurs centaines de carabins. Les habitudes narquoises de nos jeunes Escu-
lapes sont connues : le docteur Véron, gravissant
péniblement les degrés de l'estrade, aurait pu être
sifflé ou tout au moins chuté ; sa popularité lui valut
les applaudissements trois fois répétés de la jeunesse
médicale. Il salua et prit place sur son tabouret.

Dès que le silence fut rétabli, le professeur, qui
avait l'habitude de tenir un bâton de soufre dans la
main, se leva avec dignité, et parla de la manière suivante à son auditoire :

« Messieurs,

« Vous connaissez tous, de réputation du moins,
cette singulière maladie produite par un insecte.

Beaucoup de grands hommes et même de héros l'ont
eue : je ne crois pas avoir besoin de la nommer.
L'insecte qui cause l'affection cutanée dont je veux
parler se nomme *acarus*. Nous allons faire l'histoire
de l'acarus depuis la création du monde jusqu'à nos
jours.

« L'acarus a été connu de toute l'antiquité ; Hippocrate le décrit. Xerxès était attaqué de l'acarus
lorsqu'il envoya tant de présents à Hippocrate afin de
l'engager à venir en Perse pour le traiter. Vous connaissez tous la réponse du père de la médecine : « Je
« me dois aux acarus de ma patrie ; ceux de l'étran-
« ger ne me regardent pas. »

« Galien consacre un de ses plus intéressants chapitres à l'histoire naturelle de l'acarus. M. Cuvier a
reconstruit un acarus tout entier avec la septième
vertèbre d'un acarus fossile trouvé dans les terrains
calcaires de Montmartre.

« Jules César souffrit pendant longtemps d'un acarus qu'il avait pris en Gaule, en serrant la main d'un
chef arverne qui était venu lui faire sa soumission.
Or l'acarus auvergnat est peut-être le plus incom-
mode de tous.

« Annibal, Alexandre, Théodoric, une foule de
conquérants, eurent l'acarus. Un acarus toulonnais
s'attacha aux téguments du plus grand capitaine des
temps modernes.

« Les savants assurent qu'on voit des acarus gravés
sur le granit des pyramides et des obélisques d'Égypte.
Ce qu'il y a de certain, c'est qu'une des premières

gravures sur bois qui aient été publiées reproduit un acarus adulte dans toute l'intégrité de son développement.

« Un insecte qui s'est repu de la substance des plus grands hommes, et qui s'est trouvé mêlé aux plus grands événements de l'histoire ancienne et de l'histoire moderne, n'est point indigne de fixer l'attention de l'observateur et du philosophe.

« Ainsi que je viens de le dire en commençant, rien de plus facile que de suivre pas à pas et de main en main les traces de l'acarus depuis les temps genésiaques jusqu'à nos jours. Un moment arrive cependant où il s'abîme, où il s'enfonce, où il disparaît, et cela en plein dix-neuvième siècle !

« Plusieurs savants en étaient venus à ce point de nier complétement l'existence de l'acarus, de le reléguer au nombre des animaux fabuleux, comme les dragons, les hydres, les chimères, les wouivres, les quiquengrones.

« Cependant les téguments de l'humanité n'étaient pas plus à l'abri des démangeaisons qu'aux époques plus reculées. On se grattait en France comme en plein moyen âge. Les peuples étrangers montraient encore de temps en temps avec orgueil quelques rares échantillons de l'acarus primitif ; seuls les dermes Français en étaient privés. Aucun acarus ne surgissait à l'horizon de notre système cutané.

« Fallait-il désespérer de l'acarus et croire à son expatriation ? Des savants dévoués, parmi lesquels vous me permettrez de me compter, ne le pensèrent pas. L'acarus respirait en France comme ailleurs; il ne s'agissait que de le trouver.

« L'enseignement par le microscope brillait alors de tout son éclat à la Sorbonne, au collége de France, au Jardin des Plantes. La Faculté elle-même recourait volontiers à cet ajustage précieux à nos sens, mais capricieux en diable. Grâce au microscope, on voyait beaucoup de choses qui n'existaient pas, et on n'apercevait pas quelquefois celles qui existaient. L'acarus était de ce nombre.

« On le cherchait où il n'était pas.

« Le moment est venu, messieurs, de vous montrer le lieu que choisit l'acarus pour y établir sa résidence. Qu'on m'amène le sujet. »

Au même instant, je vis surgir d'un massif d'arbres un individu vêtu de l'uniforme de l'hôpital. Il gravit l'estrade, et se tint debout devant le professeur, qui reprit:

« Voyez, messieurs, la main de ce sujet : elle est marquée d'un grand nombre de petits points noirs; ce sont les toits sous lesquels repose l'acarus. Avec la pointe d'une aiguille je vais en faire sortir un : c'est un acarus mâle; on peut s'en apercevoir à l'œil nu. Qu'on le passe au docteur Véron, afin qu'il l'examine à son aise. »

Le docteur Véron recula brusquement son tabouret; l'acarus tomba heureusement par terre. J'éprouvai instinctivement le besoin de me gratter.

Le professeur reprit, après avoir trempé ses lèvres dans un verre d'eau sucrée :

« Messieurs,

« Le moment est venu de vous décrire les mœurs de l'acarus. Cet insecte, qui aurait fourni le sujet de plus d'un éloquent chapitre à M. de Buffon, est essentiellement noctambule.

« Quand la nuit étend son voile mystérieux sur la nature, quand la brise s'endort doucement dans les feuilles, quand le rossignol soupire sa plainte amoureuse à l'écho du bocage, l'acarus sort de la retraite qu'il s'est ménagée dans le tégument des mortels.

« C'est l'heure ou l'acarus femelle se rend au doux appel de son bien-aimé. Le malade expérimenté distingue le faible murmure que fait entendre l'acarus mâle. « Les acarus vont aimer, se dit-il, et moi je ne « pourrai dormir. » Son tégument, en effet, pendant que la nuit dure, est parcouru par des couples d'acarus amoureux, qui, les pattes entrelacées, réalisent les odes, les élégies, les sonnets de l'amour heureux.

« Mais le coq a poussé son premier cri, les étoiles pâlissent, le rossignol s'endort sous la feuillée, une bande rose se montre à l'horizon. « Ce n'est pas le « rossignol, c'est l'alouette, » dit alors l'acarus-Roméo à l'acarus-Juliette ; et tous deux se séparent après un dernier embrassement. »

La professeur se tourna du côté des dames pour voir quel effet produisait son éloquence poétique.

Deux soupirs s'élancèrent du sein virginal d'une jeune Anglaise. Pour moi, je commençais à craindre un violent accès de prurigo.

« Messieurs, continua le professeur, si nous bornions là notre leçon, nous resterions dans l'histoire naturelle ; nous ne serions qu'un simple professeur du Jardin des Plantes. Déduisons une conséquence pratique de tous ces faits. Entrons dans la clinique.

« Les observations que nous venons de faire diminuent évidemment de moitié les dangers de la maladie dont nous nous occupons en ce moment. Tant que le soleil luit, le malade peut être reçu partout sans danger. Serrez sa main dans les vôtres, portez ses vêments, l'acarus n'est point à craindre. Dès que la nuit arrive, séquestrez le malade, excluez-le de la société ; formez autour de lui un cordon sanitaire, car l'acarus se répand dans les environs. Évitez également le malade le matin, car vous pourriez rencontrer quelque insecte sans feu ni lieu, un bohémien d'acarus auquel son concierge a refusé d'ouvrir la porte du logis, et qui cherche partout une peau neuve où se loger.

« Voilà pour la prophylaxie.

« Quant à la thérapeutique, elle est bien simple : il suffit, pour exterminer l'acarus, de fermer l'ouverture de la galerie qu'il habite. Tout corps onctueux, toute graisse est bonne pour cela.

« L'acarus mâle, bloqué dans son trou, ne peut plus se livrer à l'amour ; les douces joies de la maternité sont interdites à l'acarus femelle. L'espèce disparaît.

« Quant à l'individu, mangeant toujours et ne se livrant à aucun exercice, il crève d'obésité ; car, ainsi que l'a écrit notre célèbre collègue, le docteur Véron ici présent, on peut mourir de trop d'embonpoint, ou, pour me servir d'une expression du nosographe que je viens de désigner, par surcharge adipeuse de l'épiploon. » (Applaudissements et hilarité sur les bancs des carabins.)

Le docteur Véron se lève et salue le professeur et l'auditoire. L'hilarité redouble sur tous les bancs. Le professeur est obligé de briser son bâton de soufre sur la table pour obtenir le silence.

« On m'a souvent demandé, messieurs, si l'acarus pouvait être transmis de l'animal à l'homme. Je n'hésite pas à me prononcer pour l'affirmative. Faites avancer le *numéro trois* et le *numéro quatre* de la salle *numéro dix*. »

Deux malades se présentent.

« Ces deux sujets sont employés à la ménagerie du Jardin des Plantes ; ils ont reçu directement l'acarus du dernier dromadaire mort l'année passée, lequel le tenait de l'un des dromadaires arrivés avec la girafe, qui l'avait reçu d'un dromadaire revenu de l'expédition d'Égypte. Regardez ces cinq acarus, que je viens d'extraire du tégument du numéro trois, on voit aisément qu'ils sont d'origine orientale. »

Plusieurs dames anglaises se présentent pour examiner les insectes. L'une d'elles, s'adressant au professeur :

— Oh ! je voudrais bien demander à vô le permis-

17.

sion d'emporter chez moâ les petits bêtes de la dromadaire de l'expédition d'Égypte !

Le professeur lui octroie gracieusement cette permission. La jeune insulaire prend délicatement les acarus et les met dans une boîte qu'elle renferme soigneusement dans sa poche. Ensuite elle regagne sa place.

— Assez d'acarus comme cela, il s'agit maintenant de pénétrer plus profondément dans cette science qui s'appelle la dermatologie, à laquelle j'ai fait accomplir tant de progrès.

Vous connaissez mon arbre généalogique des dermatoses. Chaque branche représente un groupe, une famille. Je vais faire passer sous vos yeux l'intéressante famille des *lupus*, autrement dit *loups*, ainsi nommés parce qu'ils dévorent la figure humaine.

Paraissez, *lupus vorax.*

On hissa sur la table un malheureux dont le visage n'était qu'une plaie.

Hier, messieurs, cet homme avait encore un nez ; demain il n'aura plus d'oreilles ; un loup le dévore sous nos yeux, et nous ne pouvons le chasser ; la dermatologie est impuissante contre cette maladie, elle n'a pu que lui trouver un nom. Ce n'est pas tout sans doute, mais c'est déjà quelque chose.

Ce loup vorace, *lupus vorax*, a un frère qui met ordinairement huit jours à dévorer un visage ; à cause de cette lenteur, on l'a surnommé *lupus timidus*. J'ai d'assez beaux échantillons de *lupus timidus* ; mais, après le *lupus vorax* que vous venez d'examiner, il est inutile, je crois, de vous les montrer.

J'offre tout de suite à votre observation la branche des crustacés. Voici le chef de la branche. Il est couvert d'un tas d'aspérités : on dirait de petites huîtres. Si elles tombent, d'autres se reforment à l'instant. Les individus de cette famille aiment l'eau, ils ne respirent un peu que dans un bain ; leurs mouvements sont lents. Regardez celui-ci. Il vit et est là sur la table comme une masse inerte couverte de coquillages. Qu'on reporte ce rocher dans son lit.

Avancez maintenant, jeunes teigneux, vous pour lesquels la thérapeutique se montra si longtemps marâtre. J'ai supprimé l'atroce supplice de la calotte, ce hideux emplâtre de poix de Bourgogne avec lequel on écorchait l'occiput de nos pères.

J'ai fait bien plus encore pour vous, j'ai effacé du dictionnaire médical ce mot repoussant de *teigneux* dont on vous flétrissait autrefois. Vous n'êtes plus que des enfants atteints d'un *fovus*. Les mères me béniront pour les avoir délivrées d'un substantif qui coûtait tant à leur amour-propre.

Nous avons d'abord le *fovus vulgaris* représenté par ce petit garçon placé à la tête du groupe ; c'est un teigneux ordinaire, et je me demande pourquoi on me l'a amené. Cet autre a un *fovus scutiformis* ; le sujet ne sera vraiment digne d'attention que lorsque le *fovus* sera devenu *universalis*.

Ce petit bonhomme de trois ans est déjà possesseur d'un superbe *fovus decalvans*, c'est-à-dire qu'il

sera chauve toute sa vie ; j'espère cependant réduire
la maladie à l'état de *fovus tonsurans* ; alors l'extrémité seule du crâne se trouvera dénudée, et le sujet
en sera quitte pour un toupet.

Nous voici maintenant en plein dans le genre poisson. Regardez le corps de ce malheureux. Il est couvert d'écailles d'un beau blanc. C'est l'homme-carpe,
le sommet de la branche des *dermatoses*, l'*ichtyose*,
puisqu'il faut l'appeler par son nom. Jamais plus
beau cas n'a été soumis à l'expérimentation ; c'est la
vraie *ichtyose nacrée* (*ichtyosis nitida*), et c'est une série de cas semblables qui ont accrédité la tradition
de l'évêque-de-mer et de l'homme-poisson.

Ici encore notre thérapeutique est impuissante.
Quand, par hasard, on parvient à guérir le malade,
c'est par des bains à une température très-élevée : il
faut le faire cuire ; aussi plusieurs sujets sont-ils restés
dans le bain privés de leurs écailles, et en même
temps de la vie.

Voulez-vous enfin, messieurs, faire connaissance
avec l'ichtyose serpentine (*ichtyosis serpentina*), regardez cet homme qui rampe devant vous.

L'ichtyose serpentine est ainsi appelée parce que
ses écailles ont la finesse, la ténuité de la cuticule
des serpents.

J'ai gardé l'ichtyose cornée pour la bonne bouche.
Le numéro 3 de la salle numéro 4, que j'ai l'honneur
de vous présenter, en est un admirable échantillon.
Ce sujet est couvert de cornes. Elles ne sont pas de
naissance, elles ont surgi sur lui à l'âge mûr, après

certains malheurs. (Hilarité sur tous les bancs.) Maintenant le voilà cuirassé et hérissé contre toutes les infortunes ; il est passé à l'état de porc-épic.

Entendant sonner onze heures, le professeur s'arrêta ; les jeunes Anglaises qui prenaient des notes fermèrent leur cahier ; les carabins formèrent la haie pour les voir passer. La clinique du célèbre professeur était finie.

Alibert maintenant n'est plus. C'était un grand médecin, dit-on, pour les littérateurs, et un grand littérateur pour les médecins ; pour tout le monde, un homme d'un charmant esprit. Il avait inventé la *physiologie des passions*, qu'il ne connaissait guère que de nom. Il avait été le médecin de Louis XVIII, dont il pansait mal les jambes peut-être, mais auquel il apportait un bon mot tous les matins.

Grand habitué du théâtre Castellane, la veille de sa mort il jetait encore des couronnes à une Malibran de salon, à une *étoile* de la cavatine bourgeoise.

Les déjeuners d'Alibert jouissaient d'une grande réputation. Ils avaient lieu le dimanche. La salle à manger était une pièce entourée d'une immense volière remplie de serins de tout bec et de toute couleur. J'ai eu l'honneur d'être placé à la table du docteur entre la Bourgoing et un évêque. Je crois même m'être aperçu que je gênais le prélat.

En face de moi se trouvait un carabin de vingtième année dont toute la génération médicale a reçu des leçons de domino au café Procope ; homme spirituel, mais accusé d'entretenir des relations trop suivies avec le double-blanc. Alibert, qui était trop délicat, trop fin, pour larder lui-même ses confrères, avait toujours un carabin à sa table qui se chargeait de ce qu'on appelle aujourd'hui la partie de l'*éreintement ;* on lui fournissait le bol alimentaire pour cela.

Biett, le rival d'Alibert, était l'objet de ses attentions ; il le considérait comme un homme superficiel, épidermique, mais il craignait son esprit. Biett était toujours servi chaud.

RÉCAMIÈR.

Le docteur Récamier ne professait pas sous des ombrages frais et au doux chant des merles, des rossignols et des fauvettes.

Son amphithéâtre, petit, sombre, semé çà et là de rares auditeurs, ressemblait à une espèce de chapelle. Il n'y manquait qu'un donneur d'eau bénite à l'entrée.

Les auditeurs de Récamier étaient plutôt des fidèles que des étudiants. Ils se ressemblaient tous, on pouvait les classer sous un signalement uniforme.

Yeux.	baissés.
Cheveux	plats.
Ongles	noirs.
Mains.	idem.
Air.	béat.

Signes caractéristiques : le teint blême et le sourire douteux.

Leur vêtement consistait en général en une longue redingote se donnant des airs de soutane ; ils se coiffaient d'un chapeau à larges bords. On voyait que tous ces gens-là sortaient de la sacristie ou étaient sur le point d'y rentrer.

Le docteur Récamier avait le teint rouge, le nez framboisé des sectateurs de la déesse Bouteille ; il était sobre cependant comme un anachorète. Haut de taille, ferme de jarret, il s'appuyait cependant sur une longue canne, en souvenir probablement des membres de l'ancienne faculté. Il parlait haut, d'une voix cassée, et il aimait à s'entendre parler.

Les grands médecins ont un principe physiologique sur lequel ils basent leur théorie médicale. C'est d'après cette théorie qu'ils sont censés diriger leur pratique.

Selon Récamier, l'être humain était une âme desservie par des organes dont à la rigueur elle pouvait très-bien se passer.

Il était donc *animiste*, comme on dit en terme d'école, plus animiste que ne l'était lui-même l'inventeur de l'animisme.

Quant à la pratique, Récamier était un essayiste, un fantaisiste, un rutilant de la haute volée.

J'aimais à suivre la clinique de ce maître original ; avec lui on était sûr de sortir de l'ornière vulgaire, et de planer tout à fait dans le bleu de la thérapeutique.

Un jour nous étions tous groupés à la porte de la salle des malades, attendant avec impatience le professeur, qui ne paraissait pas.

Enfin il monte à pas lents, la tête baissée, et s'arrête sur le seuil. Arrivé là, il relève la tête, embrasse d'un regard le premier et le second rang de lits, et dilate ses narines comme s'il flairait quelque chose.

— On sent la saburre, s'écrie-t-il en frappant le parquet de sa canne ; où est le pharmacien ?

— Ici, monsieur.

— Purgez-moi tout ce premier rang, il a la langue épaisse.

— Oui, monsieur, et pour le second que faut-il faire ?

— Rien. Nous verrons demain ce qu'il aura mérité.

Le docteur frappe de nouveau le parquet de sa canne et rentre chez lui sans avoir seulement pénétré dans la salle des malades.

Les élèves prennent des notes et s'empressent de rédiger cette leçon de clinique.

Récamier n'agissait pas toujours d'après des illuminations aussi soudaines ; le voyant faisait place quelquefois à l'observateur. Il étudiait soigneusement les antécédents, les prodromes ; il faisait l'analyse des phénomènes actuels, et n'arrivait à la thérapeutique qu'après un examen très-attentif, très-long, très-minutieux.

Il y avait dans la salle du docteur Récamier une femme inscrite sous le numéro 3, qui se plaignait depuis près d'un mois d'une douleur erratique, allant du cou à la poitrine, du dos aux jambes et ailleurs.

Récamier se livre à ces trois modes d'examen que nous nommons en langage scientifique :

Palpation ;

Percussion ;

Auscultation.

Ces trois moyens de diagnostic mis en usage, le professeur baisse la tête, s'éloigne du lit de la malade, et se retire en silence.

Le lendemain, il reçoit de l'interne de service un rapport détaillé, une espèce d'enquête médicale sur le numéro 5.

Il lit ce rapport avec attention, le met dans sa poche, et toujours perdu dans ses réflexions, il termine sa visite sans rien décider au sujet de la malade.

Trois jours se sont écoulés, trois jours d'études et de méditations. Le matin du troisième jour, Récamier entre à pas lents dans la salle, et s'arrête devant le numéro 3.

On voit, à son air, qu'il est sur le point de prendre une grande résolution, et qu'avant de l'accomplir il hésite encore.

C'en est fait ! les indécisions cessent, son parti est pris *alea jacta est*, comme on dit aujourd'hui ; il lève les yeux au ciel, et ébranlant solennellement le parquet de sa canne, il appelle le pharmacien.

— Monsieur, lui dit-il, administrez à madame une décoction de trois bouchons.

Il fait quelques enjambées vers la porte, puis, revenant sur ses pas :

— Surtout, monsieur le pharmacien, employez des bouchons neufs ; il est important que ces bouchons n'aient jamais servi.

Le professeur se retire majestueusement, et sur les notes qu'ils ont prises, les carabins rédigent une leçon de clinique intitulée :

« DE L'EMPLOI DU BOUCHON NEUF COMME MOYEN HÉROÏQUE DE GUÉRIR LES DOULEURS NERVEUSES ET RHUMATISMALES. »

On voit par l'histoire du numéro 3 combien les reproches de légèreté et de précipitation auprès du malade, qu'on a fait peser sur le docteur Récamier, sont dénués de toute espèce de fondement. On a pu prendre quelquefois pour de la légèreté ce qui n'était] au fond qu'une soudaine inspiration, comme l'affaire de la saburre et de la purgation collective par files et par rangs. Le temps est-il nécessaire pour arriver à une haute invention thérapeutique comme celle des bouchons neufs, Récamier savait employer le temps.

Les nosographes qui ont cru à l'animisme du célèbre professeur et à sa logique, ont eu l'air de dire que, faisant peu de cas des organes, il poussait l'indifférence à leur égard jusqu'à la brutalité, et qu'il lui est arrivé parfois d'administrer les substances les plus actives à des doses toxiques.

Un événement fâcheux survenait-il à la suite de ses ordonnances, Récamier, qui ne voulait jamais avoir tort, les imputait aux médicaments seuls.

Un jour, dit-on, il se présente devant le lit d'un

malade auquel, la veille, il a fait administrer une haute dose de sulfate de quinine.

— Cet homme doit être guéri, s'écrie le professeur en s'avançant pour tâter le pouls du sujet.

Au même instant, le malade rendait le dernier soupir.

Récamier s'arrête et le regarde :

— Messieurs, ajoute-t-il en se tournant vers les élèves, ceci est une erreur du sulfate de quinine !

Et il s'en va.

Je n'étais pas présent à cette clinique, ainsi je ne puis attester la vérité du fait. En voici un dont j'ai été témoin.

Le numéro 10 de notre salle souffrait des reins depuis longues années. Récamier, dans sa première visite, palpe les régions lombaires, interroge les sécrétions, quitte le tablier, prend sa canne et sort sans rien ordonner.

Nous étions quelque peu embarrassés pour prendre des notes, et nous nous demandions ce que nous allions inscrire sur notre calepin, lorsque tout à coup la voix du professeur se fit entendre du haut de l'escalier.

— Monsieur le pharmacien !

Le pharmacien accourt.

— Une pilule de cloportes pour le numéro 10.

Le pharmacien s'incline et inscrit la prescription sur son registre.

A peine a-t-il terminé que de sonores coups de

canne ébranlent les degrés inférieurs de l'escalier; le professeur appelle de nouveau le pharmacien.

— Deux pilules de cloporte pour le numéro 10.

Cinq minutes se sont écoulées, les deux cloportes sont couchés sur le mémorandum du pharmacien; on croit que Récamier doit être déjà sur la place de l'Hôtel-Dieu.

Soudain sa voix retentit à la porte du laboratoire.

— Trois pilules de cloporte au numéro 10! surtout, ajoute-t-il, émondez les pattes de ces animaux, et que ces trois pilules ne pèsent pas plus que quinze centigrammes, c'est-à-dire trois grains. Maintenant vous êtes responsable, prenez garde à vous.

Il me semble que ces cloportes administrés ainsi à petite dose, en plusieurs temps, et après mûres réflexions, prouvent mieux que des assertions sans fondement clinique toute la prudence du docteur Récamier, et l'éclectisme de sa pratique.

Ainsi, d'abord, pas de remède, c'est-à-dire la méthode d'Hippocrate; puis un cloporte, évidemment emprunté à l'homœopathie; le troisième cloporte rentre, sans aucune espèce de contestation, dans l'allopathie.

Il est donc souverainement injuste d'accuser Récamier de parti pris, d'exclusivisme en médecine.

On l'a accusé encore de s'être immiscé dans l'art chirurgical.

Récamier, s'il faut en croire ses détracteurs, dans un paroxysme d'animisme, et poussant jusqu'au bout les conséquences de ce principe en vertu duquel on peut supprimer les organes sans nuire à l'individu, aurait doté la chirurgie française d'un procédé ingé-nieux, l'*arrachement*, au moyen duquel, sans autres instruments tranchants que quelques doigts et beau-coup d'ongles, on peut débarrasser le corps humain d'un organe quelconque.

Je n'ai jamais été à même, je dois le dire, de voir mettre en pratique par le docteur Récamier cette théorie de l'*arrachement*, non plus que celle du *mas-sage cadencé*, opération que les dévots seuls savent bien exécuter.

Ce que je sais, c'est qu'il guérissait les affections de l'estomac au tambour.

Un jour, un carabin de mes amis alla le consulter pour une maladie de cet organe. Le docteur le sou-mit à l'interrogatoire de rigueur.

— Vous n'avez jamais faim ?

— Jamais.

— Digérez-vous ?

— Du tout.

— Vous dormez peu ?

— Je ne dors pas.

— Vous avez des maux de tête ?

— Affreux.

— C'est très-bien ; montrez-moi votre langue.

Cet examen achevé, le docteur reprend :

— Mon cher monsieur, vous avez une gastrite. Savez-vous ce qu'il faut faire ?

— Je suis venu vous le demander.

18.

— Avez-vous parmi vos amis ou dans votre famille quelqu'un sachant jouer du tambour?

— Personne.

— Alors écrivez immédiatement à un tambour de la garde nationale, et prenez avec lui un arrangement en vertu duquel il se rendra chez vous, muni de son instrument, matin et soir, à l'heure du déjeuner et du diner.

Il battra le rappel pendant que vous mangerez.

L'estomac aime le rhythme, au régime des ras et des flas vous le verrez peu à peu se raffermir, se fortifier, se régler. L'appétit reviendra par degrés, avec lui les digestions faciles, puis le sommeil. La tête se dégagera et vous serez entièrement guéri. Il faut traiter l'estomac par le rhythme, sans cela on ne fait rien de lui. La gastrite la plus obstinée cède à six mois au plus de roulement, quelquefois trois mois suffisent.

Je ne dine jamais, ajouta le docteur, sans accompagnement de tambour. La cadence est tout. Il faudrait pouvoir boire, manger, parler, marcher, écrire, dormir en cadence. Mettez-vous au tambour, croyez-moi, vous vous en trouverez bien.

Ran tan plan! ran tan plan! le bruit d'un tambour se fit entendre.

— Tenez, voilà qu'on m'apporte mon chocolat et deux œufs à la coque, je suis un peu pressé, et je vais les manger au pas de charge. De cette façon je suis sûr que mon déjeuner, quoique avalé rapidement, ne me fera aucun mal.

Les jours ordinaires, je déjeune au pas redoublé. Je fais battre aux champs pendant que je mange mon potage. En général, je soupe sur ce rhythme lent et majestueux. Au dessert, je fais exécuter des marches variées, et les jours de gala je me donne un fifre.

J'ai conseillé ce régime à une foule de gens, et ils s'en sont bien trouvés. Les trois quarts des maladies qui affligent l'humanité n'existeraient pas si on avait recours plus souvent au rhythme et à la cadence.

Il faut mener l'estomac tambour battant.

Après cette consultation, mon camarade se leva et laissa le docteur Récamier tremper ses mouillettes au pas de charge.

Ayant renoncé à quelque temps de là à la médecine, je n'ai plus revu mon camarade, et je ne sais pas ce qu'il pense de la peau d'âne comme spécifique contre les gastrites.

BROUSSAIS.

De tous les medecins que j'ai connus, Broussais est celui qui a laissé la plus vive impression dans mon esprit.

Ce grand homme s'amusait de mes plaisanteries, et me trouvait quelquefois de l'esprit. Je me rappelle l'émotion que j'éprouvai en me rendant chez lui pour la première visite.

Une servante bretonne me fit entrer dans la salle à manger de Broussais. Vêtu d'une simple veste, il était assis devant une table couverte de poulets non rôtis, comme on pourrait le croire, mais très-vivants et mangeant un superbe gâteau au riz avec madame leur mère, une grosse poule, laquelle était suivie de son coq.

J'avais craint, je l'avoue, de me trouver mal en présence de cette tête de lion, mais le spectacle que j'avais sous les yeux me rassura.

Broussais m'accueillit avec une extrême affabilité, et voulut tout de suite que je prisse place à côté de lui à table, demandant d'avance pardon pour l'extrême laisser-aller des convives emplumés qui répandaient un peu trop rapidement peut-être le produit de leur digestion sur la nappe.

— Vous le voyez, mon cher Bilboquet, me dit-il avec douceur, j'élève des poulets; mais il paraît que je les élève mal, je les traite en enfants gâtés, et voilà comment ils se conduisent. Vous n'apercevez, du reste, là qu'une bien faible partie de la famille, toute ma cour en est pleine; je n'en tue jamais, j'ai horreur de faire couler le sang.

Il vit l'étonnement que ces mots excitaient en moi; un sourire éclaira sa noble physionomie.

— Je ne suis pas conséquent avec mon système, voulez-vous me dire; allez, allez, ne vous gênez pas, j'entends la plaisanterie.

Broussais me parla ensuite de ce qui pouvait intéresser un jeune homme de mon âge avec une douceur et un accent paternel que je n'avais jamais trouvés chez les autres professeurs auxquels je payais cependant des inscriptions fort cher.

La conversation (il y avait là plusieurs autres convives) tomba sur les rivaux de Broussais. Je tremblais pour eux. Quelle ne fut pas ma surprise quand j'entendis presque faire leur éloge. C'est que Broussais n'était féroce que dans sa chaire. Avec de vieux caissons hors de service, il s'était construit à l'hôpital du Val-de-Grâce une espèce de redoute du haut de laquelle il mitraillait les vieilles idoles scientifiques, au milieu des hourras d'enthousiasme de toute la jeunesse médicale. Il avait des gestes, des éclats de voix, des mouvements de physionomie qui faisaient souvenir involontairement de Kléber.

J'ai assisté à la plupart des leçons de Broussais.

Au début, son débit était lent, difficile, embarrassé ; il parlait d'une voix sourde et presque éteinte ; peu à peu cette voix devenait plus vibrante, elle éclatait, elle tonnait. Il avait une manière de prononcer le mot *irritation* qui faisait frémir tous ceux qui l'écoutaient, et rien qu'en y pensant, il me semble sentir encore le frisson.

Ce mot revenait souvent dans les discours de Broussais, car il exprimait à lui seul toute sa pathologie.

Aviez-vous des douleurs à la tête, irritation !

Souffriez-vous d'un rhumatisme, irritation !

Aviez-vous un lumbago, irritation !

Sentiez-vous des douleurs d'estomac, irritation !

On n'était malade, selon Broussais, que par irritation, ou, pour mieux dire, on n'était malade que parce qu'on se portait trop bien.

Comme il n'y avait qu'une maladie, l'*irritation*, il

n'y avait pour Broussais qu'un seul et unique remède,
le *débilitant*.

L'empirisme de Sangrado fut élevé à la hauteur
d'une théorie scientifique. La saignée et l'eau triom-
phèrent sur toute la ligne ; on fit un tel usage de
sangsues qu'il n'en reste plus aujourd'hui que d'artificielles et de mécaniques.

— Les médecins qui combattent mes doctrines, s'é-
criait Broussais, sont des incendiaires; n'allez jamais
chez eux que suivis d'un pompier !

On devine les rires que ces plaisanteries excitaient
dans le jeune et tumultueux auditoire du médecin
réformateur.

L'irritabilité, d'après Broussais, ne dominait pas
seulement toute la pathologie, mais tous les faits mo-
raux et intellectuels lui étaient soumis. Les conséquences de ce principe devaient jeter Broussais dans
la phrénologie. Il devint phrénologiste en effet, mais
ce ne fut qu'au moment de sa chute, et à la fin de sa
carrière, qu'il donna en plein dans le crâne.

Si Alibert semblait sortir d'un athénée et Récamier
d'un séminaire, Broussais venait en droite ligne des
camps. Il faisait partie de cette forte et glorieuse génération républicaine qui se leva tout entière pour
défendre la patrie et la liberté. Engagé volontaire,
Broussais, avant de devenir un prince de la science,
fut sous-officier dans les armées de la République.
Aussi son style sentait la poudre.

Lisez l'*Examen des doctrines*, vous y trouverez la
fierté, l'impétuosité, la noblesse, la grandeur du gé-

nie. La phrase y est, pour ainsi dire, à l'état incandescent. Dans ce livre, Broussais faisait en quelque sorte le siége savant des théories qu'il voulait battre en brèche. Dans son journal, les *Annales de la médecine physiologique*, il se battait en simple tirailleur.

Polémiste original, agressif, souvent brutal, mais toujours sincère, Broussais criblait de ses sarcasmes les gros bonnets de l'enseignement officiel.

Il ne passait pas une seule fois devant la Faculté de médecine sans s'écrier en faisant le moulinet avec son bâton : « Tu tomberas sous mes coups ! »

La Faculté se servit d'un singulier moyen pour empêcher sa ruine ; ne pouvant lutter contre son infatigable adversaire, parce qu'elle n'avait ni le même enthousiasme, ni la même dialectique, ni la même conviction, elle l'admit dans son sein. Sous l'habit officiel, Broussais s'affaissa tout à coup. La robe rouge devint pour lui comme une espèce de linceul dans lequel il s'ensevelit vivant. Le vide et le silence se firent autour de lui du jour où il appartint à la Faculté.

Broussais assistait à l'autopsie de Casimir Périer.

— Voilà un homme qui est mort guéri, dit-il en montrant sur le cerveau du ministre une cicatrice prouvant qu'en effet il avait été sauvé d'une attaque d'apoplexie cérébrale.

Broussais mourut d'une longue et cruelle maladie.

Les plus douloureuses opérations lui furent imposées; il les supporta sans faiblesse, et il vit arriver le dernier moment en philosophe véritable.

On devait un jour lui appliquer le fer rouge. On voulut cacher avec soin toutes les pièces de l'appareil.

— Docteur, dit-il en se soulevant avec peine sur son lit de souffrance, au médecin qui allait lui faire l'opération, ne prenez pas tant de peine. Allez! j'ai vu le feu.

CHAPITRE X.

Chalumeau. — Sa confession. — Les domestiques à Paris. — Le domestique voleur. — Le domestique non voleur. — Une espèce de Spartiate. — Les petites misères de l'intérieur. — Où vont les gilets volés. — Les sylphes en condition. — Un collaborateur d'antichambre. — L'eau athénienne. — La caisse d'épargne. — Les maîtres philanthropes. — Les domestiques à la Bourse. — Les commissionnaires. — Les cochers. — Molière. — Mascarille. — Scapin. — Jocrisse. — Le domestique comique. — Les épingles et les chemises de monsieur. — La farine de noisette. — Chalumeau amoureux d'une paire de bottes. — Les raouts de domestiques. — L'escamotage des truffes. — Le supplice de Tantale. — Figaro le Grand. — Les domestiques Lovelace. — Leurs bonnes fortunes. — Leurs parties fines. — La véritable agence des domestiques parisiens.

Je considère mon valet de chambre Chalumeau comme un des personnages les plus curieux de mes Mémoires.

Il n'a fait jusqu'à présent que paraître et disparaître. Il est bien temps de nous occuper de lui un peu plus spécialement.

Un jour donc, je dis à Chalumeau :

— Décidément, j'éprouve le besoin de te déclarer que tu me voles, que tu me voles même excessivement...

— Certainement, monsieur, je vous vole; vous êtes

parfaitement dans le vrai quand vous dites cela... Je
ne prétends nullement vous contredire.

— Comment, tu oses en convenir?

— Monsieur peut le prendre sur le ton qui lui conviendra... Il peut se fâcher, m'accabler d'épithètes
disgracieuses, rompre entièrement la glace avec moi...
A quoi cela avancera-t-il monsieur?

Il sera obligé nécessairement de prendre un autre
valet de chambre, qui sera certainement plus brigand que moi, attendu que je lui ferai la leçon avant
de partir.

Je lui indiquerai les objets sur lesquels il pourra
mettre la main sans qu'on s'en aperçoive d'ici à quelque temps.

Je lui confierai les remises que me font les fournisseurs. Je l'exciterai à s'en faire faire de plus fortes;
il faudra bien que monsieur subisse tout cela... Ayant
renvoyé Chalumeau 1er, il se trouvera livré pieds et
poings liés à Chalumeau II.

Ah! croyez-moi, monsieur, vous êtes un homme
fort, vous êtes un esprit puissant, une large et belle
intelligence: c'est pour cela que je suis toujours resté
à votre service.

Je vous le déclare ici, je ne pourrais jamais servir
un maître au crâne étroit, aux idées mesquines...

J'interrompis Chalumeau et je ne pus m'empêcher
de pousser un profond soupir en murmurant :

— Ainsi il me vole, il en convient!... Devais-je
m'attendre à cela de la part d'un vieux serviteur?...

— Eh! certainement, monsieur, je suis un vieux serviteur, quoique je ne sois pas encore excessivement marqué... Ce sont toujours les vieux domestiques qui vous volent, en raison même de leur ancienneté...

Comment! ils passent de longues années à étudier vos habitudes, vos travers, vos excentricités, à se façonner à votre main, à vous éviter tous les petits cahots, toutes les petites misères de l'intérieur, et vous ne voudriez pas qu'ils prélevassent un bénéfice proportionnel!

Allons, permettez-moi de vous le dire, mon cher maître, vous n'êtes pas raisonnable, ou plutôt vous ne connaissez pas encore bien la question du domestique.

Je la connais, moi, il y a si longtemps que je l'étudie et la pratique!

Vous faites vos Mémoires : si vous permettez, je vous ferai part de mes observations et de tout ce que j'ai récolté sur cette classe à laquelle j'ai l'honneur d'appartenir.

Peut-être pourrez-vous tirer parti de mes renseignements dans quelques-uns de vos chapitres, d'autant que je sais que vous avez pris l'engagement dans votre livre de révéler une foule de mystères, de déchirer tous les voiles qui entourent les principales classes de la société.

Si vous voulez bien m'accorder la parole, je vous ferai part de mes idées et de mes observations, suivant mes petites facultés.

J'ai pour habitude de ne reculer devant aucune situation de la vie, si originale, si imprévue qu'elle soit.

On échange tous les jours des idées et des phrases avec des gens qui certainement ne valent pas Chalumeau.

Je déclarai à mon fidèle serviteur que j'étais tout disposé à l'entendre.

Il me fit le récit suivant :

— Il y a bien longtemps, monsieur, qu'on a dit que les meilleurs domestiques étaient certainement ceux qui vous volaient.

On n'ose pas dire cette chose-là trop haut, de peur d'ébranler la société encore plus qu'elle ne l'est ; mais tous les hommes un peu supérieurs, un peu pratiques, ne conservent pas le plus petit doute à ce sujet.

Voulez-vous un serviteur qui ne vous volé pas ?

Nous en avons plusieurs dans notre Société des domestiques parisiens ; car vous savez que nous avons une Société, avec des statuts et un président, comme les notaires, les avoués et les auteurs dramatiques.

Dieu ! que je vous plains, s'il faut que vous ayez le malheur de tomber entre les mains d'un de ces types de probité que nous considérons tous, métier à part, comme des fléaux que nous infligeons bien volontiers aux maîtres dont nous avons à nous plaindre.

Un domestique qui ne vous vole pas ! mais c'est l'ours des ours, le hérisson, le sauvage des sauvages !

Sous prétexte qu'il ne vous vole pas, il grogne du matin au soir ; jamais un sourire, jamais une intention aimable et caressante.

Voulez-vous avoir un appartement on ne peut plus mal frotté, de la poussière sur tous les meubles, des toiles d'araignées à tous les chambranles, à toutes les encoignures? Vous n'avez qu'à prendre un domestique non voleur.

Pourquoi donc, je vous le demande, s'éreinterait-il à épousseter et à faire reluire le parquet, ce pauvre garçon? Il est si vertueux, si honnête !

Il pousse le scrupule, la délicatesse, jusqu'à ne pas vous cirer vos bottes, afin de ne pas en fatiguer le cuir.

Vous avez l'agrément d'avoir chez vous un phénomène de probité, c'est vrai, mais c'est absolument comme si vous n'aviez pas de domestique.

Vous avez un noble cœur, une existence déclassée, quelque chose d'antique, un vieux buste, une espèce de Spartiate, un être qu'il faudrait envoyer au Musée des Antiques ou à l'établissement où l'on distribue les prix Montyon.

Jamais une bougie sur votre table de nuit, une goutte d'eau dans votre carafe, une bûche dans votre cheminée, quand vous rentrez le soir.

On ne vous vole pas, mais vous souffrez horriblement dans votre intérieur.

Parlez-moi au contraire du domestique qui vous vole !

19.

Il faut voir comme celui-là est alerte, avenant, empressé, agréable !

Quel feu ! quelle prestesse ! Comme on sent bien qu'il a en lui-même quelque chose qui toujours le pousse et l'électrise !

On s'encroûte dans la vertu ; on ne brille, on n'acquiert du montant et du relief que dans le laisser-aller et la corruption.

Votre valet de chambre vient de vous supprimer, pour son usage personnel, un de vos gilets dont le dessin lui plaisait.

Voyez un peu par quel déploiement de zèle, de prévenances de toute espèce, il s'arrange pour masquer cet escamotage bien léger qu'il s'est permis !

Pour la bagatelle d'un gilet, vous avez autour de vous un sylphe, une perle, quelque chose qui vous sert comme par enchantement.

Ah ! ne vous plaignez pas, vous ne faites pas un mauvais marché en permettant parfois à vos esclaves de s'emparer de quelques-unes des pièces de votre garde-robe !

Mon Dieu ! je sais bien tout ce qu'on dit sans cesse sur nous. On prétend que nous devenons une classe de jour en jour plus impossible.

On nous accuse, on nous incrimine, on nous charge de toutes sortes de reproches et d'imprécations.

Je ne prétends pas dire que nous soyons absolument exempts de torts, et que nous n'ayons pas certains péchés sur la conscience ; mais je soutiens que,

dans les reproches qu'on nous adresse, il y a beaucoup d'exagération et de malentendu.

Il faut prendre la société comme elle est : toutes
les classes marchent, se modifient, cherchent à s'é-
lancer vers un avenir meilleur ; — le domestique
aussi a marché.

D'abord, pourquoi ce titre de *domestique*, que l'on
s'obstine à nous laisser ? Est-ce que vous croyez que
celui de *collaborateur* ne nous conviendrait pas infiniment mieux ?

Un bon domestique est vraiment votre collaborateur ;—collaborateur en second, c'est vrai, et dont le
nom peut à la rigueur ne pas figurer sur l'affiche.

Mais il est certain qu'il possède tous les secrets de
votre existence : il vous touche de très-près en tous
points ; il vous rase, vous met de l'eau athénienne sur
le chef ; il est bien juste, ce me semble, de l'intéresser dans les hasards et les chances de votre destinée.

Vous me direz que nous avons les gages.

Mais les gages n'ont aucun caractère ; rien d'imprévu, rien qui excite en nous l'imagination et la fibre
artiste.

Les gages répondent à quoi ?—A la caisse d'épargne.
Il n'y a que les cuistres qui mettent à la caisse d'é-
pargne.

C'est une flatterie grossière adressée aux maîtres,
qui font semblant d'être philanthropes et de désirer
que leurs cuisinières aient du pain pour leur vieillesse.

Le vrai domestique d'aujourd'hui ne met plus à la

caisse d'épargne. Fi donc! Il a un agent de change;
il doit posséder des *chemins de fer*, du *mouzaïa*, du
mobilier, du *foncier*.

Il faut qu'il soit engagé à la Bourse, qu'il connaisse
ces fièvres, ces émotions-là. Il en sort plus cuirassé,
plus bronzé, plus propre à remplir toutes les conditions de son emploi.

On croit ordinairement que, pour être un domestique dans la complète acception du mot, il suffit de
certaines qualités vulgaires qui font le commission-
naire et le cocher de fiacre. Quel préjugé!

D'abord, il est indispensable d'être doué d'un physique agréable; c'est comme pour les hommes qui se
destinent à l'emploi des ténors.

Si vous n'avez pas le jarret avantageux et l'air quelque peu Philibert, ne vous lancez jamais dans cette
profession-là.

Que de choses vous faites passer avec un sourire
gracieux, avec un jeu de physionomie agréable!

Un maître endure nécessairement trois fois moins
d'un pauvre diable qui a un nez cassé et la bouche de
travers que de celui qui le vole avec une figure sympathique et l'élégance de la désinvolture.

L'éducation est-elle nécessaire pour le domestique?

Assurément; qu'il connaisse parfaitement sa langue, même qu'il ait fait ses humanités, cela ne peut
que lui être très-utile et très-avantageux.

Il se servira de cette éducation, non pour l'étaler,
mais pour la cacher au contraire, la dissimuler, dé-

vant la supériorité intellectuelle de ceux dont il dépend.

Un domestique complet doit amuser ses maîtres, être pour eux une comédie perpétuelle ; c'est là sa force !

Par sa manière de parler, ses gaucheries le plus souvent factices, ses cuirs et ses fautes de langue, également de parti pris, ses révérences, sa manière d'entrer, de sortir, d'offrir une lettre, d'annoncer quelqu'un, il faut qu'il amuse, qu'il divertisse, qu'il fasse naître constamment sur la bouche de ses maîtres un de ces sourires comprimés qui font qu'on tient malgré soi à son domestique, même fût-il la plus profonde canaille de la terre.

« Je sais bien qu'il me fait toutes sortes de mauvais tours, se dit-on souvent ; il me lit mes lettres, me dévalise autant qu'il peut. Malgré tout cela, j'y tiens, je le conserve ; il m'amuse. »

Croyez-vous donc qu'il faille être si dépourvu de ce qu'on appelle tact, finesse, pénétration, esprit, pour bien remplir ce rôle-là, et surtout pour avoir la conscience de l'influence qu'on exerce ?

Le domestique bête de bonne foi n'existe plus et n'a peut-être jamais existé.

Au surplus, Molière, qui s'y connaissait, ne s'y est pas trompé. Il n'a pas hésité à donner à ses domestiques une grande intelligence, à en faire les meneurs, les chefs de l'existence de leurs maîtres.

Molière a vu clair dans la question : il a créé Mascarille, Scapin. Ce sont les vaudevillistes qui ont créé Jocrisse.

Au surplus, je me rends parfaitement compte de l'espèce de défiance générale que nous inspirons et du préjugé qui pèse sur notre classe.

Cela tient tout simplement au manque de franchise qui existe dans la situation qu'on nous fait. On ne sait pas, le domestique étant donné, faire une fois pour toutes la part du feu.

C'est ce qui établit ce principe d'hostilité permanente entre les maîtres et nous.

Oui, sans doute, monsieur, je mets vos habits, vos pantalons, vos gilets, vos chapeaux, vos bottes et vos bijoux.

Oui, monsieur, il n'est pas une de vos épingles qui n'ait rayonné sur ma poitrine d'homme, pas une de vos bagues dont je ne me sois servi dans certaines occasions, pour faire ressortir la blancheur que ma main pourrait avoir.

Tous vos parfums sont les miens : j'ai pétri voluptueusement votre farine de noisette ; j'ai répandu à longs flots, sur toute ma personne, votre triple essence de bouquet, votre quadruple extrait de tubéreuse.

De même pour votre mobilier : il est certain que, du moment où vous n'êtes plus à la maison, j'agis absolument comme s'il était ma propriété.

A peine ai-je entendu retomber la porte cochère et votre voiture rouler dans la rue, que me voici enveloppé dans votre excellente robe de chambre, coiffé de votre bonnet grec, les pieds étendus dans votre chançelière.

J'allume votre plus belle pipe turque ; je m'enveloppe d'un épais rideau de fumée et je rêve à la Bourse.

Je jouis de tout ce que vous possédez ; je choisis dans vos meilleurs cigares ; j'humecte de temps en temps ma rêverie de quelques verres de ce vieux rhum auquel vous tenez tant, et que l'on déguste si bien dans ces verres de Bohême, gracieux, frêles, attendrissants à force de fragilité.

Je vous scandalise, je vous horripile, je le vois bien ; vous me prenez pour un monstre de cynisme. Vous m'appelez démagogue, anarchiste.

Eh ! non, monsieur. Je suis tout simplement un domestique vrai, de bonne foi, ni plus noir, ni plus dépravé que tant d'autres qui pourraient faire à leurs maîtres des aveux exactement pareils aux miens, si leurs maîtres avaient comme vous le courage et la philosophie de les écouter.

Mettre vos habits et vos bottes, cela vous paraît inouï, intolérable ; mais voyons, examinons un peu les choses au point de vue pratique.

Comment voulez-vous que je vous habille avec grâce, que je sois le gardien, l'ordonnateur réel de cette élégance, si je n'y participe pas, si je n'y entre pas, si je ne pratique pas par moi-même ?

Un domestique qui ne dépouille pas souvent la livrée pour arborer l'habit de ville, est insupportable de lourdeur et de gaucherie dans les détails du service.

C'est un cuistre, un lourdaud qui n'est pas même dégrossi. C'est un cuisinier qui n'a jamais dîné de sa vie.

Mais dans la société actuelle, le domestique a-t-il des habits de ville, les lui concède-t-on, pour qu'il puisse se façonner le goût, s'imprégner de ces sentiments de haute fashion qui nous sont si nécessaires?

Non, il faut qu'il aborde ces habits par la voie de la contrebande et de la maraude ; il est obligé de faire constamment des fouilles dans la garde-robe du maître.

C'est un mal sans doute, mais qui est presque inévitable et qu'il ne faut pas d'ailleurs attribuer au seul domestique.

Croyez-vous donc que je vernirais vos bottes avec autant de zèle et d'amour, que j'y mettrais toutes mes pensées, tous mes efforts d'artiste et de coloriste, si je ne me disais pas que ces bottes, j'aurai l'occasion de les mettre, d'en réjouir mon cou-de-pied?

Si vous saviez combien cette idée de travailler indirectement pour moi-même anime, élève mon pinceau !

Alors je sens l'inspiration qui s'empare de moi, je réalise des merveilles, des folies de poli et de luisant.

Non, monsieur, non. — Vous n'aurez jamais de bottes bien vernies si votre domestique n'est pas intérieurement décidé à chausser ces mêmes bottes.

Il en est ainsi de tous les détails de votre existence.

La gêne, l'obstacle, le fruit défendu, exagèrent sans cesse nos empiétements, nos excursions sur le domaine des maîtres.

Je soutiens que c'est plutôt la faute des maîtres que la nôtre. On nous impose la nécessité de nous servir à chaque instant des ressources de notre imagination ; on nous fait faire malgré nous de l'art, du caprice, comme aux brigands calabrois.

Vous nous défendez le paletot, nous mettons vos décorations pour aller au bal des Nègres.

Nous sommes des fantaisistes plutôt que des voleurs.

Je ne veux pas vous dissimuler, ce que vous savez sans doute déjà, que tous les vrais domestiques parisiens se donnent entre eux des soirées, des raouts, des thés, des punchs, etc.

Ainsi, dans ce quartier-ci, nous sommes plusieurs qui avons nos jours de réception dans nos chambres, à minuit. On ferme les rideaux hermétiquement et personne ne se doute de ce qui se passe dans notre intérieur.

Bien entendu, c'est l'office et la cave des maîtres qui fournissent les rafraîchissements.

Le thé de Caravane, les liqueurs des îles, les premiers vins d'Espagne ou du Cap, nous ne nous refusons rien.

On s'invite par des lettres que l'on se remet chez les concierges, qui sont ordinairement de connivence

et participent à la fête directement ou dans la personne de leur chère épouse.

Les lettres d'invitation sont conçues ordinairement
ainsi :

« Le cocher un tel prie le groom ou le cuisinier
« un tel de vouloir bien passer la soirée dans sa
« chambre, tel jour, à telle heure, tout à fait sans cé-
« rémonie.

« On peut amener ses amis et connaissances. »

Vous voyez que cela ressemble beaucoup aux lettres
d'invitation que l'on s'envoie dans les hautes régions
du monde ordinaire.

Nous   causons   politique,   chevaux,   spectacle,
modes.

Nous échangeons les observations que nous avons
faites dans la journée, devant ou derrière les voitures,
au bois de Boulogne ou aux Champs-Élysées.

Il est très-certain que dans nos repas et réunions de
contrebande il y a beaucoup de gaspillage et d'abus ;
je suis le premier à le reconnaître.

Mais quiconque a étudié à fond le cœur humain
comprendra qu'il doit y avoir dans nos procédés un
esprit constant de vengeance et de représaille.

On nous cache les clefs de la cave, on nous en interdit l'entrée ; c'est une raison pour que nous y pui-
sions largement, comme des forcenés.

Quant aux moyens de nous y introduire en dépit
de toutes les serrures et cadenas, ils sont trop connus

et trop simples pour que j'aie besoin de vous les indiquer.

Quand donc trouverons-nous des maîtres assez larges d'idées, assez avancés dans les questions pratiques pour nous dire :

— Tu as l'intention de recevoir ce soir, mon garçon... Il te faut tant de bouteilles de blanc, tant de bouteilles de rouge, des sandwich, plusieurs savarins, quelques pâtisseries anglaises... C'est très-bien, commande, ne te gêne pas, fais les choses comme elles doivent être faites.

Voyez comme tout de suite cela nous élèverait, nous préserverait d'une foule de supercheries, artifices, tours de passe-passe !

Concédez-moi le mâcon, vous sauvez votre chambertin. — Passez-moi la blanquette de Limous, votre cliquot n'a rien à redouter.

Je vous avoue très-franchement que fort peu de maîtres, à Paris, consomment de véritables truffes ; c'est nous qui les dégustons à la cuisine.

Il est d'usage de substituer aux truffes pur sang, issues du Périgord, des truffes blanchâtres excessivement apocryphes, que le marchand de comestibles, qui nous est tout dévoué, nous fournit pour cette destination.

Dans les sautés de lièvre, je vous défie de trouver les râbles ; dans les salmis de faisans et de bécasses, les aiguillettes les plus fines sont consommées à la cuisine.

Comment ! vous faites de la domesticité un sup-

plice de Tantale en permanence, et vous vous étonnez
qu'on ne respecte pas vos jouissances, qu'on cherche
sans cesse à empiéter sur vos droits ! ! !

Nous lisons vos romans, vos feuilletons, nous fou-
lons les mêmes tapis que vous, nous allons aux
mêmes promenades ; nous vous écoutons parler, dis-
cuter tous les jours ; nous vous voyons jouer, parier,
spéculer, parler affaires, Bourse, industrie, et vous
voudriez que nous eussions d'autres goûts, d'autres
passions, d'autres besoins que les vôtres !

Allons, cela n'est pas raisonnable, vous demandez
à l'humanité ce qu'elle ne comporte pas.

Notre maître, notre modèle éternel, le grand Figaro, a eu bien raison de dire qu'il y a bien peu de
maîtres qui seraient capables d'être de bons domestiques.

Soyez demain mon domestique, monsieur Bilboquet, sauf votre respect... Eh bien ! vous mettrez mes
habits, vous porterez mes chemises, vous boirez mon
vin et vous coucherez dans mes édredons, quand je
serai en voyage ou à la campagne.

Mais il est une matière bien autrement délicate
que tout le reste que je ne puis me dispenser d'aborder, puisque je me suis engagé à tout dire et à aller
jusqu'aux derniers replis de la question.

Je veux parler du chapitre des femmes et de la galanterie, qui joue un grand rôle dans notre destinée.

Oui, monsieur, il est certain que nous autres domestiques de bonne maison, nous sommes tous des
hommes à bonne fortune, nous ne prélevons pas

seulement notre tribut sur votre garde-robe, votre
cave, votre office, nous le prélevons sur d'autres
choses encore plus intimes.

Ceci est très-mortifiant pour les maîtres, j'en conviens, mais ce n'en est pas moins très-historique et
doit faire naître de larges réflexions, montrer la nécessité d'une réforme absolue, radicale, dans l'intérêt de tous, et que nous réclamons les premiers.

Est-ce notre faute, après tout, si, lorsque nous por-
tons de petits billets au jasmin chez ces dames de la
rue Bréda ou Saint-George, elles se mettent à nous
taper familièrement sur la joue et à nous demander
si nous avons aimé quelquefois, si nous avons des
engagements de cœur ?

Dites que ces ouvertures s'adressent à nos posi-
tions plutôt qu'à nos personnes, que l'on veut capter
le domestique, pour pouvoir mieux s'assurer du maître et entrer chez lui comme on veut ;

C'est fort possible, je ne nie pas absolument le
fait ; mais toujours est-il que nous avons la clef de
bien des boudoirs, qu'il y a peu de ces petits appartements dont nous ne connaissions les plus secrets
détours.

Nous aussi, nous faisons quelquefois des parties
fines à Madrid ou à Enghien avec des dames qui
nous arrivent avec des masses de camellias.

Nous aussi, nous avons nos cabinets particuliers
dans certains restaurants qui nous servent les mêmes
plats, les mêmes vins qu'à vous.

20.

Ce sont absolument les mêmes parties fines; rien ne diffère, pas même les femmes.

Vous vous indignez, vous criez à la trahison, à la souillure !

Eh ! mon Dieu, est-ce que nous n'avons pas, nous aussi, l'élégance, la désinvolture, le jarret, le jabot, souvent avec plus de fantaisie, d'envie de plaire, et d'ailleurs plus de liens directs avec ces déesses qui ne sont souvent, après tout, que des femmes de chambre, ou d'anciennes cuisinières qui sont montées ou, si vous voulez, descendues au rang de sultanes et de bayadères?

Si vous faites votre intimité, votre existence, votre choix de la société de ces dames, ce n'est pas nous qui en sommes responsables.

Entre elles et nous, il n'y a pas autant de distance que vous le supposez. Comparez nos sentiments, notre langage, nos orthographes.

Dans tous les cas, si nous nous trouvons appelés parfois à partager vos maîtresses, nous pouvons vous affirmer qu'il y a bien peu de préméditation de notre part. Ce sont presque toujours ces dames qui font les principaux frais.

Elles ont généralement l'habitude de se jeter à notre tête, et il nous est plus difficile de leur résister que de nous les soumettre.

— Mais est-ce que vous n'avez pas les femmes de chambre, nous dites-vous, vos passions, vos conquêtes naturelles ?

Pourquoi venir chasser sur nos terres et vous don-

ner le diabolique plaisir de vous attaquer à nos femmes entretenues ?

— Hélas ! monsieur, si vous saviez ! On se blase
bien vite sur les femmes de chambre, c'est comme
pour vous les femmes du monde.

Les filles de notre classe manquent pour nous de
piquant, d'imprévu. Nous n'avons pas la lutte, ce
stimulant si précieux de la concurrence.

A nous aussi, blasés que nous sommes, il nous
faut la lorette, l'actrice, oui, l'actrice avec son enca-
drement, sa position à part, ses mille caprices, son
clinquant et ses costumes.

Voilà le domestique d'aujourd'hui tel que l'ont
fait les idées modernes, les livres, les théâtres, la
littérature.

A lui aussi il lui faut absolument, pour réveiller
son être, l'amour sur les planches, la liaison avec
du rouge végétal.

Eh bien, prenez un parti, limitez-nous.

Dites-nous qu'au delà d'une certaine limite des
boulevards nous ne devrons pas tendre nos filets,
déployer nos séductions.

Cela est indispensable : voyez en effet quel boule-
versement social, quelle confusion dans toutes les
idées, les habitudes du siècle !

Qui voyez-vous aux avant-scènes des Délassements-
Comiques ou des Folies-Dramatiques ?

Des valets de chambre déguisés, des cuisiniers en
bonne fortune ?

Du tout, monsieur.

Des jeunes gens qui passent pour l'élite de la fashion, des lions tout rayonnants de lorgnons et de bijoux qui viennent là pour faire la cour à de grandes et intéressantes comédiennes qui s'appellent Adolphine, Clara, Virginie, Rigolette.

Où voulez-vous que les sentiments des pauvres domestiques trouvent à se réfugier ?

Tous les jours, on leur dispute leur terrain, on leur fait concurrence. Et puis, on se plaint d'eux, on les accuse, on les accable !

Que de justes revendications ils pourraient avoir à exercer sur la bonne société et les classes élégantes, s'ils avaient jamais la parole !

— Vous avez fait de grandes choses dans votre vie, monsieur Bilboquet, je suis le premier à le reconnaître.

Il vous reste à établir une institution essentielle et qui vous placera certainement très-haut dans l'estime et la reconnaissance de vos contemporains : c'est une agence pour les domestiques, mais une agence sérieuse, neuve, et qui diffère entièrement des bureaux équivoques qu'on a établis sous ce titre sur divers points de Paris.

Instituez le véritable domestique moderne, le serviteur littéraire, intelligent, sympathique.

Faites-lui sa position en indiquant d'avance sur quel pied il doit être mis.

Montrez ce que j'ai cherché à vous prouver par

cette faible improvisation, que le domestique actuel est un artiste, que le vieux valet instrument et machine n'existe plus que dans les pensées de quelques rentiers utopistes du quartier Saint-Jacques ou du Marais.

Vengez-nous de tant de préjugés accumulés sur nos têtes. Montrez-nous, imposez-nous tels que nous sommes, et non tels que nous avons été ou que nous pourrions être.

Nul homme n'est mieux posé que vous pour opérer cette réforme si salutaire et introduire enfin dans le monde la domesticité du progrès.

Permettez-moi de corroborer mes paroles en me précipitant à vos genoux, en m'emparant de vos deux mains et en les mouillant de quelques larmes...

Je répondis à Chalumeau que je réfléchirais à tout ce qu'il me disait. Le projet qu'il m'ébauchait pouvait peut-être se réaliser.

Je le suppliai, en attendant, de me traiter en homme arriéré et de vouloir bien me laisser la jouissance de quelques paires de bottes.

CHAPITRE XI.

L'Espagne. — Une course de taureaux. — La prima spada. — Les taureaux savants. — Les claqueurs. — L'olla podrida. — Gil Castor. — L'Italie. — Les bibles. — Rossini. — La tunique de saint Janvier. — Le roi de Naples. — L'Allemagne. — Les Juifs de Vienne. — Monsir Pilpoquet. — On demande un Veuillot. — La Russie. — Sur la nappe. — Les Russes en toilette du matin. — L'étuve. — Les femmes qui portent les culottes. — Le turf moscovite. — Un insecte de course. — Pur sang russe. — Le saint destitué. — Une fournée de saints. — Le grade de saint. — Autorisation temporaire de faire des miracles. — Le partage des maladies. — A chaque saint sa spécialité. — Moscou, Saint-Pétersbourg. — La foire aux mariages. — Mademoiselle Rachel. — Gare aux mollets. — Les chiens de Saint-Pétersbourg. — Le paupérisme. — Les effets de la décentralisation. — Pourquoi je ne vais ni en Angleterre, ni en Amérique. — Restons à Paris.

Je me dis un jour : J'engraisse d'une façon déplorable; Kossuth, le célèbre Kossuth m'a conseillé l'exercice. Le meilleur exercice n'est-il pas de voyager? mettons-nous donc en voyage.

Je brûlais de voir l'Espagne. C'est par elle que je commençai mes pérégrinations. O Espagne! me disais-je, je veux retremper mes sens blasés à ton piment, me redorer à ton safran, me raviver au parfum de tes ollas podridas, me rajeunir aux baisers de tes femmes au teint de brique, à l'incarnation de chocolat.

J'irai fumer ma cigarette au pied de l'Alhambra à

l'heure où toutes les Espagnes ne sont plus qu'une mandoline, où tout soupire, murmure, chante, racle, des colonnes d'Hercule aux Pyrénées.

Oh ! les courses de taureaux, les toréadors, les matadors, les picadors ! oh ! les manolas au pied mignon, à la taille cambrée ! oh ! les tuteurs et les pupilles, les duègnes et les alguazils ! oh ! le Mançanarès, le Tage, le Guadalquivir !

Qu'on me donne un sombrero, une veste de velours aux grelots argentins, qu'on me nomme Bilboquetza, je franchis les Pyrénées !

Pampelune est ma première étape.

O bonheur, ô surprise inespérée! la première chose que j'aperçois, en entrant, sur les murs de la ville, est une affiche ainsi conçue :

PAR PERMISSION DE M. L'ALCADE

Dimanche prochain,

GRANDE COURSE DE TAUREAUX DANS L'AMPHITHÉATRE DE L'ESPLANADE.

Cinq taureaux biscayens débuteront dans cette solennité.

PRIX DES PLACES :

Premières	. . .	quatre réaux.
Secondes	. . .	deux réaux.
Pourtour	. . .	un réal.

Les enfants au-dessous de sept ans, et messieurs les militaires non
gradés ne payeront que demi-place.

*Dans l'intervalle des combats, un orchestre de cent musiciens
exécutera des quadrilles du célèbre M. Musard.*

L'affiche donnait également les noms des principaux matadors qui devaient figurer dans la course.
La *prima spada* s'appelait GIL CASTOR.

La course aura lieu dimanche prochain, c'est aujourd'hui samedi, retenons tout de suite ma place.

La nuit du samedi au dimanche s'écoula pour moi
dans une agitation fébrile. Je rêvais que, les cheveux
retenus dans une résille soyeuse, les jambes em-
prisonnées dans une culotte collante qui faisait ressortir l'élégance de mes formes, je descendais dans
l'arène. Les cinq taureaux biscayens tombaient sous
mes coups. Les femmes de Pampelune, dans le délire
de leur enthousiasme, me portaient en triomphe, et
déchiraient ma résille en mille morceaux pour en
faire des reliques d'amour.

Le lendemain, à l'heure fixée, j'étais à mon poste.
Je m'attendais à rencontrer partout une foule émue,
inquiète, palpitante, se dirigeant vers l'Esplanade de
tous les points de la ville. Je trouvai les rues à peu
près désertes. Les gradins de l'amphithéâtre se peu-
plèrent lentement de messieurs en habit noir et de
dames en capote de soie cachées sous des ombrelles.
Je cherchais en vain une mantille dans tout cela. C'est
à peine si j'aperçus deux ou trois peignes d'écaille

surmontant une noire chevelure dans les places inférieures.

Les hommes du peuple étaient coiffés de casquettes. Un grand nombre portait des blouses. Je dis-
tinguai même plusieurs bourgerons. Quelque temps
avant que la course s'ouvrît, je reçus un trognon de
pomme sur l'œil gauche. Il y avait des titis en Na-
varre !

Enfin la course commença.

On ouvrit la barrière; un taureau parut dans le
cirque, suivi d'un picador qui le piquait par derrière.
Ils firent ainsi trois fois le tour du cirque au petit
trot.

Le même exercice se répéta à trois reprises diffé-
rentes. Je regardai les spectateurs. Ils faisaient presque tous la sieste sur leurs bancs.

Les femmes s'essuyaient le front avec leur mou-
choir de batiste, car il commençait à faire très-chaud.
Que sont devenus les éventails? il n'y a donc pas d'é-
ventails à Pampelune?

Au même instant, un quatrième taureau s'élança
dans l'arène; auprès de lui bondit un matador.

Bon! me dis-je, jusqu'ici nous n'avons fait que pe-
loter en attendant partie, la véritable course va commencer.

Je m'apprêtai à subir le choc de toutes les émotions
d'une *corrida*.

Le matador et le taureau s'étaient arrêtés en face
l'un de l'autre, et avaient l'air de se regarder atten-
tivement. Grands dieux, que va-t-il se passer ?

III.   21

Au bout d'une minute d'anxiété qui me paraît un siècle, le matador prend le taureau par les cornes, l'animal plie le jarret et se couche de tout son long sur le sable.

Une triple salve d'applaudissements part d'un groupe compacte placé à l'entrée même de l'amphithéâtre. Depuis le commencement de la course, je remarque que les applaudissements partent toujours de ce côté. Un doute affreux traverse mon esprit. Les chevaliers du lustre seraient-ils connus en Espagne? y aurait-il des claqueurs de taureaux?

Cependant le matador salue trois fois le public, il a l'air de faire un signe au taureau qui se relève, et il rentre dans la coulisse, suivi de l'animal.

En passant près de moi, je vois sur le cou du taureau une large tache noire. Cette tache a déjà frappé mes regards, mais où donc l'ai-je remarquée?

Le bruit des applaudissements a réveillé une partie du public. Le dernier taureau va se montrer. C'est sans doute le plus terrible de tous, puisque c'est Gil Castor, la *prima spada*, en personne, qui doit le combattre.

En effet, un sourd mugissement retentit, un taureau bondit dans le cirque et en fait le tour en fouillant le sol de ses cornes. Gil Castor, une banderille rouge d'une main, l'épée nue de l'autre, l'agace en lui montrant l'étoffe rouge; le taureau se précipite sur lui, Gil Castor l'évite avec grâce; il revient à la charge, il est furieux, il fond sur le torero, c'en est fait, il est perdu!

Victoire! c'est le taureau au contraire qui roule sur le sable. L'épée de Gil Castor s'est brisée sur son front, et ce coup vigoureux a renversé l'animal.

Le groupe de l'entrée de l'amphithéâtre fait entendre des vociférations d'enthousiasme. Trois cuisinières crient: Bravo Castor! bravo Castor! Les messieurs en habit noir roulent leur cigarette, les dames en capote rose continuent à s'essuyer le front.

Des garçons d'écurie sortent de l'endroit réservé et traînent par la queue le taureau, qui se laisse faire tranquillement.

La prima spada salue la loge de l'alcade. La course est finie.

Pendant la dernière passe, le large chapeau gris de Gil Castor était tombé, sa figure m'était apparue en plein, et il m'avait semblé le reconnaître.

Pensif et mélancolique, je regagnais mon auberge à pas lents, rêvant aux splendeurs évanouies de l'Espagne et à la décadence complète du pittoresque dans ce pays, lorsque je sentis une main qui s'appesantissait sur mon épaule.

Je me retournai rapidement.

La personne qui m'abordait avec tant de familiarité n'était autre que le senor Gil Castor, l'illustre prima spada.

— Tu ne reconnais donc pas les anciens? dit-il en me tendant la main.

Des souvenirs confus me revinrent à la mémoire. Je cherchai le nom de celui qui me parlait.

— Castor! m'écriai-je enfin.

— Lui-même, ton ancien Hercule, le fidèle com-
pagnon de tes courses et de tes travaux. J'ai renoncé
au métier, comme tu vois, ou plutôt c'est le métier
qui a renoncé à moi ; car l'acrobatisme ne va plus, la
société marâtre dédaigne le saltimbanque et méprise
l'Hercule, qu'il arrive du Nord ou qu'il vienne du
Midi. Paris fait d'ailleurs une concurrence terrible
aux foires, et encore, pour rester à Paris, faut-il
avoir des amis dans le journalisme et dans la fashion.
Gringalet, l'ingrat Gringalet, auquel j'ai sauvé tant
de coups de pied, a refusé de parler de moi dans son
feuilleton. Ne pouvant, faute de protection, débuter à
la salle Montesquieu, je me suis fait toréador.

Je parcours ainsi l'Espagne avec une troupe de
taureaux que je suis parvenu à dresser de la façon la
plus heureuse, ainsi que tu as pu t'en apercevoir tout
à l'heure. Mes animaux n'ont pas leurs pareils pour
la docilité et pour l'intelligence. Ils savent courir et
s'arrêter, ils connaissent le moment où ils doivent se
laisser terrasser, l'instant où il faut qu'ils s'évanouis-
sent. Je ne donnerais pas mon dernier taureau pour
6,000 francs ; c'est lui qui m'a valu et qui me vaut
mes plus beaux triomphes.

J'ai combattu avec succès dans les plus grandes
villes de l'Europe. Tu as pu me voir il y a quelques
années à l'Hippodrome de Paris. Maintenant je fais
mon tour d'Espagne, relevant partout les traditions
de la tauromachie qui tendent à se perdre de jour en
jour, comme celles des alcides, comme tout ce qui fut
noble et grand dans le monde. A ce métier-là, on ne

s'enrichit pas, mais on boulotte, et c'est beaucoup par le temps qui court.

Castor termina sa narration en m'invitant à venir manger une olla de la façon de la cuisinière de sa *fonda*, — la première cuisinière sans contredit. ajouta-t-il, de toutes les Espagnes.

Je ne crus pas devoir refuser cette invitation. A deux cents lieues du boulevard des Italiens tous les Français sont égaux et tous les hommes sont frères.

Je n'eus pas d'ailleurs à me repentir de ma facilité. L'olla podrida était en effet divine. Elle fut suivie d'un plat de perdreaux à la sierra-morena que j'ignorais entièrement et dont j'enrichis mon répertoire culinaire.

Mon séjour à Pampelune ne me donna pas envie de poursuivre mon voyage en Espagne. Il n'y a pas grand' chose à observer à Madrid. Le gouvernement y est occupé uniquement à dissoudre et à convoquer les cortès ; la population parle d'un coup d'État sans cesse remis à huitaine et des ballets de l'Opéra. Je craignis de nouveaux désappointements, et je me hâtai de repasser les Pyrénées.

Après l'Espagne, je voulus voir l'Italie.

En douze heures, un bateau à vapeur me conduisit de Marseille à Livourne. Après une visite scrupuleuse de la douane, on me conduisit devant la direction de la police qui me demanda si j'étais Anglais.

— Vous voyez bien le contraire à mon passe-port.

— Êtes-vous protestant ?

— Non.

— N'avez-vous point de Bible?

— Non.

— Vous prenez l'engagement de ne point travailler au changement de religion des fidèles catholiques du grand-duché?

— Je le jure.

— En ce cas, voici un permis qui vous autorise à circuler librement en Toscane. Mais vous serez surveillé, et gare à vous si on découvre que vous êtes un agent des sociétés bibliques!

Je visitai à Florence la tribune et Rossini, et je lui adressai la question de rigueur:

— Travaillez-vous à un nouvel opéra?

Rossini me tourna le dos.

Je l'avais beaucoup connu pendant que j'étais directeur de l'Ambigu-Lyrique, et je fus fort choqué qu'il ne m'invitât pas seulement à dîner. Je lui avais demandé s'il travaillait à un opéra, croyant lui être agréable et pour flatter son amour-propre. Que Rossini travaille ou ne travaille pas, qu'est-ce que cela peut me faire?

Je ne restai qu'un jour à Rome.

A Naples, on me fit faire une quarantaine de quinze jours, sous prétexte que le choléra était à Londres et qu'il ne pouvait manquer d'être bientôt à Paris.

Le jour où j'entrai dans la ville, on se préoccupait beaucoup d'une indisposition subite que venait d'éprouver le roi.

Une représentation de gala à laquelle je comptais bien assister avait été contremandée dans la journée.

Le soir, dans les cafés, l'indisposition royale était le sujet de toutes les conversations.

— L'indisposition devient une maladie, me dit un négociant napolitain auquel j'avais été recommandé.

— A-t-on appelé le médecin?

— Non, le roi a fait porter dans sa chambre la robe de saint Janvier, et il s'en est enveloppé tout de suite.

— Il pense que cette robe le guérira?

— Mieux que tous les médecins.

Le climat de Naples est superbe, la vue du golfe est magnifique. Je sais tout ce qu'on peut dire sur le Vésuve, Ischia, Baja, Sorrente, etc., etc.; mais que faire dans un pays où les danseuses de l'Opéra sont obligées de se montrer au public en caleçons verts!

Au bout de huit jours, je m'ennuyais à Naples.

Ma seule distraction était de me rendre, à l'heure du dîner, dans un restaurant placé dans le plus beau quartier de la ville. Je trouvais là un grand nombre d'étrangers de toutes les parties du monde, et je pouvais me croire au *Café de Paris*.

Un jour, je me présentai, selon mon habitude, à la porte du restaurant. Je la trouvai fermée.

On me dit que c'était par ordre de la police.

Je rencontrai le maître de l'établissement et je lui demandai pourquoi la police avait fait fermer sa maison.

— Parce que, me répondit-il, il y venait trop de monde.

— Et il n'y a pas d'autre raison que cela?

— Aucune.

Le soir même je fis mes malles, et, le lendemain, un superbe bateau à vapeur de la force de cent vingt chevaux me ramenait à Trieste. Vingt-quatre heures après j'étais à Vienne.

On m'avait donné des lettres de recommandation pour un des plus riches banquiers de cette ville. Il m'accueillit avec la plus grande politesse et se mit tout entier à ma disposition. Le lendemain de mon arrivée, il m'envoya la clef de sa loge et une carte d'étranger pour un casino.

Mon banquier poussa même la complaisance jusqu'à vouloir me conduire en voiture devant la porte du cercle.

Je crus qu'il allait monter avec moi, mais il resta dans la voiture.

— Je ne connais personne dans ce cercle, lui dis-je; ayez l'obligeance de m'accompagner, vous me présenterez à vos amis.

— Impossible, me répondit-il; je puis faire admettre qui bon me semble à ce cercle; les commissaires, qui sont mes amis intimes, sur ma seule demande, m'envoient toutes les entrées que je leur demande; mais ma présence là-haut ferait scandale; il m'est défendu de me présenter dans ce casino dont je vous ouvre les portes.

— Et pourquoi cela?

— Parce que je suis juif. Les habitants de Jérusalem ayant eu le malheur de se tromper, il y a quelques mille ans, sur la divinité du Messie, on me punit de leur faute et on me prive du plaisir de faire quelquefois une partie de whist ou de bouillotte dans un salon de la Schœffergasse, nº 33, en compagnie d'un certain nombre d'individus qui sont extrêmement flattés quand je les invite chez moi et quand je veux bien leur faire l'honneur de m'asseoir à la même table qu'eux.

— Je croyais que ce ridicule préjugé n'existait plus.

— Oh! les préjugés ne meurent pas ainsi, répondit mon banquier, et je m'attends incessamment à ce qu'on nous force à mettre une pièce d'étoffe jaune à notre chapeau. La Révolution de 1848 nous avait émancipés, à la vérité; mais les jésuites sont rentrés en Autriche, et on nous a bien vite fait sentir que nous n'étions que des misérables qu'on voulait bien pour le moment ne pas jeter dans une chaudière de poix ou d'huile brûlante, mais qu'on était bien aise cependant de tenir en lesse.

Ce qu'il y a de surprenant, c'est qu'il est une foule de pays en Allemagne, où les jésuites n'ont jamais pénétré et où ils ne pénétreront probablement jamais, dans lesquels on nous traite aussi mal qu'en Autriche.

Ici nous ne pouvons pas acheter des immeubles au delà d'une certaine valeur et d'une certaine étendue; là il nous est défendu de séjourner dans les villes; plus loin, c'est l'habitation à la campagne qu'on nous interdit.

Il y a des pays où nous ne pouvons être ni échevins. ni bourgmestres, ni conseillers municipaux, ni membres du sénat, ni juges.

Il y en a d'autres où on nous défend d'être avocats, avoués, médecins, d'exercer aucune profession libérale.

Au nord de l'Allemagne, on nous fait couper notre barbe; dans le midi, on nous autorise à la porter. Le grand-duc de Hesse-Darmstadt nous interdit la royale; l'électeur de Hesse-Cassel la tolère.

A Lippe-Lippe, capitale d'un pays dont la population se compose de trois cents habitants, les juifs sont exclus de toutes les fonctions publiques, et ils ne peuvent, dans l'armée, dépasser le grade de caporal.

Et tout cela parce que nos aïeux ont eu le tort immense de mal interpréter certaines prophéties.

Convenez que ces petites persécutions sont bien ridicules, bien risibles, surtout dans un moment où la plupart des peintres, des sculpteurs, des écrivains, des poëtes, des musiciens de l'Allemagne sont juifs ou d'origine juive.

— Je trouve ce que vous dites si profondément niais, dis-je à mon banquier, qu'il me serait impossible de passer une soirée seulement avec des individus qui nourrissent de tels préjugés. Que je meure si jamais je mets de ma vie les pieds dans un casino autrichien !

Je déchirai ma carte de visite, et j'en jetai les morceaux au vent.

Après quoi je remontai dans la voiture du ban-

quier, et nous allâmes ensemble faire un tour au Pra-
ter, où je me livrai tout entier au charme de sa conversation fine, spirituelle, instructive tour à tour ; car
mon interlocuteur réunissait tous les avantages de l'intelligence à ceux que procure une bonne éducation,
quoiqu'il fût juif, et que les casinos de Vienne et
d'une bonne partie de l'Allemagne lui fussent fermés.

Deux jours après mon arrivée à Berlin, je reçus
une singulière visite.

J'étais en train de fumer un cigare après déjeuner,
lorsque Chalumeau, qui m'accompagne dans tous
mes voyages, vint me dire que des gens qui préten-
daient former la députation des catholiques de Berlin
demandaient à me parler.

J'ordonnai aussitôt qu'on les fit entrer.

— C'est à monsir Pilpoquet que nous avons l'honneur de parler ? me demanda l'orateur de la troupe
avec un accent tudesque dont je veux faire grâce au
lecteur.

— A lui-même.

— Monsieur, reprit-il, les catholiques de Berlin
nous ont envoyés auprès de vous pour réclamer un
immense service.

— En quoi puis-je vous être agréable ?

— Nous ne sommes pas sans nous être aperçus du
bien immense que le journalisme religieux a fait en
France. Les idées de l'*Univers* ont de nombreux re-
présentants en Prusse, et nous voudrions leur créer
un organe.

Le besoin se fait généralement sentir chez nous d'un journal qui pousse au bannissement des protestants du royaume, qui s'oppose à l'étude des littératures anciennes, et qui tonne contre la représentation des tragédies grecques avec chœurs.

— Mais, messieurs, leur dis-je, permettez-moi de vous faire observer que les protestants sont en grande majorité dans ce pays, et que, si vous menacez de les bannir, ils pourraient bien commencer par vous chasser.

L'orateur de la troupe me répondit :

— Les protestants sont tolérants parce qu'ils n'ont pas la vérité. Nous n'avons rien à craindre d'eux ; nous pouvons donc nous donner le plaisir de les agacer tout à notre aise. Malheureusement nous manquons d'hommes pour cela. Il nous faudrait quelqu'un pour éreinter Luther et pour traiter Kant de *navet*. Vous seriez bien aimable de vouloir bien nous indiquer, vous qui avez été si longtemps dans la presse, un écrivain capable de se charger de la rédaction en chef de notre journal. Il n'est pas nécessaire qu'il sache l'allemand ; on traduira ses articles.

Gringalet m'avait paru assez bas-percé quelques jours avant mon départ ; je lui écrivis s'il voulait accepter cette proposition.

« Les libres penseurs relèvent la tête, me répondit Gringalet, j'ai entrepris une campagne contre *les petits apôtres de la déesse Raison*. Ma présence est beaucoup plus utile à Paris qu'à Berlin ; ainsi je reste. »

Les catholiques prussiens se montrèrent fort désappointés de cette réponse. Je sais qu'ils cherchent encore un rédacteur. Avis aux journalistes sans emploi.

J'avais hâte de quitter l'Allemagne.

Ce pays n'offre plus rien de curieux à l'observateur. D'ailleurs, à proprement parler, l'Allemagne n'existe plus. Elle a émigré en Amérique.

Rien de plus rare que les jolies femmes en Allemagne ; elles sont maintenant à New-York, dans les prairies, au pied des montagnes Rocheuses.

Si Werther vivait encore, nous le verrions partir avec Charlotte, son mari Albert et ses enfants, dans la même carriole, pour le Massachussets ou le Connecticut.

L'Angleterre est finie, l'Italie est usée, l'Espagne n'est plus qu'un vain nom ; la France s'en va tous les jours.

Il n'y a plus qu'un seul pays possible, un seul pays original en Europe. Ce pays c'est la Russie.

J'appelais la Russie de tous mes vœux.

Enfin, je pus me mettre en route après une légère indisposition qui m'avait retenu quelques jours au lit, et je traversai la Pologne, autre pays mort et embaumé depuis longtemps.

Je ne m'arrêtai pas à Varsovie seulement le temps de voir danser une mazurka, voire même une polka.

Un matin je franchis la frontière ; et, la tête nue, les bras levés au ciel, les yeux fixés à l'horizon, je m'écriai :

— Russiam ! Russiam !...

III.   22

J'arrivai en Russie au commencement du printemps, et, muni d'un grand nombre de lettres de recommandation, je me dirigeai tout droit sur Moscou,
attendu que c'est là seulement, dit-on, qu'on peut observer convenablement le Russe.

Le boyard auquel j'étais recommandé venait de
partir pour la campagne ; je résolus d'aller l'y chercher. Ce sera pour moi, pensai-je, une excellente occasion d'étudier les mœurs de ce pays, qui est devenu l'unique rempart de la civilisation. J'en profitai
avec d'autant plus d'empressement que le boyard en
question m'avait été signalé comme un curieux échantillon du véritable Moscovite.

Les Russes sont en général assez hospitaliers.
Celui dont je parle m'accueillit avec beaucoup de cor-
dialité ; il m'invita à passer plusieurs jours chez lui.
Je n'eus garde, comme on pense bien, de refuser cette
offre.

Une chambre fut mise à ma disposition. J'eus au
moins une douzaine de domestiques pour me servir ;
aucune des jouissances du luxe ne me manquait,
excepté un lit. L'usage du lit est à peu près inconnu
en Russie ; on dort sur une espèce de meuble recou-
vert de fourrures.

Mon hôte était âgé d'environ cinquante ans ; il n'a-
vait jamais quitté la Russie. Mais, grâce à un précep-
teur suisse que ses parents lui avaient donné, il parlait le français avec une grande facilité.

A l'heure du dîner, nous nous mîmes à table. Le
repas, servi à la russe, était copieux et bizarre. On

nous servit force caviars et un poisson que mon hôte m'assura être un sterlet. Mon appétit, aiguisé par la rapidité du voyage et par l'air de la Russie, s'accommodait assez bien de ces mets nouveaux pour lui, lorsque tout à coup je laissai échapper le morceau que je portais à ma bouche; une espèce de frisson parcourut tout mon corps.

— Qu'avez-vous donc? me demanda mon hôte en me voyant pâlir.

Je lui montrai un insecte d'une forme hideuse qui courait sur la nappe.

— Ce n'est rien, me dit le boyard ; nous ne faisons pas attention à cela.

Il prit l'insecte et l'écrasa sur le derrière de son assiette.

Je me sentis des nausées ; je fus sur le point de m'évanouir. Le Russe continuait à manger de plus belle.

Involontairement je jetai les yeux sur les domestiques qui nous servaient : des insectes dans le genre de celui que je venais de voir se promenaient sur leurs habits. Il me sembla que j'en découvrais un sur la chevelure de mon hôte.

Il me fut impossible de continuer mon repas; je dus également renoncer au sommeil. A peine mes yeux se fermaient-ils, je rêvais que j'étais envahi, dévoré par la vermine.

Au point du jour, je me levai pour prendre l'air.

Comme je sortais du village, je me trouvai en face de cinq ou six hommes entièrement nus et d'un même nombre de femmes absolument dans le même costume.

Ces gens-là me saluèrent poliment et coururent se jeter dans une petite rivière qui coulait à quelques verstes de la route.

C'était une famille moscovite qui sortait de l'étuve. Chaque village russe possède sa maison de bains. Hommes et femmes, frères et sœurs, jeunes filles et jeunes garçons, s'y rendent ensemble, se livrent aux plaisirs du massage, du fouettage et des autres opérations du bain. C'est la promiscuité à la vapeur.

En rentrant, je passai devant le presbytère. J'aperçus par la fenêtre le pope à genoux devant sa femme et la suppliant de ne pas le battre.

— Maudit ivrogne, s'écriait la ménagère, tu dépenseras donc notre dernier coppeck au cabaret ; et, pendant ce temps-là, nos enfants manquent de culottes. Tu me feras mourir de chagrin ; mais auparavant je me vengerai.

Et les coups de pleuvoir sur le dos de l'ivrogne.

— Je ne le ferai plus, répondait le prêtre ; je te jure que je ne le ferai plus !

J'étais stupéfait de la mansuétude des maris et des popes russes, et je le dis à mon hôte en lui racontant la scène dont j'avais été témoin.

— Tous nos popes sont ainsi ; c'est toujours, ajouta-t-il, leur femme qui les mène ; ils sont devant elles comme des petits enfants.

— Heureux naturel !

— Le naturel n'est pour rien dans l'affaire, c'est

une question de nécessité. Un pope qui perd sa femme ne peut ni rester pope, ni se remarier; il faut qu'il se fasse moine et qu'il entre dans un couvent. Or le cloître ne convient guère à la plupart de ces messieurs, et il n'est sorte de soins dont ils n'entourent madame leur épouse. C'est de sa conservation que dépend leur liberté.

J'avais vu assez de l'intérieur de la Russie, je soupirais après Moscou. Là du moins se trouveraient des hôtels tenus à l'anglaise ou à la française, une nappe propre et un lit.

Mon hôte, je dois le dire, fit tous ses efforts pour me retenir.

— Attendez du moins jusqu'à ce soir, me dit-il; nous avons, cette après-midi, une course des plus intéressantes, je suis bien aise que vous y assistiez.

Je ne pus refuser cette offre; j'étais curieux du reste de faire connaissance avec les gentlemen-riders moscovites.

A deux heures, nous nous rendîmes sur le turf.

La voiture s'arrêta sur une petite place au milieu de laquelle on voyait un groupe formé par quelques centaines d'individus réunis autour d'une longue pierre sur laquelle paraissait se mouvoir des objets qu'ils considéraient avec la plus grande attention.

De temps en temps on entendait sortir de chaque côté du groupe des hourras, des cris d'encouragement, des applaudissements et des bravos.

Les regards fixes, ardents, fébriles, se dirigeaient

22.

du côté de la pierre. Deux tas de roubles brillaient à l'extrémité du turf.

— La course est commencée, me dit mon hôte. Hâtons-nous d'arriver et tâchons de nous faire faire place.

Nous y parvînmes à grand' peine.

Je me plaçai enfin au premier rang. Deux insectes semblables à ceux que mon boyard écrasait derrière son assiette trottaient à côté l'un de l'autre. Celui de gauche avait la corde ; malheureusement, ayant rencontré un grain de sable, il fut distancé par son rival de droite. Mon boyard avait parié cinquante roubles pour lui.

— C'est pourtant un de nos plus forts coureurs, me dit-il. Voilà ce que c'est que de n'être pas là pour balayer le turf soi-même.

J'appris de mon hôte que ces courses étaient le délassement favori de l'aristocratie et du peuple.

En effet, deux moudjicks qui marchaient devant nous s'arrêtèrent et se couchèrent sur le sol, que l'un d'eux eut soin de balayer avec son souffle. Ils sortirent en même temps un coppeck de leur poche, qu'ils mirent comme enjeu.

Portant ensuite la main à leur chevelure, ils en tirèrent délicatement un insecte de course qu'ils placèrent sur le turf, et le handicap commença.

Je demandai à mon hôte s'il n'avait pas d'autre plaisir.

— Celui-ci, me répondit-il, est sans contredit un des plus vifs qu'on puisse goûter à la campagne ;

mais ce n'est point là ma seule distraction. Je chasse, je fais administrer le knout à mes paysans; et, quand je m'ennuie trop, j'envoie chercher le pope et je lui fais boire de l'eau-de-vie jusqu'à ce qu'il perde la raison. Vous ne sauriez croire combien c'est une chose drôle de soûler un pope.

Je partis le soir même, une heure ou deux seulement après les courses mémorables qui venaient d'avoir lieu.

Au premier relai sur la route de Moscou, la roue de ma voiture s'étant brisée, je fus obligé de m'arrêter devant la maison de poste.

Un grand nombre d'estampes tapissaient les murailles. Elles représentaient, pour la plupart, des sujets militaires : la *Défaite des Français à la Moskowa*, l'*Entrée d'Alexandre à Paris*, etc., etc., etc.

En entrant dans la salle, j'avisai un postillon qui brisait en mille morceaux une image de saint suspendue à son cou. Tous les Russes portent de semblables reliques.

L'image brisée, le postillon, dans un paroxysme de fureur, en foulait aux pieds les débris, qu'il apostrophait encore avec une indignation risible.

J'ai oublié de dire que j'avais pris à mon service un domestique polonais possédant à peu près toutes les langues, comme la plupart de ses compatriotes, y compris la langue russe. Grâce à cet auxiliaire, je pus savoir d'où venait la colère du postillon.

— Voleur! canaille! mécréant!... s'écriait-il en montrant le poing à son saint; tu m'as trompé, il faut que tu me le payes ! Mais comment vais-je faire pour changer de nom, maintenant que tout le monde me connaît sous le tien ? Je ne puis pourtant pas porter le nom d'un tel imposteur.

Ce postillon s'appelait Agathon.

Mon domestique me montra, collée fraîchement contre le mur, au-dessus du bureau du chef de la poste, une pancarte ainsi conçue :

AU NOM DE DIEU,

Nicolas Ier, autocrate de toutes les Russies,

« Dégradons du titre de saint le nommé Agathon, que nous avons reconnu, après de nouveaux renseignements, incapable et indigne de figurer sur le calendrier.

« Saint Agathon est destitué.

« Telle est notre volonté.

> « Tzarkoë-Zeloë, 25 décembre 1853.
>> « NICOLAS Ier. »

Un autre placard, de date plus ancienne, figurait également sur les murs de la poste. En voici la traduction :

AU NOM DE DIEU,

Nicolas Ier, autocrate de toutes les Russies,

« Sur le rapport de notre ministre secrétaire d'État, de l'instruction publique et des cultes ;

« Ouï le général président et les membres du saint-synode ;

« Avons décrété et décrétons ce qui suit :

ARTICLE PREMIER.

« Le nommé Sergius est promu au grade de saint.

ARTICLE DEUXIÈME.

« Il prendra rang, à partir du 1er janvier, parmi les saints de deuxième classe.

ARTICLE TROISIÈME.

« Saint Sergius est autorisé à faire des miracles et à guérir les maladies rhumatismales. Les autres maladies sont et demeurent la propriété des saints affectés à leur guérison.

« Fait à Tzarkoë-Zeloë, le 7 janvier 1852.

« NICOLAS Ier. »

Les destitutions de saints sont assez fréquentes depuis quelque temps, et on voit qu'elles peuvent avoir des conséquences assez graves pour les gens qui, au milieu de leur carrière, sont obligés de changer de nom et de se faire rebaptiser.

Pendant mon court séjour en Russie, l'empereur Nicolas a fait deux fournées de saints : l'une de cinquante, l'autre de vingt-cinq.

En revanche il en a destitué cent quatorze.

Environ trois cents saints ont été promus de la seconde classe du calendrier à la première. La promotion de la troisième classe à la seconde a été de soixante-douze.

Au moment où j'écris ces lignes, on annonce que Nicolas Ier a manifesté l'intention de canoniser les gens de leur vivant.

L'ukase suivant est, assure-t-on, sur le point de paraître :

AU NOM DE DIEU,

Nicolas Ier, autocrate de toutes les Russies,

« Voulant reconnaître les services rendus à l'État par l'amiral Nachimow, qui vient de détruire la flotte turque à Sinope ;

« Sur le rapport de notre ministre secrétaire d'État, de l'instruction publique et des cultes ;

« Ouï le général président et les membres du saint-synode ;

« Avons décrété et décrétons ce qui suit :

ARTICLE PREMIER.

« Le vice-amiral Nachimow est nommé saint de première classe.

ARTICLE DEUXIÈME.

« Le vice-amiral saint Nachimow est préposé à la guérison des névralgies, spécialité qui manque dans le calendrier.

ARTICLE TROISIÈME.

« Trois miracles par an sont alloués à saint Nachimow. Il ne pourra en aucun cas dépasser ce chiffre.

« Fait à Tzarkoë-Zeloë, le 1er janvier 1834.

« Nicolas Ier. »

Le czar pense que ces honneurs stimuleront ses généraux, et que le titre de feld-saint leur fera réaliser
des prodiges de valeur.

Je ne m'arrêtai qu'une journée à Moscou. Ce que
j'avais vu chez mon hôte le boyard ne me donnait
pas envie de poursuivre mon examen de la vieille
Russie. Je me rendis en toute hâte à Saint-Pétersbourg.

Les deux tiers de la ville étaient sous les eaux. La
Néva venait de déborder. J'eus beaucoup de peine à
gagner mon hôtel.

Ces inondations sont fréquentes et n'étonnent que
les étrangers. Saint-Pétersbourg est inondé pendant
une moitié de l'année et gelé pendant l'autre. Il y a
des gens qui prétendent qu'il y fait beau pendant
quinze jours.

Je suis arrivé à Saint-Pétersbourg le lundi de la
Pentecôte.

Mon aubergiste me demanda si je ne voulais pas
aller à la foire des filles à marier.

— En quoi consiste cette foire ?

— Le lundi de la Pentecôte, il est d'usage que
toutes les filles de la ville qui prétendent trouver un
mari se rendent au Jardin d'été. Les jeune gens viennent les passer en revue et faire leur choix. Ici, les
mariages ne se concluent pas d'une autre façon.

Je me rendis au Jardin d'été.

Jamais, je dois le dire, je n'ai été en butte à tant de sourires, à tant d'œillades. Si les filles russes ne parviennent pas à *faire* un mari, on peut bien dire que ce n'est pas faute de coquetterie.

Malheureusement pour ces demoiselles, il n'y avait rien à espérer d'un vieux bronzé, d'un rhinocéros de célibataire, dont le buffle résiste à toutes les flèches de Cupidon.

Quand on possède à fond le répertoire du Théâtre-Français et de tous nos théâtres de drame et de vaudeville ;

Quand on est ferré sur toutes les actrices, quand on possède mademoiselle Rachel à fond, quand on connaît madame Volnys comme sa poche ;

Quand on n'aime pas à disputer ses mollets à des chiens presque aussi féroces contre les étrangers que ceux de Constantinople ;

Saint-Pétersbourg n'offre rien de bien curieux, ni de bien agréable à observer. Je quittai cette ville avec un certain empressement, et, s'il faut dire toute ma pensée, avec un certain sentiment de désillusion.

Oui, je l'avoue, je craindrais peut-être de voir l'avenir de la civilisation et la restauration du grand principe d'autorité entièrement remis à la Russie.

O Paris que tu es beau quand on te revoit après une longue absence !

Comme ton asphalte est moelleux aux pieds, comme ton gaz est doux à l'œil, comme tes rues poudroient, comme les boutiques flamboient, comme les femmes chatoient !

Le premier Auvergnat que j'aperçus avec sa médaille et sa veste de velours me fit verser des larmes d'attendrissement.

Comme je sortais du chemin du Nord, un cocher traversait lentement la place La Fayette avec son fiacre, un vrai cocher, et un vrai fiacre de Paris, sales, troués, déguenillés, percés tous les deux.

— Cocher ! m'écriai-je en lui faisant signe de descendre de son siége.

Le cocher s'approcha.

Je me jetai dans ses bras, et je le pressai contre ma poitrine, puis je montai dans le fiacre après lui avoir donné mon adresse.

Ah ! quand on rentre dans sa patrie, on embrasserait même un douanier !

O Paris ! ô France ! ô ma ville ! ô ma patrie, je ne vous quitterai plus. J'ai vu l'Allemagne, j'ai vu la Russie, j'ai vu l'Espagne, j'ai vu l'Italie, c'est bien assez !

On voudrait me pousser en Angleterre et aux États-Unis, mais ma candidature ayant échoué à l'Institut, je n'ai plus besoin de faire un livre sur le *paupérisme* ou sur les *effets de la décentralisation.*

Je suis bourgeois de Paris, je veux l'être jusqu'à mon dernier soupir.

CHAPITRE XII.

Les cafés à Paris. — Festons et astragales. — Procope. — De Foy. — Lamblin. — Corrazza. — Café lyrique. — Tu veux devenir ma compagne... — Café Voltaire. — Tabourey et Lucrèce. — Desmares. — Tortoni. — Maison-d'Or. — Le Divan. — La religion de l'indifférence. — Le Café turc. — Les cafés primitifs. — L'Épi-scié. — Le Grand Y vert. — Le café de la Régence. — La dame de l'endroit.

Dans le second volume de mes Mémoires j'ai eu l'occasion de parler des établissements gastronomiques de Paris ; le lecteur ne trouvera peut-être pas mauvais que j'aborde aujourd'hui un sujet non moins important, je veux dire les principaux cafés de la capitale.

Nulle part, comme à Paris, le café, érigé presque en divinité, n'a des temples coquets, somptueux, innombrables. Partout on prend le café ; mais en aucun lieu du monde on ne le hume avec tant d'aise, de comfort, de joyeux et brillants accessoires qu'à Paris. Le café est presque inconnu à Londres, on n'y rencontre que d'odieuses tavernes divisées en petits compartiments appelés *boxes*, ce qui fait ressembler ces établissements à des écuries. Quant aux Orientaux, ils se rassemblent dans des trous, sans doute fort pittoresques, mais infiniment plus agréables à contempler au Louvre qu'à Smyrne. Êtes-vous allés en Allemagne et en Hollande? Ces nations-là n'ont pas de cafés, mais de grandes salles tristes et mornes comme l'ivresse de la bière.

A Paris, au contraire, tout reluit, tout brille, tout éclate, tout resplendit, dans ces temples élevés au culte de la demi-tasse. Aimez-vous les dorures, les peintures et les glaces? En voici en haut, en bas, par ici, par là, à gauche et à droite; devant et derrière vous.

Ce ne sont que festons, ce ne sont qu'astragales.

Pour huit sous vous vous installez dans un palais des Mille et une Nuits.

Le doyen et le plus glorieux peut-être des cafés de Paris est :

LE CAFÉ PROCOPE.

Je ne ferai pas d'archéologie et ne reviendrai pas sur cette grande époque procopienne, de laquelle il ne reste qu'une grande table dont le marbre gris et jaune a longtemps eu l'honneur de supporter les coudes de messieurs les philosophes encyclopédistes. Le café Procope, bien déchu aujourd'hui de son ancienne splendeur, est forcé d'avoir un garçon littéraire qui explique aux provinciaux l'histoire de l'établissement.

— Monsieur, c'est ici que s'asseyait habituellement

M. de Voltaire, Diderot prenait son café à cette place,
Marmontel à cette autre. Helvétius ne prenait pas de
café, on lui servait simplement de l'eau sucrée; d'A-
lembert était d'une grande force aux dominos comme
tous les mathématiciens.

Le garçon a un *boniment* qu'il débite avec beaucoup
de simplicité et qui ne manque jamais son effet. Le
café Procope ne gouverne plus la république des lettres, il se contente de jouer aux dominos.

LE CAFÉ DE FOY.

Situé au Palais-Royal, a aussi son histoire, il a été
pendant toute la Restauration le rendez-vous des
ultra-royalistes. En ce temps d'apaisement politique
la conversation à voix basse et la lecture font les frais
de cet établissement vénérable, qui s'est préservé avec
soin de toutes les innovations romantiques du café
moderne. Il a rejeté loin de lui le cigare, le domino,
le billard, le déjeuner à la fourchette, comme autant
de souillures à ses quartiers de noblesse. Sa grande
salle basse est une succursale de l'orchestre du Théâtre-Français : on y parle de la pièce d'hier, du drame
qui sera représenté demain; de Frontin, de Léandre,
de Lisette et du seigneur Géronte ! Il y a là des gens
dont les souvenirs dramatiques remontent jusqu'à la
petite Mars. C'est de ce café de Foy que le jeune Camille Desmoulin s'élança pour haranguer les citoyens
et leur distribuer des feuilles vertes en signe de ral-
liement. Une des curiosités de cet établissement est

l'hirondelle que Carle Vernet, dans un jour d'inspiration bachique, brossa au plafond dans un ciel de
plâtre. Cette hirondelle est la seule peinture qui décore le café de Foy.

LE CAFÉ LAMBLIN,

Encore renommé aujourd'hui pour l'excellence de
son moka, fut longtemps l'adversaire politique du
café de Foy. C'était là que se réunissaient jadis les
officiers en demi-solde, les fervents du libéralisme,
tous les mécontents du gouvernement des Bourbons.
Que de coups d'épée échangés entre le café Lamblin et le café de Foy ! entre la longue redingote boutonnée et l'habit à la française ! Aujourd'hui ces deux
établissements vivent en paix ; depuis vingt ans les
cafés ont mis leurs opinions à la porte.

LE CAFÉ CORRAZZA

Date de cette époque d'invasion napolitaine où
les célèbres glaciers Zoppi, Tortoni, Corrazza, vinrent
populariser en France l'art du sorbet au marasquin et
de la glace panachée.

Tous ces établissements, sauf le café de Foy, ont
plus ou moins sacrifié au culte envahissant du havane
ou du panatellas. Mais, sous ce rapport, ils sont hors
d'état de soutenir la concurrence avec les grands estaminets que renferme le Palais-Royal et qui occupent

pour la plupart les vastes appartements des anciennes
maisons de jeux.

C'est dans quelques-uns de ces estaminets que le
concert est venu s'installer depuis quelques années.

Le personnel de la troupe de ces cafés-concerts
est modelé sur le patron des entreprises dramatiques.

Il y a d'abord l'*ingénue*, jeune chanteuse de romances, qui, les yeux baissés, s'avance vers la rampe et
jure, sur un air de M. Paul Henrion, un éternel
amour à son Arthur :

Je t'aime !!!...

Puis la Stolz, la Falcon, la Cruvelli, la cantatrice
dramatique,

> Mon arrêt descend du ciel,
> Venez tous, c'est une fê-ê-te.

La chanteuse de genre, la dugazon, toujours couverte
d'applaudissements et assassinée de bouquets dans le
couplet de facture :

> Mon Aldegonde,
> Ma blonde,
>
> . . . . . .
>
> Ma Roxelane,
> Sultane.
>
> . . . . . .
>
> Ma Rodogune,
> Ma brune.
>
> . . . . . .

et ainsi de suite pendant vingt minutes sans repren-
dre haleine.

La Déjazet, chanteuse grivoise et populaire.

> J'suis née-z à la Point'-Saint-Eustache ;
> J'étais l'rossignol du quartier ;
> Et j'suis capable, afin qu'on le sache,
> D'chanter un opéra zentier.

« Tout ça c'est pour vous dire, mame Chose, que je suis prête à me lancer sur les planches, etc., etc. Un *parlé* éloquent, placé entre les couplets, comme le chœur antique dans les tragédies grecques.

Puis vient le personnel masculin.

Le ténor.

> Tu veux devenir ma compagne,
> Jeune Albanaise aux pieds légers :
> Eh bien ! suis-moi dans la monta-a-gne,
> Et viens partager mes dangers.

Le baryton.

> Des bras pour la défendre,
> Un cœur pour la chérir,
> Des bras... un cœur... des bras...

J'ai vu des gens enchantés de ces sortes d'établissements lyriques et très-convaincus que ce charivari musical ne pouvait manquer de populariser la musique dans notre beau pays de France.

Je retourne à la rive gauche et je m'arrête au

CAFÉ VOLTAIRE,

Où se réunit la jeunesse des écoles, la jeunesse de

l'Odéon, cette jeunesse qui examine, juge, débat les questions d'art, de sciences, de lettres, de philosophie à l'ordre du jour. Tout cela est entremêlé, bien entendu, de *poules*, de carambolages, de blocs fumants et de verres de punch. Mais c'est encore là que les productions des feuilletonistes à la toise sont estimées à leur juste valeur. C'est là que les revues sont lues, commentées, étudiées, et que l'honneur de tenir une plume littéraire est dignement apprécié. Quand j'étais directeur de la *Casquette de Paris*, c'est au café Voltaire que je me rendais incognito pour connaître au juste la valeur des critiques de Chaudrognac et des articles d'esthétique de Cascaret !

LE CAFÉ TABOUREY

Est un des cercles littéraires du quartier latin. Ce café a été le berceau de l'école du bon sens : c'est là qu'est née *Lucrèce* ; c'est là que M. Achille Ricourt a découvert M. Ponsard en prenant un verre de curaçao. Le digne propriétaire de cet établissement me disait un jour : « *Lucrèce* a trois mille hexamètres, on l'a lue une dizaine de fois dans mon café, et chaque fois elle a été amplement arrosée. En ne comptant que trois petits verres par hexamètre, je suis au-dessous de la vérité. » Étonnez-vous donc du succès de cette tragédie. *Lucrèce* a rapporté au moins mille écus de droits d'eau-de-vie au père Tabourez. Ce café est resté, depuis la tragédie de M. Ponsard, le véritable foyer de l'Odéon.

Je quitte le Latium et je reviens à la cité moderne; mais, en traversant le faubourg Saint-Germain et en longeant cette rue du Bac si chère à madame de Staël, je ne puis oublier

LE CAFÉ DESMARES,

Qui joua un si grand rôle légitimiste sous la Restauration, qui plus tard, avec les débris du vieux café Valois, composa une sorte d'*union monarchique* et qui se contente aujourd'hui d'être un de nos meilleurs restaurants, où les chefs supérieurs des ministères coudoient les vétérans du droit divin et où tous sont servis sans distinction d'opinion.

Je voyage en zigzag ; me voici revenu au boulevard.

TORTONI,

Dont la renommée est européenne, mais dont le café est douteux, depuis quelque temps surtout. Le perron de cet établissement est devenu un peu triste depuis qu'il a été déserté par ces gros messieurs du *fin courant* et du *report*.

LA MAISON D'OR,

Chère aux viveurs, aux débardeurs, aux Mogadors et aux Frisettes, temple du lansquenet, manoir de *gentilshommes*, ouvert le jour, ouvert la nuit, salle à manger et exutoire des bals masqués de l'Opéra, officine

gastronomique, établissement dyonisiaque dont les
galants réduits ont vu plus d'aventures que le fameux
sofa de M. Crébillon le fils.

LE DIVAN.

Les littérateurs, ou, pour parler d'une façon plus
générale, les gens d'esprit de tous les temps ont toujours eu un lieu de réunion, une sorte de cénacle.
A Athènes, ils s'assemblaient sous le péristyle d'un
temple ou dans les jardins d'Académus; à Rome, ils
se voyaient chez les barbiers. C'était là que se for-
geaient les épigrammes des tablettes et les premiers
Paris de la ville éternelle. Sous Louis XIV, on avait
l'hôtel de Rambouillet; au dix-huitième siècle, le
café Procope, dont je parlais tout à l'heure, était le lieu
d'asile de la littérature. Sous la Restauration, la jeunesse, plus discrète ou plus ambitieuse, s'était retirée
sur le mont Aventin. Aujourd'hui nous n'avons ni
le café Procope, ni le Cénacle, mais il nous reste le
Divan : la plus belle époque du monde ne peut donner
que ce qu'elle a.

Il ne faut pas croire que le Divan soit une sorte de
Panthéon anticipé où viennent se classer par numéro
d'ordre les célèbres momies littéraires embaumées
dans l'admiration des contemporains; là, pas ou fort
peu de noms prônés par la quatrième page du journal. Dès qu'un membre du Divan s'oublie au point de
se créer une célébrité dans la politique, dans la littérature ou dans les arts, il est impitoyablement rayé

du livre d'or, il est mis hors de page ; tous les habitués du Divan pourraient se faire une réputation dans les vingt-quatre heures, mais ils ne le veulent pas. Le Divan parle beaucoup et écrit peu. Sa devise à lui est : *Dire sans faire*. Il sème, d'autres recueillent ; aussi, lorsque par hasard un pauvre diable de grand homme de plume est à sec d'idées, il se faufile au Divan, écoute ce qui s'y raconte, rentre chez lui, écrit ce qu'il a entendu et va vendre la chose cent mille francs et même moins à son libraire.

Il ne faut au Divan que dix minutes pour bâtir un système social de toutes pièces et cinq secondes pour démolir une réputation. C'est la sentinelle perdue des questions hardies, le propagateur des théories audacieuses, l'adversaire du commun et l'agitateur des plus monstrueux paradoxes ; il marche à pas de géant et il en est déjà à 1860 quand vous n'avez pas encore franchi la frontière de 1854.

Les plaisanteries qui arrivent dans le monde avec l'apparence de la nouveauté sont déjà fanées et rebattues pour lui. Toujours à l'avant-scène pour juger les acteurs, il siffle ou applaudit à ses loisirs, donne la réplique au chef d'emploi aussi bien qu'au comparse, et, sans se soucier qu'on le remercie ou qu'on ne le remercie pas, il quitte sa place et va se promener à l'écart dans les bosquets de la fantaisie, s'arrêtant à droite et à gauche pour admirer les fleurs artificielles de la politique spéculative ; il suce la substance des idées, il écrème les plats de l'esprit, et, quand le gourmet a dîné, il jette la desserte par la fenêtre et le premier passant affamé s'en empare.

Le Divan, par ses relations de chaque jour avec les plumitifs du grand et du petit format, par son avidité d'anecdotes, son besoin de nouvelles, peut être regardé comme les coulisses du journalisme. Là, on indique le véritable auteur de tel roman en vogue signé d'un nom célèbre, on explique le soudain revirement de telle conscience, on sait combien a coûté l'article louangeur de tel journal désintéressé; on est fixé sur la tournure de mademoiselle A... de l'Opéra. Toutes les ficelles sont cassées, et les pantins, perdant l'équilibre, tombent au beau milieu des rires, des quolibets et des calembours.

Depuis nos trois révolutions, les journaux ont le droit de tout dire à la condition qu'ils ne parlent ni de vous, ni de moi, ni de rien. C'est toujours la liberté du temps de Figaro. Le Divan, lui, dit tout et parle de tout. C'est le journal en déshabillé, il reproduit tout ce qui ne s'imprime pas.

Si vous pénétrez un soir dans ce cénacle situé à quelques pas de l'Opéra, vous apercevrez, à travers une épaisse fumée de cigares et de cigarettes, tous les membres du conseil couchés autour d'un vaste salon rouge. Au milieu de la conversation générale, entrecoupée par le bruit sec des dominos, vous entendrez voler d'un bout à l'autre de la salle les plus ébouriffantes propositions. Le paradoxe, cette vieille balle élastique du désœuvrement, rebondit sur les raquettes toujours tendues; c'est un feu de file perpétuel, une fusillade non interrompue. Celui-ci décharge son espingole bourrée jusqu'à la gueule de médisances, d'anecdotes scandaleuses; cet autre, moins belliqueux, se contente de brûler son allumette chimique. Chacun fait ce qu'il peut.

Là jamais de querelles à propos d'une futilité politique, morale et philosophique. Le Divan est la terre sacrée de l'éclectisme; le phalanstérien qui parle d'aller décrocher la lune parce qu'elle ne lui semble plus que le cadavre putréfié d'une girandole sidérale sera reçu avec la même affabilité que le lakiste, mélancolique amant de Cynthie. Je n'oserais pas affirmer que le Divan possède quelques fakirs, mais, pour sûr, il compte dans son sein deux ou trois mahométans. Si toutes ces doctrines hétérogènes peuvent se confondre sans s'anéantir, si ce désordre d'idées n'est pas un seul instant troublé, cela tient surtout au facile abandon de ces sceptiques esprits pour leurs croyances personnelles, souvenirs presque effacés de la première éducation; la religion du Divan est la religion de l'indifférence.

Malgré son isolement apparent et son peu de souci de la réputation, le Divan n'a pu rester longtemps inconnu. On a parlé de cette étrange réunion dans les cercles et dans les salons.

Quelques hommes graves avaient cru voir, dans cet assemblage cosmopolite, de jeunes intelligences, des ambitions en apparence endormies. Tranchons le mot, ils soupçonnaient que le Divan jouait le rôle de Fiesque. Je me rappelle cette interrogation de l'homme d'État Bébé, qui, à propos d'une question fort débattue dans la presse et dans les Chambres, à l'époque où il y avait encore des Chambres, disait à un initié :

— Qu'en pensait-on au Divan hier au soir ?

— Hier, répondit celui-ci, le Divan ne pensait pas, il jouait aux dominos.

Dans le monde littéraire son importance n'est pas moindre ; c'est dans ce forum de l'oisiveté que les illustrations littéraires viennent de temps en temps suivre le cours de la hausse et de la baisse des réputations. Un grand homme entre, donne une poignée de main à celui-ci, un sourire à celui-là, un coup de chapeau à tout le monde et attend qu'on lui adresse quelques compliments sur son dernier ouvrage ; alors chacun s'empresse de lui parler de l'onoploterium, du mammouth, du spérodactyle récemment découvert par un savant et de Sa Majesté embaumée et momimifiée le roi Teutobocus.

L'homme qui comprit le mieux le Divan fut M. Royer-Collard : ce fut à propos de ce célèbre cénacle qu'il prononça sa fameuse maxime qui a été si souvent citée depuis : « Les paresseux sont la réserve de la France. »

LE CAFÉ TURC.

Parmi les établissements qui ont une physionomie particulière, il ne faut pas oublier le café Turc, dont la vogue pendant et même depuis l'Empire n'eut d'analogue peut-être que celle des bains Chinois : à cette époque les noms exotiques faisaient fortune. La foule

s'est portée encore, il y a quelques années, au café et
au jardin Turc, pour assister aux concerts en plein
vent mêlés de pyrothecnie et de feux de Bengale que
dirigeait le rival de Musard, feu Jullien. Cette union
mal assortie et passablement incestueuse de Vulcain
et d'Euterpe n'eut pas de suites durables, et le café
Turc, un instant débauché et étourdi par tout ce fra-
cas, n'a pas tardé à retomber dans l'heureuse placi-
dité qui est le fond de son caractère et dont il ne sor-
tira plus. Le café Turc est le rendez-vous de cette
classe heureuse et enviable qu'on nomme les rentiers
du Marais. C'est triste d'aspect, c'est morne, c'est
antédiluvien; mais la clientèle est sûre, elle vaut
pour l'établissement une inscription au grand-livre.

Si l'on veut observer le café primitif, il faut monter
jusque par delà le boulevard du Temple, dans ces
cafés qui s'appellent café de l'*Épi-scié*, café de la
Pomme de pin, café du *Grand Y vert*. On voit autour
des billards une foule avide et curieuse : ce sont les
joueurs à la poule. Réunis en petit comité de connais-
seurs émérites, ils passent leurs éternels loisirs à admirer des effets rétrofuges, des carambolages par les
quatre bandes, des coups fins, ou des coups durs
inattendus et réussis. Suspendus aux pérégrinations
de la rouge et de la blanche, aux attaques de la queue,
ils oublient tout, ils ne songent même pas à veiller
au blanc, à contrôler la marque ou le tableau des
frais, et s'ils fument encore, c'est par une opération
machinale, par un mouvement purement respiratoire.
Le garçon est quelquefois obligé de les prévenir que

leur brûle-gueule est éteint. A côté de ces forcenés joueurs de billard, les champions des dominos, séparés par une canette douteuse, se mesurent dans des campagnes qui n'en finissent pas, jouant éternellement des marques de consommations qui ne sont jamais prises et maudissant le ciel pour une *pose* malencontreuse, ou un double-six retardataire. Le piquet, l'écarté, l'impériale, le besigue, tiennent là également leurs assises, et à travers la fumée du tabac on reconnaît à peine le cachet propre de toutes ces figures, les unes chevelues et barbues, les autres lisses ou ridées, celle-ci en pleine lune, celle-là en demi-quartier. C'est dans ce café que s'est réfugié ce type qui s'en va, le tyran d'estaminet, qui a sa place marquée, fume comme une locomotive et met à contribution la blague de chacun, en étalant la sienne, où reste à peine quelque bribe de tabac destinée à y figurer éternellement.

LE CAFÉ DE LA RÉGENCE.

Voici que je m'aperçois, un peu tard peut-être, que je n'ai pas parlé de ce respectable établissement qu'on appelle le café de la Régence. C'est là que se réunissent les disciples de Palamède : on y voit le portrait de Philidor, qui fut à la fois le rival de Monsigny, de Grétry, et le plus célèbre joueur d'échecs de son temps. Là trente batailles pacifiques s'engagent chaque soir sous l'œil d'une galerie nombreuse et compétente qui juge les coups et décerne au général victorieux des applaudissements motivés, bien sentis et d'autant plus enivrants. Quant au vaincu, il jure de prendre sa revanche.

> Et du terrible *mat* à regret convaincu,
> Considère longtemps le coup qui l'a vaincu.

Dans cette nomenclature des cafés de toute sorte, il est un personnage dont je n'ai pas parlé, personnage important, c'est la dame du comptoir. Elle pose majestueusement sur sa banquette, j'allais dire sur son trône. Décolletée comme une princesse d'Angleterre, parée comme une châsse, elle a un regard pour tous ceux qui arrivent, et un sourire pour tous ceux qui s'en vont. Axiome : une dame de comptoir doit être jolie.

Bien des cafés ont dû leur clientèle à cette reine qui perçoit le prix des consommations.

Que devient la dame du comptoir ? Question grave. Elle vise ordinairement au cœur d'un noble et riche étranger ; mais le plus souvent elle va grossir la catégorie des femmes aimables du quartier Bréda, à moins qu'elle n'épouse un garçon de café qui aspire à devenir à son tour chef d'établissement.

CHAPITRE XIII.

La goutte et la calvitie. — Un prince de la science. — Italiam. — Les environs de Paris. — Le bourgeois à la campagne. — A Sceaux. — Bilboquet providence. — Le sport. — L'élégance Ruolz. — Chantilly. — La logomachie des Centaures. — Tant pis pour le Jockey-Club. — Je couronne des rosières. — Arrivée au temple de la Vertu. — La Providence.

Le temps avait marché dans l'accomplissement de toutes les grandes choses que je viens de raconter. Mon miroir, la goutte et mes cheveux absents m'avertissaient chaque jour que j'avais passé le rude défilé de la cinquantaine. En comparant mon point de départ avec mon point d'arrivée, j'avais lieu d'être fier. Parti simple pitre, arrivé archimillionnaire, je me comparais modestement à ces fils de laboureurs enrôlés comme simples soldats au commencement de la guerre et que la paix retrouvait généraux ou maréchaux de France. Malheureusement l'abus des jouissance m'avait blasé ; mes billets de banque m'avaient ouvert la porte de tous les boudoirs, j'avais expérimenté la cuisine des meilleurs restaurants; j'étais fatigué de gloire, d'actions, d'amour, d'argent. J'étais fatigué de tout. Je savais par cœur tous les paradoxes

de Chaudrognac, tous les bons mots de Malivire, toutes les saillies de Rocofane, tous les romans d'Arpin
et tous les calembours de Romiton. J'aurais donné
trois mille écus au cuisinier qui aurait inventé à mon
intention un plat vraiment neuf ou à l'homme d'esprit qui m'aurait gratifié d'un jeu de mots inédit.
J'étais à la recherche du nouveau, et à chaque pas
j'allais me heurter contre le connu et me cogner
contre le poncif. Cabochard lui-même ne m'apparais-
sait plus que comme un volcan éteint.

Dans cette situation critique je résolus de consulter un docteur, et je fis venir chez moi un prince de
la science, comme on dit aujourd'hui.

On sait que notre société démocratique est exclusivement composée de princes : les princes de la
science, les princes de la littérature, les princes de
la critique, les princes de la peinture, les princes de
la pharmacie, sans compter les princes du saint
empire et beaucoup d'autres princes dont l'énuméra-
tion paraîtrait peut-être fastidieuse.

— Monsieur Bilboquet, me dit l'Esculape lorsque
je lui eus défini ma maladie, votre état est grave,
mais il n'est pas désespéré. Il y a chez vous dégoût
par suite de pléthore, il vous faut absolument le vert.
Quittez la ville, allez vivre aux champs sous les ombrages de quelque Tibur, et je réponds de votre complète guérison.

Cette idée, qui ne m'était jamais venue à l'esprit, me
parut si triomphante, que je m'écriai comme les compagnons d'Énée ! *Italiam ! Italiam !*

Dès le lendemain je visitai les environs de Paris pour faire l'acquisition d'une maison de campagne. Montmorency m'offrit des ermitages à la Jean-Jacques, Enghien des chalets suisses, véritables nids à rhumatismes, Ville-d'Avray des villas miscroscopiques bâties pour des habitants de Lilliput, Brunoy des maisons carrées qui ressemblaient à des casernes de gendarmerie départementale.

Le bourgeois parisien a, comme chacun sait, une passion féroce pour la villégiature. Si un commerçant consent à vivre pendant trente années dans cette cave qui s'appelle l'arrière-boutique, c'est uniquement pour pouvoir se retirer, après la liquidation de son commerce, dans un vide-bouteille quelconque ombragé de trois pommiers, et entouré d'une plate-bande de légumes.

Devenu propriétaire, le bourgeois oublie le madapolam ou l'alcool qui a fait sa fortune, et ne parle plus que de la beauté de ses choux, de l'excellence de ses haricots et de la supériorité de ses navets.

Le bourgeois villégiateur aime qu'on lui fasse visite, à la condition que la visite ne se prolongera pas jusqu'à son repas. Il fait les honneurs de ses richesses floréales et végétales, mais il invite rarement à dîner.

Les chemins de fer ont forcé le bourgeois de Paris à transporter ses champêtres pénates jusque dans le département de la Marne ou du Loiret. Les trains de plaisirs parisiens lui amenant chaque dimanche une dizaine d'affamés, Cincinnatus a quitté la banlieue.

J'en ai connu un qui profitait du dimanche pour venir se promener en famille à Paris. Avant de quitter sa villa il avait soin de crayonner sur sa porte :

CEUX QUI VIENNENT ME VOIR ME FONT HONNEUR,
CEUX QUI NE VIENNENT PAS ME FONT PLAISIR.

Le bourgeois de Paris est contenu tout entier dans ces deux lignes.

Après avoir exploré les coins et les recoins, les nids à rats et les palais de la grande et de la petite banlieue, je me décidai à me fixer dans un petit village près de Sceaux, à deux pas de Chatenay, où naquit Voltaire, à trois pas de Fontenay, où naissent les roses.

Durant le cours de mes prospérités, j'avais eu plusieurs belles occasions de devenir propriétaire ; et le vulgaire des mortels, j'entends de ceux qui n'ont pas pignon sur rue ou champ au soleil, ignore l'orgueil, la satisfaction d'amour-propre, qu'éprouve tout parvenu quand il peut accompagner son nom de cette épithète prestigieuse : *propriétaire !*

En vain j'avais fait imprimer des milliers de cartes de visite à mon nom et à mes armes : *M. Bilboquet, officier de l'Éperon d'or, ancien directeur de l'Ambigu-Lyrique, ancien, etc., etc.;* en vain j'avais fait peindre mon blason parlant sur la portière de mon carrosse : un bilboquet d'or sur champ de gueules, par une double et délicate allusion à mon nom et à mes débuts dans la carrière du banquisme (et l'on reconnaîtra ici l'imagination héraldique de mon ami Sosthène), quelque chose manquait encore à mon bonheur.

Enfin, grâce au ciel, je devins donc, par ordonnance de médecin, acquéreur d'un délicieux ermitage, situés entre Sceaux et Fontenay-aux-Roses.

Quand je dis délicieux, c'est la vanité de propriétaire qui se fait jour, malgré tous mes efforts pour demeurer véridique. Et d'ailleurs, aujourd'hui que je l'habite définitivement, retiré sous ma tente, abandonnant à d'autres l'empire de la haute voltige industrielle, littéraire, politique, financière et morale, aujourd'hui que Dioclétien cultive ses laitues à Salone, la villa Bilboquet est un séjour fort présentable.

Mais quand j'en fis emplette, oh! c'était bien le type des villas de la banlieue parisienne : la maisonnette affreusement plâtrée et peinturlurée en château ogival, le sol uni et plat comme le macadam à l'état sec, une mare, un chemin creux, une esplanade entourée d'un grillage de fer peint avec du vert-de-gris, et une douzaine d'arbustes rachitiques dans des pots perfectionnés, en forme de pains de sucre tronqués et posés sur la base. Pour tout voisinage, d'affreux paysans, laids, roux, sales, grossiers comme en pleine Brie, retors et rusés comme des Normands, intolérants, vindicatifs et âpres au gain, comme il convient à des voisins de la grande ville. Et leurs femmes! et leurs enfants, toujours piaillant, arrachant les haies, bombardant les enclos d'une grêle de pierres, faisant main basse sur tout ce qui avait l'apparence d'une fleur sur le point d'éclore, ou d'un fruit à la veille de devenir mangeable! Que de mal j'ai eu à les civiliser! Dire qu'il m'a fallu transformer cette aimable marmaille en petits phénomènes, en virtuoses, en enfants prodiges ! que j'ai trouvé dans ces mégères l'étoffe de trois prix Montyon ; que dans ces grosses filles aux grands pieds plats, aux joues bouffies, aux cheveux en mèches, à l'esprit stupide, rusées seulement pour aller au bois avec des Lubins et des Colas fort peu poétiques, il m'a fallu inventer des rosières ! J'ai vu le moment, une année, où je ne pourrais offrir qu'un *rosier* à la harangue louangeuse de M. le maire et à l'édification de toute la commune !

Mais j'anticipe sur les événements. Lorsque je fis mon acquisition, mes yeux avaient été agréablement surpris de trouver toutes les campagnes environnantes couvertes d'une véritable moisson de roses : je me souvenais des articles insérés jadis dans la *Casquette de Paris*, où mon voyageur-omnibus avait dépeint les récoltes embaumées du Bengale. Ma nouvelle propriété brillait au milieu des autres par la profusion d'arbustes fleuris dont elle était peuplée. J'invitai peu de jours après Cabochard, Cascaret, Sosthène, quelques intimes, avec plusieurs de mes anciennes correspondantes, Mousqueton, Atala, Sabretache, Baïonnette, à venir pendre modestement la crémaillère chez moi.

— Nous allons nous plonger dans les fleurs, dit Cabochard, qui se fiait à la vieille renommée de Fontenay.

Cette douce espérance faisait prendre patiemment la longueur du chemin. Pourtant je ne tardai pas à m'étonner.

— Ah ! voilà la villa Bilboquet ! m'écriai-je, aper=

cevant ma tourelle en détrempe : mais où diable ont passé les rosiers ?

— Oui ! oui ! s'écrièrent les invités ; où sont les rosiers ?

Nous n'avions sous les yeux qu'une plaine parfaitement lisse et nue, sauf quelques chalets suisses, en planches assez mal coloriées, qui s'élevaient de loin en loin, humbles vassaux de mon donjon pour rire. Il n'y avait de vert que quelques pommiers, quelques haies chétives, mon grillage en fil de fer et mes volets.

Après force exclamations, un paysan vint enfin nous expliquer l'énigme :

— Excusez, messieurs, mesdames ; c'est que c'est aujourd'hui *quai aux fleurs* au Château d'eau.

— Et cela signifie ?

— Mais oui ; vous comprenez la chose : les rosiers vont à Romainville, aujourd'hui ; demain, comme le *quai* sera place de la Madeleine, ils iront à Neuilly, et après-demain ce sera votre tour... en payant, bien entendu. Excusez, bourgeois.

Faute d'avoir été prévenu à temps, je faisais une partie de campagne à Fontenay-aux-Roses sans m'être précautionné de rosiers.

— Si j'avais su, s'écria Carabine, j'aurais parlé à Lina, qui est fleuriste. La patronne nous aurait fourni tout ce qu'il y a de meilleur genre..... en payant, bien entendu.

Cette première déception m'aurait complétement désenchanté de mon emplette, si Ducantal, en sa qualité d'ancien *fort* de l'institution, ne nous eût raconté la mésaventure analogue de ce bon Canius, qui acheta un rocher pelé, croyant se rendre ainsi possesseur du rendez-vous des pêcheurs de tout le canton, et qui, le lendemain de l'acquisition, ne vit plus reparaître un seul de ces braves gens qu'on avait loués la veille afin de parer la marchandise.

J'avais expédié dès le matin, avec pleins pouvoirs, ma fidèle Jeannille, ancien rat, dès longtemps trans-formée en cordon bleu, profession qu'elle exerçait avec plus que de talent, avec du génie. C'est qu'en effet le temps n'était plus où je donnais de ces festins splendides et sardanapalesques, décrits au long dans mes premiers volumes : mon estomac refusait de digérer ces énormes buissons d'écrevisses, ces mets babyloniens, qu'on entassait lors de mes orgies fantastiques. La chère des restaurants eux-mêmes, auxquels j'ai dû tant d'impressions agréables et d'heureuses digestions, répugnait à ma délicatesse. J'avais besoin, non plus des folles amours et des extras bruyants, mais d'une affection calme et soutenue, d'une cuisine exquise, raffinée, élégante, comme celle dont les gourmands du siècle passé ont emporté le secret : et je trouvais tout cela grâce à Jeannille. Si je me laissais aller à mon inspiration, je serais intarissable sur l'éloge de Jeannille, car ses bienfaits et le bonheur qu'elle me procure sont de tous les jours, tandis qu'il me faut réveiller dans ma mémoire le souvenir éloigné de mes anciennes joies : mais un mot me suffira pour la peindre. D'une simple omelette aux fines herbes, Jeannille savait faire un chef-d'œuvre !

J'ai vu des gourmets consommés, des artistes en fait de gastronomie, des roués, des incroyables, fourchette à la main, s'extasier en savourant ce plat modeste, et revenir, même après les truffes, même après les mets les plus justement célèbres, à l'omelette aux fines herbes de ma vieille Jeannille ! C'est qu'aussi les jaunes et les blancs, battus séparément, acquièrent un moelleux si exquis ! Elle ne traitait pas ses œufs avec la brutalité ordinaire du vil gâte-sauce, qui bat à tort et à travers, enlevant grossièrement la partie séreuse, brouillant au hasard l'albumine et la fibrine, puis échaudant sans principes dans le beurre bouillant cette mixtion, ce mélange informe et bâclé. Loin de là, Jeannille procédait avec tout le respect qu'une artiste consciencieuse doit à ses œuvres. Elle infusait petit à petit les blancs, presque réduits en une neige légère, dans les jaunes, battus et mélangés avec précaution ; puis elle soignait avec amour cette précieuse combinaison, l'aromatisait avec goût, la cuisait avec précision, avec ce coup d'œil qui n'appartient qu'aux maîtres... Vingt fois j'ai étudié dans ses moindres détails l'enfantement délicat de cette merveille, et j'ai redit après Vestris : Que de choses dans une omelette aux fines herbes !

Du reste, mes convives surent apprécier un pareil talent, et la chère exquise qui les attendait leur fit oublier la mésaventure des roses, comme à moi, ma déception et ma mauvaise humeur. Sans doute mes vieux camarades, en lisant cette page consacrée au mérite obscur, mais réel, de ma gouvernante, ne re-

connaîtront plus le héros et l'historien de tant de
brillantes spéculations et d'entreprises excentriques
ou téméraires ; mais s'il est un temps pour la folie....
vous savez le reste. D'ailleurs qu'on ne s'étonne point
si les dernières lignes de mes Mémoires sont écrites
sur le ton bucolique : *Jeannille à M. Bilboquet*, comme
elle aime à se faire appeler, a déteint sur son maître.
Son esprit calme, son amour des plaisirs du chez soi,
de l'intimité, de la vie rustique, ont, peu à peu, les
années aidant, triomphé de mon imagination aventu-
reuse, et j'ai pris au sérieux, très au sérieux, ma
retraite champêtre.

La métamorphose cependant ne commença pas dès
ce jour, et j'eus encore quelques éclairs de jeunesse.
Ah ! les vins étaient bien capiteux ; certaines bouteilles
de Constance, surtout, et certain vieux médoc retour
de l'Inde ! et Aglaé Baïonnette, de rat maigre et an-
guleux, était devenue une bien belle et bien splendide
femme ! Mais jetons un voile sur ces dernières erreurs.

— Bilboquet, me dit Cabochard entre la poire et le
fromage, ta baraque est affreuse ; il faut la flanquer
par terre.

Les expressions de Cabochard sont peu académiques ; peut-être aurait-il, à cause de cela, mieux réussi
que moi à aborder les sociétés savantes ; mais cette
négligence de langage le fait ordinairement échouer
dans le monde.

— Ça y est ; démolissons l'établissement ! répondirent les dames, qui étaient légèrement en pointe de vin. Et certes ! ce n'eût pas été chose difficile, tant on bâtit solidement à la campagne !

— Oui, mon vieux, il te faut quelque chose de plus corsé que ces moellons barbouillés de jaune, et ces pots de fleurs où il y a des bouts d'échalas sous prétexte d'arbres. Bâtis-moi à la place un petit Trianon, ou un pavillon de Luciennes. Tu es au bon coin ici, et ce n'est pas les souvenirs qui te manquent.

Là-dessus, Ducantal prit la parole pour nous retracer l'histoire ancienne de Sceaux et des environs ; mais il fut interrompu par un grand hourra, précédé d'un grand bruit.

— Enfoncé le bastion ! La tour du Nord dans le troisième dessous ! C'est ainsi qu'on *fiche* à bas les aristocrates ! Guerre aux tyrans, etc.

Mesdemoiselles Carabine, Sabretache et Mousqueton, avec quelques papillons de leur suite, et deux ou trois gars de la localité, avaient renversé la charpente vermoulue qui figurait tant bien que mal le donjon du château Bilboquet.

Cet accident rendait indispensables quelques réparations. De réparations en réparations, de Limousins en Limousins, ma villa fut reconstruite de fond en comble. Puis vinrent les jardiniers, car je ne pouvais me contenter d'avoir des roses deux fois la semaine : puis les uns, puis les autres. La mare se transforma en étang, avec une yole et des criques pour la pêche aux goujons ; le chemin creux devint une avenue, l'esplanade une terrasse avec des statues et des vases mêlés aux arbres, et une façon de parc atténua la monotonie de la plaine. Et, l'influence de Jeannille aidant, je devins gentilhomme campagnard.

En me fixant dans mes terres et près d'un village, il m'était impossible de rester un obscur ermite. César aurait bien pu vivre dans un hameau, mais à condition d'y être le premier. Avant de déployer mon génie dominateur, j'étudiai la localité.

Le village était partagé en deux autorités rivales : monsieur le maire et le comice agricole d'une part ; monsieur le curé, l'instituteur et quelques gros bonnets du conseil municipal formaient la faction opposée. La jeunesse, ou, si vous aimez mieux, le progrès, était représenté par le comice ; je me présentai et fus reçu à l'unanimité : juste le nombre de voix qui m'avaient refusé à l'Académie française.

Un coup de maître, c'était de réduire sous mon vasselage les deux puissances ennemies, et de régner seul souverain. J'arrivai à ce but, mais je dus employer toutes les ressources que m'avait fournies une carrière longue et accidentée.

J'essayai d'abord de la philanthropie.

Chacun connaît les merveilleuses recettes de cette nouvelle espèce de charité peu chrétienne : on lui doit entre autres inventions celle du bouillon économique, fait avec de vieux dominos et des pastilles nourrissantes extraites des os abandonnés à l'abattoir ; les petits manteaux bleus distribuant des soupes inconnues, les loteries et les bals pour les pauvres sont encore le fruit de mon imaginative.

Il me restait d'une liquidation où j'avais imprudemment commandité des amis de Gringalet une assez forte pacotille d'habits de pages trop étroits et trop courts pour servir au théâtre : j'imaginai d'en faire des largesses aux petits rustres qui, l'été surtout, allaient vêtus d'une façon qu'à Paris on eût jugée très-insuffisante. Cette libéralité obtint du succès; grâce à ces costumes rutilants, le hameau eut un faux air de village de l'Opéra-Comique, et, avec un peu de bonne volonté, on aurait pris ces gars et ces fillettes pour des bergers ou des Tyroliens de M. Scribe.

Un jour, l'entre-filet suivant inséré dans un grand journal tomba par hasard sous mes yeux :

« La ville de ... (c'était un Carpentras quelconque) n'oublie pas ses glorieux enfants. Le conseil municipal vient d'ordonner qu'il soit érigé une statue à la mémoire de Brocoli, l'inventeur du chou qui porte ce nom. »

— Et pourquoi, me dis-je aussitôt, n'y aurait-il pas aussi le chou Bilboquet, la carotte Bilboquet, le navet Bilboquet? On élève une statue à Brocoli pour ses choux; je veux en mériter une plus belle que la sienne!

Et j'écrivis immédiatement à Sosthène, qui avait repris son métier d'encadreur d'illustrations au service des éditeurs de livres à images, de m'envoyer tout ce qu'il y avait de plus nouveau en livres d'agriculture.

Effectivement je reçus, courrier pour courrier, un ballot de revues, d'annales agricoles, d'annuaires du *Bon jardinier*, de maisons rustiques et autres publications volumineuses qui me prouvèrent que, si les champs continuent à produire du blé et du fourrage, ils produisent aussi en plus grande abondance de mauvaises herbes, de tristes journaux et de méchante littérature. Désespérant de me reconnaître dans ce fouillis, je donnai un coup de crochet, comme les chiffonniers, et j'amenai trois plantes légumineuses parfaitement inédites.

La première était le chou colossal, *caulis giganteus* ou *gigantea*, un arbre véritable dont chaque feuille pouvait couvrir une maison ou suffire au potage qui se mijote chaque jour dans la fameuse marmite des Invalides. Le tronc était enveloppé d'une écorce propre à remplacer le liége : de l'intérieur découlait un vin doux analogue à celui du palmier... La description remplissait cinq colonnes petit texte. Il y avait là de quoi distancer Brocoli et mériter, non une statue, mais un temple. Mais dix francs la graine, c'est un peu cher, même pour moi.

La seconde était la pomme de terre perfectionnée : je n'ai jamais compris ces affreuses petites chevilles de bois dont on entoure un morceau de viande taillé dans la culotte de peau d'un gendarme, sous prétexte de bifteck aux pommes; je passai outre et je vins à l'ulluco du Pérou. On ignore assez généralement en

France les mérites de ce divin tubercule. Il paraît que l'ulluco se reproduit par graines, par boutures, par bouts de tiges, par tronçons de racines, par épluchures, par rognures imperceptibles : oubliez sur votre parquet, sous un tapis, deux ou trois feuilles d'ulluco, l'année suivante votre salon porte une récolte superbe. Tout, dans l'ulluco, est exquis : on en fait indistinctement de la purée, du hachis, un assaisonnement ou un mets; il sympathise aussi bien avec le gibier qu'avec le poisson, avec la salade qu'avec les confitures, il est incomparable bouilli et rôti, en sauce et à la broche. Rien de plus nourrissant ; M. X... l'a analysé et a reconnu en lui une énorme proportion de gluten et d'osmazome, les éléments constitutifs du blé et de la viande.

M. X... et l'analyse me fixèrent sur le choix : je résolus de naturaliser l'ulluco du Pérou à la villa Bilboquet et dans les alentours.

Le jour de mon installation, les villageois étaient venus me complimenter et avaient tiré des coups de fusil en mon honneur. J'avais fait défoncer une barrique de vin à l'intention de ces braves gens.

Jeté dans cette vie nouvelle, je ne pouvais rester inactif. Outre les choux colossaux dont je dotai l'arrondissement, je fondai une caisse de secours pour les ouvriers, un refuge pour les vieillards, un ouvroir pour les enfants; bref, je devins la providence de l'endroit. Les malheureux ne pouvaient prononcer le nom de M. Bilboquet sans lever les mains et les yeux au ciel comme cela se pratique dans les scènes

attendrissantes des divers mélodrames du boulevard.

Je fondai enfin des prix d'encouragement pour la
race chevaline.

Ici j'ouvre une parenthèse pour réparer un oubli.
J'avais promis mes à lecteurs de leur parler de mes
prouesses comme *gentleman rider*.

Avant de venir m'installer à ..., près de Sceaux, j'a-
vais fait courir, et tout Paris peut se rappeler le brillant
succès qu'obtint aux courses de Chantilly une jeune
pouliche sortie de mes haras sous le nom de *Velléda*.
Malheureusement au bout de cinq ou six mois je
m'aperçus que le turf est une des plus grandes mys-
tifications de notre temps. Retranchez les casaques des
jockeys, les toques, la logomachie britannique, et il
ne reste plus rien de ce turf dont on parle tant. Le
turf a été inventé pour les élégants économes qui
aiment à organiser une débauche par *picnick*. On
fait bourse commune, entre huit ou dix on va dîner
au Café de Paris, on descend avec lenteur le perron
du cabaret à l'heure où les promeneurs encombrent
le boulevard, on se jette dans une berline, et fouette
postillon jusqu'aux plaines de l'Élide. Les quatre chevaux brûlent le pavé en dépit des règlements de police, et la foule, qui admire, s'écrie mélancoliquement :
Heureuse la jeunesse quand elle est millionnaire ! ô
candides badauds ! pendant ces quelques jours de
fantaisies hippiques, la plupart de ces fidèles obser-
vateurs du dandysme ne dépenseront pas dix louis
chacun, y compris les guides et le pourboire du pos-

tillon. Paraître ou n'être pas : il n'y a pas de milieu
dans l'existence parisienne. De nos jours, le viveur
est plus rangé qu'un commerçant de la rue des Lom-
bards, et le luxe est décidément ce qu'il y a de plus
économique.

Et quand je parle de la berline et de ces quatre
chevaux, je songe à ce qui était il y a quelques années. Le chemin de fer a détrôné les tandems et les
daumonts, les berlines et les bracks. Plus de dîners
dans les voitures sur la pelouse, plus de vastes pâtés
attaqués par des fourchettes aguerries, plus de vin
de Champagne frappé à la face du soleil. On va bour-
geoisement de Paris à Saint-Leu dans un waggon,
puis à Saint-Leu on trouve des omnibus, des pataches, des berlingots, une carrosserie antédiluvienne
qui mène à Chantilly, et l'on pénètre sur la terre sacrée du turf, empilé dans un équipage semblable à
celui des boutiquiers qui se rendaient jadis à la foire
universelle de Saint-Cloud.

Si nous ne singeons pas nos voisins les Anglais
dans leur faste, nous les singeons dans leur jargon.
Pendant la semaine des courses, Chantilly offre cette
particularité que la langue nationale y est à peu près
proscrite. Le vrai casse-cou, le véritable *splash fellow*
ne peut décidément y baragouiner que l'anglais. Il n'y
a place sur la pelouse et dans le *stand* que pour les
sportmen, les fanatiques du *steeple-chase*, des *races*,
du *Derby*, du *handicap*, du *hihg-life* (il n'est pas nécessaire de comprendre). Le fashionable inexpéri-
menté trouve à Chantilly un professeur de patois bri-

tannique qui, moyennant une légère rétribution, le
met en un quart d'heure au courant des vingt mots
les plus nouveaux de la langue des courses (pronon-
ciation garantie).

— Monsieur, je tiens à votre disposition une expression toute fraîche qui a franchi le détroit il n'y a
pas huit jours; elle arrive d'Epsom en ligne directe.
Si vous voulez quelque chose de plus fashionable encore, je vous livrerai un mot qui a fait son apparition
au dernier derby d'Ascot. Ce sera cinq francs de
plus, mais vous aurez la gloire de l'introniser sur le
turf français et vous serez le *leader* de la journée.

Cela se pratique ainsi. Les vingt mots, appris en
vingt minutes, sont plus que suffisants. Le néophyte
les place à tout propos pendant la semaine des courses; il tire des fusées de néologismes et il passe pour
un mortel accompli. *A real gentleman.*

Et voilà comment le langage macaronique est né
un beau matin sur la pelouse de Chantilly avec les
premières pâquerettes du printemps. De Chantilly, il
s'est répandu un peu partout et a enrichi la conversation de locutions d'un incontestable pittoresque.
Dans un certain monde, on ne charme pas, on ne sé-
duit pas, on *entraîne* une femme. M. X... a entraîné
madame Z... C'est du dernier goût, le fin du fin. Dans
la langue épurée du dandy, il y a toujours une rémi-
niscence de manége et comme un vague parfum d'é-
curie. La femme et le cheval s'amalgament si bien
dans son esprit et dans son amour, qu'il dit indiffé-
remment la taille et l'encolure : la taille de *Fragoletta,*

l'encolure de mademoiselle Rachel. Il n'est pas permis de s'exprimer autrement dans la logomachie des
centaures.

Il résulta donc bientôt pour moi que la passion du
cheval de course n'existe en France qu'à l'état de
mode, et comme toutes les modes qui se sont succédé dans notre heureux pays, elle est destinée à
n'avoir qu'un temps. Son apparition sur l'horizon parisien marque une nouvelle phase de ce qu'on nomme
l'anglomanie. Avant la chute de l'Empire, le Français
montait à cheval d'après les vieux principes et se li-
vrait à l'équitation selon les errements de la routine.
La fin du blocus continental fut à peu près l'inaugu-
ration du sport. Le gentleman franchit le détroit,
poussé par le même vent qui entraînait le *Bellérophon*
à Sainte-Hélène. Malgré la mode, malgré la fondation d'un club fameux dont l'origine et l'appellation
sont spécialement hippiques, malgré l'institution de
sociétés d'encouragement pour l'amélioration de la
race chevaline, je déclare, moi Bilboquet, qui ai sacrifié comme tant d'autres à la fausse divinité du *turf*,
que le *sport* a encore moins pénétré dans nos mœurs
que le mot dans notre langue. Cette opinion, si librement exprimée, me brouillera peut-être avec le Jockey-Club, mais je dois à mon pays le sacrifice de mes
intimités.

Je reviens à Sceaux.

Je voulus aussi, dans l'intérêt de la morale publique, faire revivre les vieilles traditions villageoises.
J'instituai, avec l'autorisation du gouvernement, un

prix annuel pour la jeune fille dont la conduite avait été irréprochable. Sceaux était devenue une espèce de Salencey. O Cabochard! qui l'aurait dit qu'un jour Bilboquet couronnerait des rosières!

Tant de bienfaits répandus sur l'arrondissement tout entier ne pouvaient rester sans récompense. Je fus nommé membre du conseil municipal, marguillier et président de la commission des bonnes œuvres.

C'est ainsi, ô mes concitoyens! que les rhumatismes et la gastrite m'ont conduit à la vertu.

Admirons les desseins de la Providence.

FIN DU TROISIÈME ET DERNIER VOLUME.

TABLE.

Chapitre premier.

Arminius et la choucroûte. — J'établis une maison de jeu. — Les
joueurs célèbres. — Détails sur la roulette. — Les eaux de Martingal.
— M. Bénazet. — Baden-Baden. — Spa. — Hombourg. — Wiesba-
den. — Aix-la-Chapelle. — Le Casino-Bilboquet. — Comment se
font les eaux minérales. — La belle prose de M. de Balzac. — Les
rossignols tailleurs et croupiers. — La quatrième page des journaux.
— L'huile de foie de morue et le baccalauréat ès lettres. — L'Europe
à cheval. — Les caniches collaborateurs. — Le vrai boxeur français.
— M. Louis Veuillot. — Les Grecs célèbres. — Épaminondas, Thémistocle, Socrate, Aristophane au trente et quarante. — Le baron de
Choucroutzen. — Le margrave de Vieuxpaillassendorf. — Une chemise sur le tapis vert. — L'hôpital et le cimetière des joueurs. —
L'hôtel du Bon-Valet de carreau. — Pillage et destruction du Casino-
Bilboquet. — Les ennemis de la société et des maisons de jeu. .   5

Chapitre II.

Les mœurs de mon pays. — Les marquises blanches. — Philippe d'Orléans. — Le Pandémonium. — L'homme-ciseau — Un océan d'é-
paules. — Le galop infernal. — Un la gigantesque. — La torture
volontaire. — Les Bacchanales antiques. — Graves comme des notaires. — L'intrigue. — Je te connais, beau masque. — Le souper.
— Un formulaire. — Du domino. — Les Lariflas. — Pierrettes et
pierrots. — Le personnel d'un bal masqué. — Les sarabandes diaboliques. — Vive l'amour! — Le Turc. — La grande épopée. — La

508   TABLE.

mosquée des derviches. — L'abdomen défoncé. — Un pantalon d'hiver et divers pantalons. — Qu'est-ce que la misère? — Les danses
de l'Europe. — Un homme de génie. — Les plaisirs d'un salon en
1854. — La vieille scène de Molière. — Olympia. — Soirée bourgeoise. — Trente ans de cassonade. — Héloïses et Abeilards. — Une
poigne formidable. — Ingénieux sobriquets. — Les oiseaux des tropiques et les oiseaux du quartier Breda.   Le débarcadère des gloires.
— La Closerie des lilas. — Le Prado. — Pochardinette. — La vraie
danse française. — Ces messieurs et leurs dames. — Le bal du Guillotiné. — Les Sélams à bon marché.   30

Chapitre III.

Bilboquet homme de science. — L'optique des mœurs. — L'Alchimiste
de Rembrandt. — Paracelse. — Le savant de notre âge. — Le paletot
blanc et les gants jaunes de messieurs les professeurs — Bilboquet
autour de l'Institut. — Résurrection de Cabochard. — La direction
des ballons. — Le feuilleton des sciences. — Les gastronomes scientifiques. — Les lézards. — Les crocodiles. — Les singes empaillés. —
La muse de la pharmacie. — Le laboratoire de Bilboquet. — Les
pistons. — La section des grands seigneurs. — Je pose ma candidature. — Les empereurs d'Orient et les académiciens. — Le parterre
et le poulailler de la science. — Les soirées de savants. — Les
femmes de savants. — Le dieu de l'oxygène et du phosphore. — La
polka scientifique. — L'ingratitude de la digestion. — Les mines d'or.
— Les mines de diamants. — Pas une voix pour Bilboquet! .   57

Chapitre IV.

Les vieilles bonnes fortunes. — Les marrons glacés. — Les ânes de
Montmorency. — Les sonnets de Pétrarque. — Les Dubufe littéraires.
— Les Égéries. — La dernière cravate blanche de ce temps-ci. —
Encore Attala. — Les rosières de la rue Neuve-Breda. — Le lion
carotteur. — Le faux étourdi. — Harpagon fashionable. — La petite
blanchisseuse de Baptiste. — Exploitation du jeune lion par le sou-
per. — Lisbeth. — La confession d'un gentilhomme parisien. —
Saint-Lazare. — Une bayadère naïve. — Compagnie d'assurance
contre les lions carotteurs. — Un millionnaire qui manque de tout.
— Grammont. — Casanova. — Les Mémoires de Faubrac. . .   83

7

Chapitre V.

La noblesse, Dangeau, n'est pas une chimère. — De l'indifférence en matière de payement. — Une corde de bois. — Vieux clichés. — A quoi servent les autruches, les cigognes et les serpents? — Les poëtes de l'amour. — Un œil. — Un canard. — Une couleuvre. — Sosthènes versionnaire. — La théorie des nez. — Les aquilins et les camus. — Les bacheliers. — Un diplôme pour trente-cinq francs. — Encore un prospectus. — Excursion au pays de cocagne. — Cent mille francs de plaisir pour dix louis. — La découverte de Paris. — Trente jours d'enivrement. — Les voyageurs. — La députation beaunoise. — Banquets à vingt-deux sous. — Le train de plaisir des boulevards. — Celui des quais. — Les passages et les cités. — L'invalide à la tête de bois. — Profusion de merveilles. — Le théâtre impérial du Luxembourg. — Le cours de sanscrit. — Le thibétain. — La littérature botacudos. — Enlevé!. 106

Chapitre VI.

Les peintres. — Le peintre de vaudeville. — L'art et les falourdes. — Les ficelles des peintres. — Empoignement du bourgeois. — Les modèles et les pommes de terre frites. — Les épinards encadrés. — L'avenue Frochot. — La charge de Bilboquet. — Les casquettes et les tire-bottes politiques — Les commandes. — Les sculpteurs. — Le sculpteur faubourien. — Le sculpteur lyrique. — L'argot, les calembours d'atelier. — Raphaël. — Rubens. — M. Ingre. — M. Delacroix. — Les ingristes. — Les byzantins. — La pâte. — La rotule. — Les coloristes. — L'article salon. — Brûlons les musées! — Mort à Raphaël. — Les musiciens. — Les compositeurs incompris. — Les succès en Allemagne. — La loterie Picarde. — Les chanteurs bouffes. — Les pianistes et les dames russes. — Listz. — Thalberg. — La musique de chambre. — Le chanteur de romances. — Le compositeur chante-toujours. — Les albums. — Le feuilletoniste musical. — Les tabatières à musique. — Ma profession de foi sur la musique et les musiciens. 123

Chapitre VII.

Oscar. — Nini Patte-en-l'Air. — Le docteur Paul-Émile. — Consultations gratuites. — *L'allumeur de malades.* — Le pharmacien Filou-chon. — Le compère du fluide. — Cinq francs par soirée. — La médecine physique. — La médecine physiologique. — La mé-decine chimique. — La médecine naturelle. — La médecine ra-tionnelle. — Le protoxyde d'hydrogène. — Le beurre d'estomac. — L'*association gratuite.* — Un rob en commandite. — Les pastilles d'ambassadeurs. — Les métamorphoses du Codex. — La haute phar-macie. — L'élixir penchimagogue. — Les pilules biémollientes. — La pharmacie électro-hygiénique universelle. — A M. C..., poste restante, à Carpentras (Vaucluse). — Une maison de santé. — Les fous de Paris. — Quelques lettres. — Lamartine, Victor Hugo, Mi-chelet, Talleyrand, Verjux, Robillard. — Le Cadran-Bleu. — Le Veau qui-tette. — Béranger. — La Tour-d'Argent. — Chaffaroux. — Corcelet, Chevet, Félix. 152

Chapitre VIII.

La médecine exotique. — *Candide.* — Le médecin ordinaire du roi des Oreillons. — Le fonds de la langue française — Une ordonnance en quatre langues. — La brochette de rigueur. — Quatre-vingt-sept ans de séjour à l'étranger. — Les médecins italiens. — Hofmann, Beetho-wen, Metternich. — Le médecin anglomane. — Le médecin hongrois. — Le célèbre Kossuth. — L'art de voler un malade à un confrère, et de s'en faire dix mille francs de rente. — L'hydrothérapie, l'hydro-pathie, l'hydrosudopathie. — La thérapeutique des côtelettes. — Les lézards du parc de Madame. — La circulation du sang. — D'où viennent toutes les maladies. — Armoiries parlantes. — La housse du *Times.* — La canne à pomme d'or du docteur Z... — Le comte de Saint-Cabassol, la comtesse d'Ardencœur, le conseiller d'État Prud-homme. — Le médecin de la garde nationale. — L'Académie de mé-cine. — Comment on devient académicien. 175

Chapitre IX,

Le café du docteur Alibert. — Les dieux *Prurigo* et *Impetigo.* — Un cours pour les merles. — L'acarus. — Le docteur Véron. — Galien, Hippocrate. — Les présents d'Artaxercès. — Jules César, Annibal, Alexandre, Théodoric. — L'acarus fossile. — L'acarus des hiérogly-phes. — L'acarus noctambule. — Les amours de l'acarus. — Roméo et

Juliette.—L'acarus de l'expédition d'Egypte.—L'épiploon.—Une anglaise folle d'histoire naturelle.— La famille des *favus*.— Les *dermatoses*. — L'homme-carpe.—Biett, Rayer. — Louis XVIII.— Les déjeuners d'Alibert. — Récamier. — L'anévrisme. — Purgation de file et de peloton. — Pilules de cloporte.—Une décoction de bouchons neufs. — Le déjeuner au tambour.— L'estomac aime le rhythme. — Théorie de l'arrachement.—Broussais.— Le soldat de la répub'ique. — Broussais éleveur de poulets. — Une chaire de combat.— L'irritation.— Le débilitant.—Le mort guéri.—J'ai vu le feu. 192

Chapitre X.

Chalumeau.—Sa confession.—Les domestiques à Paris—Le domestique voleur.— Le domestique non voleur. — Une espèce de Spartiate. — Les petites misères de l'intérieur. — Où vont les gilets volés. — Les sylphes en condition. — Un collaborateur d'antichambre. — L'eau athénienne. — La caisse d'épargne. — Les maîtres philanthropes.— Les domestiques à la Bourse.—Les commissionnaires.— Les cochers. —Molière.—Mascarille.—Scapin.—Jocrisse.—Le domestique comique.—Les épingles et les chemises de monsieur. — La farine de noisette.— Chalumeau amoureux d'une paire de bottes. — Les raouts de domestiques.— L'escamotage des truffes.— Le supplice de Tantale.— Figaro le Grand. — Les domestiques Lovelace. — Leurs bonnes fortunes.—Leurs parties fines. — La véritable agence des domestiques parisiens. 221

Chapitre XI.

L'Espagne — Une course de taureaux. — La prima spada. — Les taureaux savants — Les claqueurs. — L'olla podrida. — Gil Castor. — L'Italie. — Les bibles. — Rossini. — La tunique de saint Janvier. — Le roi de Naples. — L'Allemagne. — Les Juifs de Vienne. — Monsir Pilpoquet. — On demande un Veuillot. — La russie. — Sur la nappe. — Les Russes en toilette du matin. — L'étuve. — Les femmes qui portent les culottes. — Le turf moscovite. — Un insecte de course. — Pur sang russe. — Le saint destitué. — Une fournée de saints. — Le grade de saint.— Autorisation temporaire de faire des miracles.=Le partage des maladies. — A chaque saint sa spécialité. — Moscou, Saint-Pétersbourg.— La foire aux mariages. — Mademoiselle Rachel.

— Gare aux mollets. — Les chiens de Saint-Pétersbourg. — Le *pau-périsme*. — Les *effets de la décentralisation*. — Pourquoi je ne vais ni en Angleterre ni en Amérique. — Restons à Paris. 242

Chapitre XII.

Les cafés à Paris. — Festons et astragales. — Procope. — Dé Foy. — Lamblin. — Corrazza. — Café lyrique. — Tu veux devenir ma compagne...—Café Voltaire.—Tabourey et Lucrèce.—Desmares.—Tortoni. Maison d'Or.— Le Divan. — La religion de l'indifférence. — Le Café turc —Les cafés primitifs.—L'Épi-scié.—Le Grand Y vert.—Le café de la Régence. — La dame de l'endroit. 270

Chapitre XIII.

La goutte et la calvitie. — Un prince de la science. — Italiam. — Les environs de Paris. — Le bourgeois à la campagne. — A Sceaux. — Bilboquet providence. — Le sport. — L'élégance Ruolz. — Chantilly. — La logomachie des Centaures. — Tant pis pour le Jockey-Club. — Je couronne des rosières. — Arrivée au temple de la Vertu. — La Providence. 286

FIN DE LA TABLE.